名家散文典藏

彩插版

毕淑敏散文精选

毕淑敏 著

长江出版传媒 | 长江文艺出版社

图书在版编目（ＣＩＰ）数据

毕淑敏散文精选 / 毕淑敏著. -- 武汉：长江文艺
出版社，　2017.12(2018.8 重印)
（名家散文典藏：彩插版）
ISBN 978-7-5354-9880-9

Ⅰ. ①毕…　Ⅱ. ①毕…　Ⅲ. ①散文集－中国－当代
Ⅳ. ①I267

中国版本图书馆 CIP 数据核字(2017)第 191319 号

责任编辑：陈俊帆　　　　　　　　　责任校对：陈　琪
封面设计：龙　梅　　　　　　　　　责任印制：邱　莉　　胡丽平

出版： 长江出版传媒　长江文艺出版社

地址：武汉市雄楚大街 268 号　　　　邮编：430070
发行：长江文艺出版社
电话：027—87679360
http://www.cjlap.com
印刷：湖北画中画印刷有限公司

开本：640 毫米×970 毫米　　　1/16　　印张：18.75　　插页：10 页
版次：2017 年 12 月第 1 版　　　　2018 年 8 月第 2 次印刷
字数：233 千字

定价：36.00 元

名家散文典藏 毕淑敏 散文精选

目录

◆ 人生沉思：在火焰中思索 ◆

◆ 性别按钮：女人与爱及男人 ◆

◆ 心灵处方：造心 ◆

◆ 情感按钮：世界上最缓慢的微笑 ◆

人生沉思：在火焰中思索

提醒幸福

我们从小就习惯了在提醒中过日子。天气刚有一丝风吹草动，妈妈就说，别忘了多穿衣服。才相识了一个朋友，爸爸就说，小心他是个骗子。你取得了一点成功，还没容得乐出声来，所有关切着你的人一起说，别骄傲！你沉浸在欢快中的时候，自己不停地对自己说：千万不可太高兴，苦难也许马上就要降临……

我们已经习惯于提醒，提醒的后缀词总是灾祸。灾祸似乎成了提醒的专利，把提醒染得充满了淡淡的贬义。

我们已经习惯了在提醒中过日子，看得见的恐惧和看不见的恐惧始终像乌鸦盘旋在头顶。

在皓月当空的良宵，提醒会走出来对你说：注意风暴。于是我们忽略了皎洁的月光，急急忙忙做好风暴来临的一切准备。当我们大睁着眼睛枕戈待旦之时，风暴却像迟归的羊群，不知在哪里徘徊。当我们实在忍受不了等待灾难的煎熬时，我们甚至会恶意地祈盼风暴早些到来。

在许多个夜晚，风暴始终没有降临。我们辜负了冰冷如银的月光。

风暴终于姗姗地来了。我们怅然发现，所做的准备多半是没有用的。事先能够抵御的风险毕竟有限，世上无法预计的灾难却是无限的。战胜灾难靠的更多的是临门一脚，先前的惴惴不安帮不上忙。

当风暴的尾巴终于远去，我们守住零乱的家园。气还没有喘匀，新的提醒又智慧地响起来，我们又开始对未来充满恐惧的期待。

人生总是有灾难。其实大多数人早已练就了对灾难的从容，我们只是还没有学会在灾难间隙的快活。我们太多注重了自己警觉苦难，我们太忽视提醒幸福。

请从此注意幸福！

幸福也需要提醒吗？

提醒注意跌倒……提醒注意路滑……提醒受骗上当……提醒宠辱不惊……先哲们提醒了我们一万零一次，却不提醒我们幸福。

也许他们认为幸福不提醒也跑不了的。也许他们以为好的东西你自会珍惜，犯不上谆谆告诫。也许他们太崇尚血与火，觉得幸福无足挂齿。他们总是站在危崖上，指点我们逃离未来的苦难。

但避去苦难之后的时间是什么？

那就是幸福啊！

享受幸福是需要学习的，当幸福即将来临的时刻需要提醒。人可以自然而然地学会感官的享乐，人却无法天生地掌握幸福的韵律。灵魂的快意同器官的舒适像一对孪生兄弟，时而相傍相依，时而南辕北辙。

幸福是一种心灵的震颤，它像会倾听音乐的耳朵一样，需要不断地训练。

简言之，幸福就是没有痛苦的时刻。它出现的频率并不像我们想象的那样少。人们常常只是在幸福的金马车已经驶过去很远，捡起地上的金鬃毛说，原来我见过它。

人们喜爱回味幸福的标本，却忽略幸福披着露水散发清香的时刻。那时候我们往往步履匆匆，瞻前顾后不知在忙着什么。

世上有预报台风的，有预报蝗虫的，有预报瘟疫的，有预报地震的。没有人预报幸福。

其实幸福和世界万物一样，有它的征兆。

幸福常常是朦胧地、很有节制地向我们喷洒甘霖。你不要总希冀轰轰烈烈的幸福，它多半只是悄悄地扑面而来。你也不要企图把水龙头拧得更大，使幸福很快地流失。而需静静地以平和之心，体验幸福的真谛。

幸福绝大多数是朴素的。它不会像信号弹似的，在很高的天际闪烁红色的光芒。它披着本色的外衣，亲切温暖地包裹起我们。

幸福不喜欢喧嚣浮华，常常在暗淡中降临。贫困中相濡以沫的一块糕饼，患难中心心相印的一个眼神，父亲一次粗糙的抚摸，女友一个温馨的字条……这都是千金难买的幸福啊。像一粒粒缀在旧绸子上的红宝石，在凄凉中愈发熠熠夺目。

幸福有时会同我们开一个玩笑，乔装打扮而来。机遇、友情、成功、团圆……它们都酷似幸福，但它们并不等同于幸福。幸福会借了它们的衣裙，袅袅婷婷而来，走得近了，揭去帏幔，才发觉它有钢铁般的内核。幸福有时会很短暂，不像苦难似的笼罩天空。如果把人生的苦难和幸福分置天平两端，苦难体积庞大，幸福可能只是一块小小的矿石。但指针一定要向幸福这一侧倾斜，因为它有生命的黄金。

幸福有梯形的切面，它可以扩大也可以缩小，就看你是否珍惜。

我们要提高对于幸福的警惕，当它到来的时刻，激情地享受每一分钟。据科学家研究，有意注意的结果比无意要好得多。

当春天的时候，我们要对自己说，这是春天啦！心里就会泛起茸茸的绿意。

幸福的时候，我们要对自己说，请记住这一刻！幸福就会长久地伴随我们。

那我们岂不是拥有了更多的幸福！

所以，丰收的季节，先不要去想可能的灾年，我们还有漫长的冬季来得及考虑这件事。我们要和朋友们跳舞唱歌，渲染喜悦。既然种子已经回报了汗水，我们就有权沉浸幸福。不要管以后的风霜雨雪，让我们先把麦子磨成面粉，烘一个香喷喷的面包。

所以，当我们从天涯海角相聚在一起的时候，请不要踌躇片刻后的别离。在今后漫长的岁月里，有无数孤寂的夜晚可以独自品尝愁绪。现在的每一分钟，都让它像纯净的酒精，燃烧成幸福的淡蓝色火焰，不留一丝渣滓。让我们一起举杯，说：我们幸福。

所以，当我们守候在年迈的父母膝下时，哪怕他们鬓发苍苍，哪怕他们垂垂老矣，你都要有勇气对自己说：我很幸福。因为天地无常，总有一天你会失去他们，会无限追悔此刻的时光。

幸福并不与财富地位声望婚姻同步，它只是你心灵的感觉。

所以，当我们一无所有的时候，我们也能够说，我很幸福。因为我们还有健康的身体。当我们不再享有健康的时候，那些最勇敢的人可以依然微笑着说：我很幸福。因为我还有一颗健康的心。甚至当我们连心都不再存在的时候，那些人类最优秀的分子仍旧可以对宇宙大声说：我很幸福。因为我曾经生活过。

常常提醒自己注意幸福，就像在寒冷的日子里经常看看太阳，心就不知不觉暖洋洋亮光光。

柔和

　　"柔和"这个词，细想起来挺有意思的。先说"和"字，由禾苗和口两部分组成，那含义大概就是有了生长着的禾苗，嘴里的食物就有了保障，人就该气定神闲，和和气气了。

　　这个规律，在农耕社会或许是颠扑不破的。那时只要人的温饱得到解决，其他的都好说。随着社会和科技的发达进步，人的较低层次需要得到满足之后，单是手中有粮，就无法抚平激荡的灵魂了。中国有句俗话，叫作"吃饱了撑的——没事找事"。可见胃充盈了之后，就有新的问题滋生，起码无法达至完全的心平气和。

　　再说"柔"这个字。通常想起它的时候，好像稀泥一摊，没什么筋骨的模样。但细琢磨，上半部是"矛"，下半部是"木"——一根木头削成的矛，看来还是蛮有力度和进攻性的。柔是褒义，比如"柔韧，以柔克刚、刚柔相济、百炼钢化作绕指柔……"都说明它和阳刚有着同样重要的美学和实践价值。

　　记得早年当医学生的时候，一天课上先生问道，大家想想，用酒精消毒的时候，什么浓度为好？学生齐声回答，当然是越高越好啦！先生说，错了。太高浓度的酒精，会使细菌的外壁在很短的时间内凝固，形成一道屏障，后续的酒精就再也杀不进去了，细菌在壁垒后面依然活着。最有效的浓度，是把酒精的浓度调得柔和些，润物无声地渗透进去，效果才佳。

于是我第一次明白了，柔和有时比风暴更有力量。

柔和是一种品质与风格。它不是丧失原则，而是一种更高境界的坚守，一种不曾剑拔弩张，依旧扼守尊严的艺术。柔和是内在的原则和外在弹性充满和谐的统一，柔和是虚怀若谷的谦逊和冷暖相宜的交流。

现代人在风驰电掣的忙碌中，是多么期望自己和他人的柔和啊。不信，你看看报上的征婚广告，尽是征寻性格柔和的伴侣，人们希望目光是柔和的，语调是柔和的，面庞的线条是柔和的，身体的张力是柔和的……

当我们轻轻念出"柔和"这个词的时候，你会觉得有一缕淡蓝色的温润，弥漫在唇舌之间。

有人追索柔和，以为那是速度和技巧的掌握。书刊上有不少教授柔和的小诀窍，比如怎样让嗓音柔和，手势柔和……我见过一个女孩子，为了使性情显出柔和，在手心用油笔写了大大的"慢"字，天天描一遍，掌总是蓝的，以致扬手时常吓人一跳，以为她练了邪门武功。这女孩并为自己规定每说一句话之前，在心中默数从一到十……她除了让人感到木讷和喜怒无常外，与柔和不搭界。

一个人的心如若不柔和，所有对外在柔和形式的摹仿和操练，都是沙上楼阁。

看看天空和海洋吧。当它们最美丽和博大，最安宁和清洁的时候，它们是柔和的。

只有成长了自己的心，才会在不经意间，收获了柔和。我们的声音柔和了，就更容易渗透到辽远的空间。我们的目光柔和了，就更轻灵地卷起心扉的窗纱。我们的面庞柔和了，就更流畅地传达温暖的诚意。我们的身体柔和了，就更准确地表明与人平等的信念。

柔和，是力量的内敛和高度自信的宁馨儿。愿你一定在某一个清晨，感觉出柔和像云雾一般悄然袭身。

我很重要

当我说出"我很重要"这句话的时候，颈项后面掠过一阵战栗。我知道这是把自己的额头裸露在弓箭之下了，心灵极容易被别人的批判洞伤。

许多年来，没有人敢在光天化日之下表示自己"很重要"。我们从小受到的教育都是——"我不重要"。

作为一名普通士兵，与辉煌的胜利相比，我不重要。

作为一个单薄的个体，与浑厚的集体相比，我不重要。

作为一位奉献型的女性，与整个家庭相比，我不重要。

作为随处可见的人的一分子，与宝贵的物质相比，我不重要。

当我在国外的一份刊物上看到"一个人的价值胜于整个世界"的口号时，曾大惑不解。

我们——简明扼要地说，就是每一个单独的"我"——到底重要还是不重要？

我是由无数星辰日月草木山川的精华汇聚而成的。只要计算一下我们一生吃进去多少谷物，饮下了多少清水，才凝聚成一具美轮美奂的躯体，我们一定会为那数字的庞大而惊讶。平日里，我们尚要珍惜一粒米、一叶菜，难道可以对亿万粒菽粟亿万滴甘露滋养出的万物之灵，掉以丝毫的轻心吗？

当我在博物馆里看到北京猿人窄小的额和前凸的嘴时，我为人类原始时期的粗糙而黯然。他们精心打制出的石器，用今天的目光看来不过是极简单的玩具。如今很幼小的孩童，就能熟练地操纵语言，我们才意识到已经在进化之路上前进了多远。我们的头颅就是一部历史，无数祖先进步的痕迹储存于脑海深处。我们是一株亿万斯年苍老树干上最新萌发的绿叶，不单属于自身，更属于土地。人类的精神之火，是连绵不断的链条，作为精致的一环，我们否认了自身的重要，就是推卸了一种神圣的承诺。

回溯我们诞生的过程，两组生命基因的嵌合，更是充满了人所不能把握的偶然性。我们每一个个体，都是机遇的产物。

常常遥想，如果是另一个男人和另一个女人，就绝不会有今天的我……

即使是这一个男人和这一个女人，如果换了一个时辰相爱，也不会有此刻的我……

即使是这一个男人和这一个女人在这一个时辰，由于一片小小落叶或是清脆鸟啼的打搅，依然可能不会有如此的我……

一种令人怅然以致走入恐惧的想象，像雾霭一般不可避免地缓缓升起，模糊了我们的来路和去处，令人不得不断然打住思绪。

我们的生命，端坐于概率垒就的金字塔的顶端。面对大自然的鬼斧神工，我们还有权利和资格说我不重要吗？

对于我们的父母，我们永远是不可重复的孤本。无论他们有多少儿女，我们都是独特的一个。

假如我不存在了，他们就空留一份慈爱，在风中蛛丝般无法附丽地飘荡。

假如我生了病，他们的心就会皱缩成石块，无数次向上苍祈祷我的康复，甚至愿灾痛以 10 倍的烈度降临于他们自身，以换取我的平安。

我的每一滴成功，都如同经过放大镜，进入他们的瞳孔，摄入他们心底。

假如我们先他们而去，他们的白发会从日出垂到日暮，他们的泪水会使太平洋为之涨潮。

面对这无法承载的亲情，我们还敢说我不重要吗？

我们的记忆，同自己的伴侣紧密缠绕在一处，像两种混淆于一碟的颜色，已无法分开。你原先是黄，我原先是蓝，我们共同的颜色是绿，绿得生机勃勃，绿得苍翠欲滴。失去了妻子的男人，胸口就缺少了生死攸关的肋骨，心房裸露着，随着每一阵轻风滴血。失去了丈夫的女人，就是齐斩斩折断的琴弦，每一根都在雨夜长久地自鸣……

面对相濡以沫的同道，我们忍心说我不重要吗？

俯对我们的孩童，我们是至高至尊的唯一。我们是他们最初的宇宙，我们是深不可测的海洋。假如我们隐去，孩子就永失淳厚无双的血缘之爱，天倾东南，地陷西北，万劫不复。盘子破裂可以粘起，童年碎了，永不复原。伤口流血了，没有母亲的手为他包扎。面临抉择，没有父亲的智慧为他谋略……面对后代，我们有胆量说我不重要吗？

与朋友相处，多年的相知，使我们仅凭一个微蹙的眉尖，一次睫毛的抖动，就可以明了对方的心情。假如我不在了，就像计算机丢失了一份不曾复制的文件，他的记忆库里留下不可填补的黑洞。夜深人静时，手指在揿了几个电话键码后，骤然停住，那一串数字再也用不着默诵了。逢年过节时，她写下一沓沓的贺卡。轮到我的地址时，她闭上眼睛……许久之后，她将一张没有地址只有姓名的贺卡填好，在无人的风口将它焚化。

相交多年的密友，就如同沙漠中的古陶。摔碎一件就少一件，再也找不到一模一样的成品。面对这般友情，我们还好意思说我不重要吗？

我很重要。

我对于我的工作我的事业，是不可或缺的主宰。我的别出心裁的创意，像鸽群一般在天空翱翔，只有我才提得住它们的羽毛。我的设想像珍珠一般散落在海滩上，等待着我把它用金线串起。我的意志向前延伸，直到地平线消失的远方……

没有人能替代我，就像我不能替代别人。

我很重要。

我对自己小声说。我还不习惯嘹亮地宣布这一主张，我们在不重要中生活得太久了。

我很重要。

我重复了一遍，声音放大了一点。我听到自己的心脏在这种呼唤中猛烈地跳动。

我很重要。

我终于大声地对世界这样宣布。片刻之后，我听到山岳和江海传来回声。

是的，我很重要。我们每一个人都应该有勇气这样说。我们的地位可能很卑微，我们的身份可能很渺小，但这丝毫不意味着我们不重要。

重要并不是伟大的同义词，它是心灵对生命的允诺。

对于一株新生的树苗，每一片叶子都很重要。对于一名孕育中的胚胎，每一段染色体碎片都很重要。甚至驰骋寰宇的航天飞机，也可以因为一个油封橡皮圈的疏漏而凌空爆炸，你能说它不重要吗？

人们常常从成就事业的角度，断定我们是否重要。但我要说，只要我们在时刻努力着，为光明在奋斗着，我们就是无比重要地生活着。

让我们昂起头，对着我们这颗美丽的星球上无数的生灵，响亮地宣布——

我很重要。

写下你的墓志铭

　　那一年，我和朋友应邀到某大学演讲，关于题目，校方让我们自选，只要和青年的心理有关即可。朋友说，她想和学生们谈谈性与爱。这当然是一个极为重要的问题，只是公然把"性"这个词，放进演讲的大红横幅中，不知校方可会应允？变通之法是将题目定为"和大学生谈情与爱"，如求诙谐幽默，也可索性就叫"和大学生谈情说爱"。思索之后，觉得科学的"性"，应属光明正大范畴，正如我们的老祖宗说过的"食色性也"，是人的正常需求和青年必然遭遇之事，不必遮遮掩掩。把它压抑起来，逼到晦暗和污秽之中，反倒滋生蛆虫。于是，朋友就把演讲题目定为"和大学生谈性与爱"。这期间我们也有过小小的讨论，是"性"字在前，还是"爱"字在前？商量的结果是"性"字在前。不是哗众取宠，觉得这样更符合人的进化本质。

　　感谢学校给予我们的信任和支持，朋友的演讲题目顺利通过了。但紧接着就是我的题目怎样与之匹配？我打趣说，既然你谈了性与爱，我就成龙配套，谈谈生与死吧。半开玩笑，不想大家听了都说"OK"，就这样定了下来。

　　我就有些傻了眼。不知道当今的年轻人对"死亡"这个遥远的话题是否感兴趣？通常人们想到青年，都是和鲜花绿草黑发红颜联系在一起，与衰败颓弱委顿凄凉的老死似乎毫不相干。把这两极牵扯一处，除了冒险之外，我也对自己的能力深表怀疑。

死是一个哲学命题，有人戏说整个哲学体系，就是建立在死亡的白骨之上。我深知自己不是一个哲学家，思索死亡，主要和个人惧怕死亡有关，在我四五岁时，一次突然看到路上有人抬着棺材在走。我问大人，这个盒子里装着什么？人家答道，装了一个死人。当时我无法理解死亡，只觉得棺材很小，一个人躺在里面，蜷起身子像个蚕蛹，肯定憋得受不了……于是小小的我，产生了对死亡的惊奇和混乱。这种惊奇混乱使我在相当一段时间内对死亡很感兴趣。我个人有着数十年从医经历，在和平年代，医生是一个和死亡有着最亲密接触的职业。无数次陪伴他人经历死亡，我不能不对这种重大变故无动于衷。还有很重要的一点，就是我十几岁就到了西藏，那里严酷的自然环境和孤寂的旷野冰川，让我像个原始人似的，思索着人从哪里来，要到哪里去这类看似渺茫的问题。

反正由于我脱口而出的一句话，演讲题目就这样定了下来，无法反悔。我只有开始准备资料。

正式演讲的时候，我心中忐忑不安。会场设在大礼堂，2000多个座位满满当当，过道和讲台上都有学生席地而坐。题目沉重，我特别设计了一些互动的游戏，让大家都参与其中。

演讲一开始，我做了一个民意测验。我说大家对"死亡"这个题目是不是有兴趣，我心里没底。我不知道有多少人在看到这个题目之前，思索过死亡？

此语一出，全场寂静。然后，一只只臂膀举了起来，那一瞬，我诧异和讶然。我站在台上，可以纵观全局，我看到几乎一半以上的青年人举起了手。我明白了有很多人曾经认真地想过这个问题，比我以前估计的比率要高很多。后来，我还让大家做了一个活动——书写自己的墓志铭。有几分钟的时间，整个会堂安静极了，谁要是那一刻从外面走过，会以为这是一间空室，其实数千莘莘学子正殚精竭虑思考人生。从讲台俯瞰下去（我其实很不喜欢这种高高在上的讲台，给人以压迫之感。我喜欢平等的交谈。不单在态度上，而且在地理位置上，大家也可平视。但校方说没有更合适的场地了），很多人咬着笔杆，满脸沧桑的样子。我很抱歉地想到，这个不祥的题目，让风华正茂的青年人提前——老了。

大约5分钟之后，台下的脸庞如同葵花般地仰了起来。我说："写完了吗？"

齐声回答："写完了。"

我说："好，不知有没有哪位同学，愿意走上台来，面对着老师和同学，念出自己的墓志铭？"

出现了一片海浪中的红树林。我点了几位同学，请他们依次上来。但更多的臂膀还在不屈地高举着，我只好说："这样吧，愿意上台的同学就自动地在一旁排好队。前边的同学念完之后，你就上来念。先自我介绍一下，是哪个系哪个年级的，然后朗诵墓志铭。"

那一天，大约有几十名同学念出了他们的墓志铭，后来，因为想上台的同学太多，校方不得不出动老师进行拦阻。

这次讲演，对我的教育很大。人们常常以为，死亡是老年人才需要考虑的问题，这是误区。人生就是一个向着死亡的存在，在我们赞美生命的美丽、青春的活力的时候，我们其实就是肯定了死亡的必然和老迈的合理性。试想一下，如果没有死亡，地球上早就被恐龙霸占着，连猴子都不知在哪里哭泣，更遑论人类的繁衍！

从我们每个人一出生，生命之钟的倒计时就开始了。当我写下这些字迹的时候，我就比刚才写下题目的时刻，距离自己的死亡更近了一点。面对着我们生命有一个大限存在这样一个残酷的事实，无论是年老和年轻，都要直面它的苛求。

现代生活节奏越来越快，我们独处的空间越来越逼仄，思索的时间越来越压缩。但死亡并不因为我们的忙碌而懈怠，它步履坚定地持之以恒地向我们走来。现代医学把死亡用白色的帏帐包裹起来，让我们不得而知它的细节，但死亡顽强前进，它是无所不能的，没有任何力量能够抗拒它。

一个人年轻的时候就思索死亡，和他老了才思索死亡，甚至知道死到临头都不曾思索过死亡，这是完全不同的境界。知道有一个结尾在等待着我们，对生命的宝贵，对光明的求索，对人间温情的珍爱，对丑恶的扬弃和鞭挞，对虚伪的憎恶和鄙夷，都要坚定很多。

那天在礼堂的讲台上，有一段时间，我这个主讲人几乎完全被遗忘了，一个又一个年轻的生命为自己设计的墓志铭，将所有的心震撼。

有一个很腼腆的男孩子说，在他的墓志铭上将刻下——这里长眠着一位中国籍的诺贝尔奖获得者。

台下响起了热烈的掌声。我想，不管他一生是否能够真正得到这个奖章，但他的决心和期望，已经足够赢得这些掌声。

一个清秀的女孩子说，她的墓志铭上将只有一行字：一位幸福的女人。

还有一个男生说："我的墓志铭上会写着——我笑过，我爱过，我活过……"

这些年轻的生命，因为思索死亡而带给了自己和更多人力量。

无数生命的演变，才有了我们的个体。在这一点上，我们不单要感谢我们的父母，而且要感谢我们的祖先，感谢地球，感谢进化所走过的漫漫历程。当我们有了生命之后，我们在性的基础之上，繁衍出了爱。爱情是独属于人类的精神瑰宝，它已从单纯的生殖目的，变成了两性身心融汇的最高境地。然而在这一切之上，横亘着死亡。死亡击打着生命，催促着生命，使我们必须审视生命的意义。

后来，我还在一些场合做过相关的演说。我在这里抄录一些年轻人留下的墓志铭，他们让我进一步认识到了讨论死亡对于一个健康心理的建设，是多么重要。

"这里安息着一个女子，她了结了她人生的愿望，去了另外的世界，但在这里永生。她的一生是幸福的一生，快乐的一生，也是贡献的一生，无憾的一生。虽然她长眠在这里，但她永远活着，看着活着的人们的眼睛。"

"高尚是高尚者的通行证。"

"我不是一颗流星。"

"生是死的开端，死是生的延续。如果我50岁后死去，我会忠孝两全。为祖国尽忠，为父母尽孝。如果我5年后死去，我将会为理想而奋斗。如果我5个月后死去，我将以最无私的爱善待我的亲人和朋友。如果我5天后死去，我将回顾我酸甜苦辣的人生。如果我5秒钟后死去，我将向周围所有的人祝福。"

怎么样？很棒，是不是？

按照哲学家们的看法，死亡的发现是个体意识走向成熟的必然阶段。一个人的心理健康，更是和他的生命观念、死亡观念息息相关。你不能设想一个对自己没有长远规划的人，会有坚定、健全、慈爱的心理。如果说在以上有关死亡的讨论中，我对此还有什么遗憾的话，就是年轻人普遍把自己的生命时间定得比较短。常有人说，我可不喜欢自己活太大的年纪，到了四五十岁就差不多了。包括现在有些很有成就的业界精英，撰文说自己 35 岁就退休，然后玩乐。因为太疲累，说说气话，是可以理解的。但认真地策划自己的一生，还是要把生命的时间定得更长远一些，活得更从容，面对死亡的限制，把自己的一生渲染得瑰丽多彩。

每只小狗都有一个目标

有一对夫妇有两个孩子，一个叫莎拉，一个叫克里斯蒂。当孩子还小的时候，父母决定为他们养一只小狗。小狗抱回来以后，他们想请一位朋友帮忙训练这只小狗。他们搂着小狗来到朋友家，安然坐下，在第一次训练前，女驯狗师问："小狗的目标是什么？"夫妻俩面面相觑，很是意外，他们实在想不出狗还有什么另外的目标，嘟囔着说："一只小狗的目标？那当然就是当一只狗了。"女驯狗师极为严肃地摇了摇头说："每只小狗都得有一个目标。"

夫妇俩商量之后，为小狗确立了一个目标——白天和孩子们一道玩，夜里要能看家。后来，小狗被成功地训练成了孩子的好朋友和家中财产的守护神。

这对夫妇就是美国的前任副总统阿尔·戈尔和他的妻子迪帕。他们牢牢地记住了这句话——做一只狗要有目标。推而广之，做一个人也要有目标。

在现实生活中，却有太多太多的人，没有目标。其实寻找目标并不是一件太难的事，关键是你要知道天下有这样一件唯此唯大的事，然后尽早来做。正是你自己需要一个目标，而不是你的父母或是你的老师或是你的上级需要它。它的存在，和别人的关系都没有和你的关系那样密切。也就是说，它将是你最亲爱的伙伴，其血肉相连的程度，绝对超过了你和你的父母，你和你的妻子儿女，你和你的同伴和领导的关系。你可能丧失了所有的财产和所有的亲人，但只要你的目标还在，你就还有一个完整的系统存在，你就并不孤独和无望。

我们常常把别人的期待当成了自己的目标，在孩童的时候，这几乎是顺理成章的事情。但是，你会渐渐地长大，无论别人的期望是怎样的美好，它也不属于你。除非有一天，你成功地在自己的心底移植了这个期望，这个期望生根发芽，长成了你的目标。那时，尽管所有的枝叶都和原本的母体一脉相承，但其实它已面目全非，它的灵魂完完全全只属于你，它被你的血脉所濡养。

我们常常把世俗的流转当成自己的目标。这一阵子崇尚钱，你就把挣钱当成了自己的目标。殊不知钱只是手段而非目标，有了钱之后，事情远远没有结束。把钱当成目标，就是把叶子当成了根。目标是终极的代名词，它悬挂在人生的瀚海之中，你向它航行，却永远不会抵达。你的快乐就在这跋涉的过程中流淌，而并非把目标攫为己有。从这个意义上说，钱不具备终极目标的资格。过一阵子流行美丽，你就把制造美丽保存美丽当成了目标。殊不知美丽的标准有所不同，美丽是可以变化的，目标却是相当恒定的。美丽之后你还要做什么？美丽会褪色，目标却永远鲜艳。

有人把快乐和幸福当成了终极目标，这也值得推敲。快乐并不只是单纯的，感，类乎饮食和繁殖的本能。科学家们通过研究，发现最长远最持久的快乐，来自于你的自我价值的体现。而毫无疑问，自我价值是从属于你的目标感，一个连目标都没有的人，何谈价值呢！

一棵树的目标也许是雕成大厦的栋梁，也许是撑一把绿伞送人阴凉，也许是化作无数张白纸传递知识，也许是制成一次性筷子让人大快朵颐……还有数不清的可能性，我们不是树，我们不可能穷尽也不可能明白树的心思。我们是人，我们可以为自己确立一个目标，这是做人的本分之一。

永别的艺术

近读一文，内有几位日本女性，款款道来，谈她们如何人到中年，就开始柔和淡定地筹划死亡。好像戏刚演到高潮，主角就潜心准备谢幕时的回眸一笑，机智得令人恐惧。

一位艺术家，6岁时，把家中房子改建成3间，适合老年人居住，以用作"最后的栖身之所"。删繁就简，把用不着的家具统统卖掉，只剩下四把椅子，两个杯盘。丈夫叹道：这么早就给我收拾好啦！

一位女儿为父母收拾遗物，阁楼就像旧仓库，到处是旧书和电话簿，摞得比人还高。式样该进博物馆的服装，包装的盒子还未撕开。不知何时买下的布料，质地早已发脆。像出土文物一般陈旧的卫生纸，不起丝毫泡沫的洗涤剂……但房地产证、银行存折、名章等重要物件，却不知藏在什么地方。她想起母亲生前常说，我是不会给孩子们添任何麻烦的……心想，人不能在死亡面前好强，还是未雨绸缪的好。

她把父母家中的家具、衣物、餐具都处理了，最难办的是，母亲生前花了250万日元自费出版的自传，剩下100多册，无法处置。再三考虑之后，女儿双手合十默念道：妈妈，留下来的人还要生存，只有对不起您了。说完，她只收起4部自传，其余的都销毁。母亲的日记，她带走了。但每读一遍，都沉浸在痛苦之中。当她49岁时，先烧掉了自己的日记，然后把母亲的日记也断然烧光，从此一了百了。

风靡全球的《廊桥遗梦》，其实也是一篇从遗物讲起的故事。死之前应该做的事，似乎还挺多。如果疏忽了，有时便是难以弥补的缺憾。一位妻子患病住进医院，丈夫天天守候在床边，寸步不离。妻子刚开始是感动，随之就是生疑。终于察觉到自己患的不是一般的病，丈夫是在永诀前，尽力增多和自己待在一起的时间。女人深深地不安了，一再强烈要求出院，回到自己家中。丈夫知她病情重笃，哪敢让她走？只好不断用"明天我们就办手续"敷衍她。女人终于在一天夜里，大睁着双眼走了。丈夫整理妻子遗物的时候，发现了她与情人8年相通的记载，总算明白妻子最后放心不下的是什么了。

读着这些文字，心好像被一只略带冷意的手轻轻握着，微痛而警醒。待到读完，那手猛地松开了，顷刻有新鲜蓬松的血，重新灌注四肢百骸，令人感到阳间的温暖。

第一次清晰地感受生命对死亡的准备，是十几岁下乡时，房东大娘在秋阳下晾晒老衣。她脸上欣赏的神色和寿装绚丽妖娆的色彩，令我感到她有一种早日套入它们的期待。细想起来，农牧社会的死亡，也是节俭和单纯的。一个人死了，涉及的不过是几件旧衣，或烧或送，都好处置。其他农具家具炊具，属于公众的大家庭，不会也不应随了死者遁去。

现代社会在种种进步之中，也使死亡奢华和复杂起来。你不在了，曾经陪伴你的那些物品，还坚固地存在。怎么办呢？你穿过的旧衣，色彩尺码打上强烈个人印迹，假如没有英王妃黛安娜的名气，无人拍卖无处保存。你读过的旧书，假如不是当世文豪，现代文学馆也不会收藏，只有掩在尘封中，车载斗量地卖废品。你用过的旧家具，式样过时，假如不是紫檀或红木，也无后人青睐，或许丢弃垃圾堆。你的旧照片，将零落一地，随风飘荡，被陌生的人惊讶地踏着问：这是谁？

当我认真思忖死后的技术性问题时，感觉到的不再是对死亡的畏惧，而是对不幸参与料理这一切事物的人，充满歉意。假如是亲人，必会引起悸痛，但我的本意，是望他们平静。假如是素不相识的人，出于公务或是仁慈相助，更应减少他人的劳动强度。

我原以为死亡的准备，主要是思想和意志方面，不怕死，是一个充满思辨的哲学范畴。现在才醒悟，涉及死亡的物质和事务，也相当繁杂。或者说，只有更明智巧妙地摆下尘世间最后的棋子，才能更有质量地获得完整的人生尊严。

让年富力强的人，考虑死亡，似乎是一件可笑的事情。但死亡必定会在某一个不可知的时辰，与我们正面相撞，无论多么伟大的人物，都要臣服它的麾下。

经常想想自己可能明天或者最近就可能死，是一件有趣而且有益的事。

第一是有利于感悟生命，体验到它的脆弱和不堪一击，会格外地珍惜今天。有许多暂时看来无法跨越的忧愁与痛苦，在死亡的烈度面前，都变得稀薄了。

第二是有利于抓紧时间。日常生活的琐碎重复，使我们常常执拗地认为，自己是坐拥无限时光的富翁，可以随意抛撒。死亡给了我们一个不由分说的倒计时，无论你此刻多么精力超群，时间之囊里的水，都在一去不复返地失落着，储备越来越少。

第三是有利于我们善待他人，快乐自身。死亡使真情凸现，友情长存。

总之，死亡是不讲情面的伴侣，厮伴我们终生。此公最大的爱好就是冷不防，极少发布精确的预告。于是如何精彩地永别，就成了值得深入探讨的问题。日本女人的想法，像她们的插花，细致雅丽，趋于婉约。我想，这门最后的艺术，不妨有种种流派，阴柔纤巧之外，也可豪放幽默。小桥流水或横刀跃马，都可以事先多次设计，身后一次完成。或许将来可有一种落幕时分的永别大赛，看谁的准备更精彩，构思更奇妙，韵味更悠长。

唯一的遗憾，就是这比赛的冠军，不能亲自领奖了。

　　各位小朋友中朋友，咱们今天谈谈关于苦难的问题，你们可有兴趣？有人一定会捂着耳朵说，不听不听……说句心里话，我也怕谈这个难题。对我这也是一个大考验。咱们好像共同面对着一碗苦苦的药汤，要一口口慢慢地喝下去，有时还得咂着嘴回味一番，更是苦上加苦。可是中国有句古话，叫作"良药苦口利于病"，对于某些重要的命题，回避不是一个好法子。所以，咱们就一块儿皱着眉咬着牙，坚持讨论下去吧。

　　我之所以不称你们为"老朋友"，不是因为咱们相识的时间还短，是因为你们的年龄比较小。我原来总以为研究"苦难"这个大题目，要放在人比较成熟的时候——起码要到男孩下巴上长出软软胡须，女孩身姿婀娜之后。可是，生活根本就不理会我们的安排，它我行我素，肆无忌惮。可以顷刻之间，就把严酷的灾难，比如山崩地裂，比如天灾人祸，比如父母离异，比如病魔降身……莅临到无数人头上，毫不对儿童和少年稍存体恤之情。

　　这就证明了一个铁一般冷酷的事实——苦难的降临是不以人的善良意志为转移的。它就像空气一样，围绕着成人，也围绕着未成年人。对于注定要发生的风浪，单纯地依靠一厢情愿的堤坝，是无法躲避灾难的。更重要更有效的策略，是我们具备直面它的勇气，然后从容冷静坚定顽强地走过苦难，重建生活。

　　有一句说得很滥的话——"不要总是生活在童话中"。这话是什么意思呢？大概是说——童话虽然很美好，但现实生活中远不是那个样子。面对真实的生活的时候，我们要忘掉童话的气氛。

我不同意这种说法。其实在那些最优秀的童话里，是充满了苦难和对于苦难的抗争的。比如说"灰姑娘"吧。她小小的年纪，就失去了母亲，父亲也并不关爱她。（在那个经典的故事中，没有对灰姑娘爸爸的具体描写，我估计不是作者的疏忽，而是灰姑娘的老爸乏善可陈。从他找的第二任夫人的品行可看出，这老先生对人的洞察能力不佳。）在继母的冷漠和姐姐们的白眼下生活，没法读书，做着力所不及的杂役……嗨！简直就是未成年人被家庭虐待的典型。

比如"卖火柴的小女孩"，更是悲惨至极。没有吃的，没有喝的，在节日的夜晚，还要光着脚在风雪中售卖火柴，以至于饥寒交迫冻饿而死……真是惨绝人寰的景象。依我在西藏雪域生活多年的经验，作家笔下所描绘的小女孩临死前所看到温暖光明的家庭图画，其实很有科学根据。濒临冻僵的人，神经麻痹之后会出现神秘的幻觉——平日的理想都虚无缥缈地浮现出来了。包括小女孩脸上的笑容，也有医学基础。严寒会使人的肌肉强烈痉挛，我当过多年的医生，所见过的被冻死的人，表情都好似在微笑……

再说白雪公主。亲妈早早仙逝，后母不容，因为嫉妒她的美丽，竟然雇了杀手要取她首级。好不容易死里逃生，被好心的小矮人收留。为了报答恩人，她从高贵的公主摇身一变，成了打扫家务烹炸菜肴的小时工，这个落差不可谓不大。就这样，她的厄运还远未终结，后母死死追杀，最后被毒苹果险些夺去红颜……

怎么样？以上所谈童话中的阴谋与死亡、贫困与灾难……其力度和惨烈，就是今人，也要为之垂泪吧？

我还可以举出许多。比如小人鱼变鳍为脚的痛楚，小红帽面对狼外婆的恐惧，孙悟空戴上紧箍咒的折磨和唐僧九九八十一难的艰辛……怎么样，我说得不错吧？童话并不遮盖苦难，它们比今天那些搞笑的故事，更多悲凉和灾难的警策。

也许是因为童话多半有一个光明的结尾，好人得到神灵相助，就使人们忽略了那些惨淡的忧郁，以为童话总是祥云笼罩，这实在是一你的眼睛会蒸腾出温热的霞光，你的听觉会察觉远古的微响，你的内心像有一只毛茸茸的小松鼠越过，它纤细而奔跑的影子惊扰你思维的树叶久久还在曳动。你的手会不由自主地出汗，好像无意中拣到了天堂的房卡，你的足弓会轻轻地弹起，似乎想如赤脚的祖先一般迅跑在高原……

个大误会。

　　小朋友和中朋友们，说句真心话，依我这些年跋山涉水走南闯北的经验，苦难就像感冒，几乎是不可避免的。如果谁告诉你们世界永远是阳光灿烂，请记住——他是一个骗子。

　　灾难埋伏在我们前进的拐弯处，不知何时会突袭我们。怕，是没什么用的。我们不能取消灾难，各位能够做到的就是面对灾难不屈服。

　　灾难会带给我们巨大的痛苦。亲人丧失、房屋倒塌、财产毁坏、学业中断、断臂失明、瘫痪失语、孤苦无依、诬陷迫害……这些词令人窒息，我都不忍心写下去了。但我深深知道，以上绝境还远远不是灾难的全部，在人生过程中，还有大大小小许许多多匪夷所思的艰涩，会不期而遇。

　　既然灾难不可避免，灾难之后，我们怎么办？我想答案一定是形形色色的。不过万变不离其宗，大致可以分成两大类。

　　一条路是——我们可以终日啼哭，用泪水使太平洋的海拔高度上升。我们可以一蹶不振徘徊在墓地，时时沉湎在对亲人的怀念和追悼中。我们可以怨天尤人，愤问苍穹的不公和大自然的残忍。我们可以从此心地晦暗，再也不会欢笑和宽容……

　　沿着这条路一直走下去，那结局是末日的黑色和冰冷。

　　还有一条路是——我们拭干眼泪，重新唤起生的勇气。掩埋了亲人之后，我们努力振奋新的精神，以告慰天上的目光。我们更珍惜生命的价值和意义，争取用自己的存在让这颗星球更美。我们对他人更多温情和宽厚，因为我们从患难中理解了友谊和支援……

　　沿着这条路走下去，那结局是火焰般的橘黄色，明媚温暖。小朋友和中朋友们，这两条路可是南辕北辙的啊。灾难之后，何去何从，千万三思而后行！

　　灾难是一把双刃剑，可以把一个人从精神上杀死，也可以把他锻造得更加坚强。所以，选择非常重要。

　　如果说，何时我们遭遇灾难，是不受我们控制的，但灾难之后我们如何走过灾难，却是我们一定能掌握的。在灾难的废墟上，愿生命之树依然常青。

被老师读作文的时候

我小的时候，作文很好。主要是我爱写得与众不同。比如说老师出了个作文题，叫"一次谈话"。一般的同学写的都是自己做了一件错事，被爸爸妈妈或是其他的长辈批评了一顿，于是铭记在心等等。也有写同学之间闹了点小误会，一谈心就和解了的。这两种写法我都想到了，可我想写一次更奇妙的谈话。想啊想啊，我就设想通过电话同一位非洲的黑人小朋友谈话，谈他们的苦日子和我们的幸福生活。其实这个想法有很不合理的成分在内，一个当奴隶的黑孩子怎么会有电话呢？但当时是小学生的我，可想不到这么多，只顾按照自己的想象写下去。

我们的语文老师是山东大学中文系毕业的，对我这些有漏洞也有一点新意的小作文，给了很好的评语。王老师不止一次给我的作文批过"5+"的分数，还经常在课堂上读我的作文。

被老师读作文的时候，心情像一颗怪味豆。最初当然是甜的了，哪个学生不愿意受到老师的夸奖？可慢慢地，咸味和涩味就涌上心头。

首先是我觉得自己写得很不好，应该写得更好一些。特别是老师那些表扬的话，仿佛椅子上堆满了图钉，叫人不敢坐踏实。

最主要的是下课以后，同学们的神情怪怪的。"哦——哦——老师又用时传祥掏粪的勺子刬（夸）毕淑敏啦！"那时候我们刚学过一篇掏粪工人的课文，在北方话里，刬与夸同音。全班同学好像结成了孤立我的统一战线，跳皮筋，两边都不要我。要知道平日里，因为我个子高，跳得又好，大伙都抢着跟我一拨呢！我和谁说话，她会装作没听见扭身走开，然后故意跟别的人大声说笑，一边说一边看着我。

在我幼小的心里，第一次懂得了什么叫孤独，什么叫被嫉妒。

这样的日子一般持续两三天，就会过去。一来是孩子们毕竟小，容易健忘；二来我那时是大队长，人缘挺好，大伙有事都爱找我。

作文每两周讲评一次，我便要经受一次精神的炼狱。

怎么办呢？我想到的第一个办法是：从此不要把作文写得那样好。我开始挺随意地写作文，随大流，平平淡淡。果然，王老师不再念我的范文，同学们也和我相亲相爱。正在我很得意的时候，王老师找我了。"你的作文退步了，是不是骄傲了？"我执拗地保持沉默。不是不愿意告诉老师原因，而是不知道怎么说。假如我说了，老师会在班上把同学们数落一顿，（她会的，她的脾气很急躁。）那我的处境就更糟了。

我讨厌打小报告、告密的人。

王老师苦口婆心地开导我半天。虽说不是对症下药，我还是受到了教育。我想不能这样下去，我不应该用学习赌气。

于是我又开始认认真真地写作文，争取每一篇都写得不同凡响。王老师是满意了，可同学们敌视的恶性循环又开始了。

就没有一个万全之策了吗？我小小的脑筋动了又动，我发现同学们并不是讨厌我的作文。老师念它们的时候，大伙听得津津有味，不时还发出会意的笑声。同学们只是不喜欢老师反反复复只提一个名字：毕淑敏。

在我年长以后，我知道在心理学上，这种情况叫作"压抑"。同学们为了宣泄自身的情绪，把不满的火焰转移到了我的身上。

我当时自然是不懂这些的。我只觉得自己按老师的要求好好学习，并没有得罪谁，为什么大家伙要和我过不去？

又要写好作文，又要和大家处好关系，小小的我好累！！不行了。

我小心翼翼地说："王老师，我最近的作文有进步了吗？"

退回三十年，老师的威严比现在要强大得多。我的这个办法非得老师答应才成，因此心里发虚。"噢，你近来写得不错。今天下午我还要读你的作文。"王老师说。

"我有一个小小的请求……" 我战战兢兢地说。

"什么事，你说好了。" 王老师的眼睛明亮地注视着我。

"我想……您念我的作文的时候……是不是可以……不念我的名字……" 我鼓足勇气说完蕴藏在心中许久的话。

"为什么？我当了这么多年的老师，还是第一次听到这种要求。你总不能让同学们觉得那是一篇无名氏写的东西吧？" 王老师有些不耐烦了。

我知道王老师会这么说的，要说服她可不是一件容易的事。索性一不做二不休，我镇静下来，一板一眼地说："我觉得您读谁的作文，主要是看文章写得好不好。至于是谁写的，并不重要。不说名字，您让大伙讨论的时候，没人拘着面子，反倒更好说意见了。我也好给我自己的作文提不足之处……"

我说的都是实话。只是最重要的理由我没有说：我想为自己求一分心灵的安宁。

"你说得有一些道理。好吧，让我们下午试一试。" 王老师沉吟着答应了。

那天下午的情形，一如我小小的心所预料的。同学们充满了好奇，发言比平日热烈得多。下课以后，我和大伙快活地跳皮筋。

"嗨！毕淑敏，今天念的范文是你写的吧？" 有人问我。

"还能老是她写得好哇？我看今天一准是旁人写的。" 有人这样说。

我一概只笑不回答。问得急了，我就说："我猜像是你写的。"

从此以后，我的作文越写越好，和同学们也能友好睦邻。

我至今不知道这算是少年人的机智还是一种早熟的狡猾。它养成了我勤奋不已而又淡泊名利的性格。

但长大以后，看到一则名人名言，"走自己的路，让人们说去吧"。我想那是一种更积极更勇敢的生活态度。

只是我小时候，就是听到了这句教导，也未必敢照着去做。因为我是太珍视同小朋友们无忧无虑跳皮筋的机会了。

关于生命与命运的遐想

甲为乙办事，乙就付给甲报酬，价钱彼此可以谈得很清楚。

甲为乙丙两人办事，乙丙就付报酬给甲，也是很清楚的事。但每个人只需付二分之一，也很明白。

甲若是为百个人办事，无论每个人得的收益如何，大家只觉得付给甲百分之一是正当的，否则就是甲多吃多占了。

假如甲为一千个人、十万个人服务呢？假如他服务的人群数字再无限地增大下去呢？按照数学的规律，这个无穷大的分之一，结果就是零。

也就是说，受惠的人群可以心安理得地享受甲的劳动成果，却不必为此支付报酬，甚至连感谢都不必说一声。

这就是为什么传说中的英雄丹柯掏出自己的心，燃烧起来为众人引路。危险过去后，人们会把他跌落地上仍在发光的心踩灭。

这不是众人的无情，是铁的规律。

文学在某种意义上，就是这种为无穷大的民众服务的事业。

所以它的清贫与无功利性，几乎是命中注定的。

矢志于这一行的人，不必愤愤不平，只问自己是否愿意承受。

人的生命是一根链条，永远有比你年轻的孩子和比你年迈的老人。我们每个人都有自己的位置，它是一宗谁也掠夺不去的财宝。不要计较何时年轻，何时年老。只要我们生存一天，青春的财富，就闪闪发光。能够遮蔽它的光芒的暗夜只有一种，那就是你自以为已经衰老。

人类的表情肌，除了表达笑容，还用以表达愤怒、悲哀、思索、惆怅以致绝望。它就像天空中的七色彩虹，相辅相成。所有的表情都是完整的人生所必需的，是生命的元素。

痛苦有两种存在形式——包裹着和开放着。

就我个人来讲，我比较喜欢开放的痛苦。它就像会褪色的毛衣一样，在阳光下渐渐失去新鲜的色彩。

有些人不敢敞开自己的痛苦，是因为惧怕打开痛苦那一瞬刺人肺腑的疼痛。但包裹着的痛苦会像癌症一般生长，蔓延，吞噬我们的心灵。

我们只要把最猛烈的痛苦坚挺过去，就会发现可以比较从容地收拾痛苦的残骸了。

每个人的血液中都有与众不同的液体，可惜我们往往意识不到。如果有一种可以测量出我们特殊才能的仪器，我们就会发现有多少人荒废了他们的才能，终生在从事和他们天性相悖的职业。

每个人都在寻找，从幼年就开始找。找准了自己位置的人，是极少数的幸运者。

许多人在暗中摸索了一生，终究在迷茫中告别。如果我们找到了自己爱好的事业，万万不要放松。它会使我们不再计较得失，最大限度地感到自己存在的价值。

生理是心理的镜子。

每个人都是他自己的朋友和杀手。许多人的疾病其实是自身心理攻击生理造成的。一个人越是懦弱，他伤害自己的频率越高。

无论爱一个人还是恨一个人，有时都是很残忍的事情。

爱和恨，都有两个层面，一个是精神，一个是肉体。

你嘘寒问暖或是往对方脸上泼硫酸，都是首先作用于肉体，然后传递于心灵。你呵护或是残害他的灵魂，作用要更为深远得多。肉体和精神有时相连，有时隔膜。有的人肉体残缺后精神愈加完整，有的人躯体强健，精神却是破碎的。精神可以支配肉体，肉体却不可能控制精神。

小的危机就像感冒，不单是无法完全避免的，而且还可以给人以刺激，调动防御能力，增加免疫功能。

　　但是注意不要转成肺炎。

　　每个人都会有伤口。有的人愈合得天衣无缝，有的人留下累累疤痕。

　　这当然和利物刺进的深浅有关了。但我们经常看到，有的人，在深刻的创伤之后，仍然完整光滑。有的人，在小小不言的刺激下，就面目全非了。

　　在医学上，后一种人有一个特殊的名称，叫作——疤痕体质。

　　愿我们每一个人都不是意志上的疤痕体质。

　　我们可以受伤，我们可以流血。但我们要在最短的时间里，医治好自己的伤口，尽可能整旧如新。

　　没有快乐，谁也别想留住健康。

　　眼睛对眼睛，是可以说话的。它们进行无声的交流，在这种通行的世界语里，容不得谎言，用不着翻译。它们比嘴巴更真实地反映着一个人隐秘的内心世界。

　　我们可以吓唬别人，但不可以吓唬病人。当我们患病的时候，精神是一片深秋的旷野。无论多么轻微的寒风，都会引起萧萧黄叶的凋零。

　　让我们像呵护水晶一样呵护病人的心灵。

　　生命的燧石在死亡之锤的击打下，易于迸溅灿烂的火花。死亡使一切结束，它不允许反悔。无论选择正确还是谬误，死亡都强化了它的力量。尤其是死亡的前夕，大奸大恶，大美大善，大彻大悟，大悲大喜，都有极淋漓的宣泄，成为人生最后的定格。

　　一个人有太多选择的时候，常常径直选了那最容易、最易在短时间内见成效的一条路。一个人只有一种选择的时候，实际上丧失了选择，只是接受命运。所以选择不宜太多也不宜太少，以能充分发挥意志、表达信念为最好。

　　惊奇，是天性的一种流露。

　　生命的第一瞬就是惊奇。我们周围的世界，为什么由黑暗变明朗？

为什么由水变成了汽？温度为什么由温暖变得清凉？外界的声音为何如此响亮？那个不断俯视我们亲吻我们的女人是谁？……

从此我们在惊奇中成长。

这个世界上，有多少值得惊奇的事情啊。苹果为什么落地，流星为什么下雨，人为什么兵戎相见，史为什么世代更迭……

孩子大睁着纯洁的双眼，面对着未知的世界，不断地惊奇着，探索着，在惊奇中渐渐长大。

惊奇是幼稚的特权，惊奇是一张白纸。

当我沮丧的时候，当我彷徨的时候，当我孤独寂寞悲凉的时候，我曾格外地相信命运，相信命运的不公平。

世上可真有命运这种东西？它是物质还是精神？难道说我们的一生都早早地被一种符咒规定，谁都无力更改？我们的手难道真是激光唱盘，所有的祸福都像音符微缩其中。

不幸者常常愿意同幸运者相比，抱怨自己的运气。

幸运者常常不愿同不幸者相比，相信自己的努力。

命运中的不速之客永远比有速之客来得多。

所以应付前一种客人，是人生的必修。他既为客，就是你拒绝不了的。所以怨天尤人没有用，平安地尽快把客人送走，才是高明的主人。

命运是我怯懦时的盾牌，当我叫嚷命运不公最响的时候，正是我预备逃遁的前奏。命运像一只筐，我把对自己的姑息、原谅以及所有的延宕都一股脑地塞进去，然后蒙一块宿命的轻纱。我背着它慢慢地向前走，心中有一分心安理得的坦然。

当我快乐当我幸福当我成功当我优越当我欣喜的时候，当一切美好辉煌的时刻，我要提醒我自己——这是命运的光环笼罩了我。在这个环里，居住着机遇，居住着偶然性，居住着所有帮助过我的人。

假如在这死亡将至的时候，依然刻骨铭心地惦记着一件事，依然期望等待，不依不饶，那这个心愿便集中反映了一个人的个性，甚至是他生命的支点。古人说的死不瞑目，指的就是这种情况。

死亡基本上可以分为两种——有准备的死和没有准备的死。猝死就是没有准备的死（当然在广义上除了极幼小的孩童，我们都或多或少考虑过死亡），有准备的死则是一个缓慢的过程。人们冷静地回忆自己的一生，犹如上溯一条绵长的河流。世俗的纠缠，在死亡的背景之上，它平素所具有的魔力，异乎寻常地浅淡了，人便格外的公允格外的豁达，有置身物外的超然与智慧。

延长中年

人的寿命越来越长。原始人的化石中极少发现罹患癌症的证据，究其原因，除了那时山清水秀无污染，也有学者认为他们三十岁左右就已夭折，根本还没来得及活到癌细胞肆虐的高龄。

日本人的平均寿命已接近八十岁，北京的这个数字也到了七十八岁，女性的寿命还更长一些。这消息让人欣喜，"寿"是东方文化中浓重的一笔喜色。好比一座大厦，原本图纸上盖的是六十层，古话说"人生七十古来稀"嘛！现在居然多出来了二十层，岂能不让生命的开发商喜出望外？建筑面积一下子涨了若干平方米，可以从容安排更多的房客入住了。

人生七彩虹，由幼年、少年、青年、中年、老年等阶段组成。每个阶段都有相对应的年龄界限，比如十八岁以前是少年，三十岁之前是青年，再往后就是中年了……现在楼房加高，各个阶段如何分配就成了新问题。联合国的法子是把青年的尺度放宽到四十五岁，这对所有不愿老不服老不承认老的人是个极好的消息。

但我心里总不踏实，一个二十岁的青年和一个四十四岁的青年，是一代人吗？后者简直就是前者的老爸老妈了。孩子和父母同属一个年龄段，固然是美好景象，但实用起来，恐有不便。比如说开发一款面向青年人的时装，二十多岁的年轻人求的是袒胸露臂靓丽凉爽，四十多岁的人就要顾忌腰背别受了风，以防跟"五十肩"提前挂了钩。

大学里，常常听到二十多岁的学子，满面娇羞地称呼自己是"男孩子""女孩子"，甚至见过一位四十多岁的离婚女子，沧桑地说"我们女孩子……"童年就像上等拉面，被抻得如此之长。唯一没有歧义的，可能是老年了。六十岁以上是老人，一百二十岁也是老人。

多出来的二十层楼如何分配？是把膨大起来的蛋糕均切到每个年龄段上，还是一股脑地塞进老年这只集装箱？

回眼检索一生。我的童年还算幸福，吃穿不愁经常受到老师的夸奖，但那时的我，没有劳动能力，太孱弱也太无知了。这虽然不是我的过错和责任，但童年的长度已达到我忍耐的极限。我至今清晰地记得当时最迫切的渴望——快快长大成人！

青年阶段。我记得那时血气方刚的味道，也怀念一目十行的好记性。体能充沛，奔跑的速度是一生中的巅峰。但我依然决定把多出来的寿命从青年阶段掠过，不再回头。那时青涩冲动，多目空一切的虚妄和浅尝辄止的窃喜。我虽绝不后悔逝去的青春，但我不期望它被延长。

老年阶段是大厦屋顶，琉璃华美反射阳光，也许它的观赏意义大于实用价值。顶楼的房间，即使附送花园也避免不了无法冬暖夏凉的缺陷。

中年阶段。这个时候的我，不再豆蔻年华人面桃花，不能无忧无虑一个人吃饱了全家不饿，负着太多的责任和期待，常常抚摸着酸硬的肩脊眺望远方，不知还有几程风雨横亘荒野。职场的砥柱中流，要承接更多风险。学术的栋梁之材，要秉烛夜读承上启下。侍奉患病的双亲，长夜漫漫，守候着岩洞滴水般的输液瓶。抚慰拼搏中的家人，要有海一样的襟怀丝绵一样的柔肠……

眼睛已经有一点花了，从昏暗的室内走到明亮的蓝天下，会有几秒钟的恍然，好像一架聚焦不灵的望远镜。额上已盘了细密的皱纹，有些是困难的思考烙印在那里的，有些是长久的欢颜聚起来的。手指失去了柔软和灵活，晨起后有轻微的僵直。双腿早已没有麋鹿般的弹跳和轻盈，上下地铁通道，不能跨越两级，只能一个个台阶稳步前进……

尽管有种种的不如意，思前想后，我依旧恳请延长我的中年阶段，因为这是我最勇敢的时刻。

年龄的颜色

　　如果在词语上涂抹颜色，把红色比作褒奖，把黑色比作贬斥，婴儿的诞生就是一枚艳丽的圣女果铿锵落下，年龄调色盘就此开始旋转。幼儿无疑是樱红色的，皮肤水嫩吹弹得破，胎毛柔软双眸晶亮，对成年人的依偎更使长辈人在辛苦的同时，感到被信任的幸福和施予哺育的责任。当一个幼儿长成少年，他们开始反叛和桀骜不驯，但眼光依然秋水般明澈，恣肆汪洋之下依然是可爱的探索和期冀。如果说到青年人的颜色，我想是金红色的吧？不仅仅是红，而且有了逼人的光芒和灼热的火焰，有炫目和烘烤之感。对于中年人……注意，当我们说到这个词汇的时候，会不由自主地把音速放缓，深深地吸进一口气。我们会感到平稳和力量，会感到深厚的功力和外柔内刚的主动。用颜色作比方，此时的他们是沉静而内敛的枣红色，有了一点点不易察觉的黑色潜藏其中，恰到好处，让红有了滑顺的平台和根脉的偾张。随着年龄的渐增渐长，调色盘中的红色悄悄地隐没，黑色如荒草蔓延滋生。他们颊上的光润，无可挽回地凋落了，血脉开始干涸。雪白的牙齿无论怎样保护，出现松动和脱失。漆黑的须发无论怎样濡养，却也躲不过秋霜的点染。矫健的双腿注入了滞涩的尘锈，锐利的双眸需要借助镜片的帮忙才能看清书本……他们无可逆转地进入了老年，沉暗的黑幕跳着优雅的华尔兹，温和地不动声色地蚕食着红色的舞台，旋转着将你带到遥远的天际，那里有星星点点的光芒、如银的残月和无边的静夜……

这不是一个悲观的预测，而是一个透明的事实。如果让我更赤裸裸地说出真实，那就是这个规律对于女人来讲，更坚定和不容商榷。如晦的黑色会更早地出现，娇嫩的红色会更快地淡隐。什么美容整容化妆术，都遮盖不了本质的嬗变。当绯红退潮酱黑涌入的时候，有一个专用名词，这就是——更年期。我觉得这个词起的挺妙——变更年龄的时期。追本溯源，什么年龄变更了呢？是一个女人从生殖的年龄变到丧失了这种功能。

这在远古，一定是一个令女子非常可怕的改变。对于种族和家系的繁衍，她已归零。生产力低下的时代，繁殖的本能，是女性赖以生存的极为重要的资源。更不消说，由于激素的变化，她的身体内部引起了一系列陌生的信号，令她震惊和不适。她有可能暴躁和哭泣，会面部潮红情绪波动，会减低了劳动的能力甚至难以与人和谐相处……凡此种种，现代科学将之冷静地归纳在一起，打了一个大大的文件包，名曰"更年期综合征"。

更年期综合征是一组症状，在已知的疾病里面，它既不是最难治的，也不是最严重的。不像 SARS 或禽流感，它不传染。所有不曾早夭的女人差不多都会被它淋湿一遭。在某种程度上说，症状如不剧烈，它几乎不能算是一种病，只能说是一个生理阶段，有一种广义上的必然。据现代科学研究，男性也会有"更年期"，体内的荷尔蒙也会低落和衰减，难逃生殖机能从衰减趋向沉默的恢恢法网。

有趣的是，你可以观察，大多数人，尤其是年轻人，在谈起"更年期"的时候，嘴都会不由自主地撇一下，以表达不屑和厌恶。或者说，当他们具体针对某个人的时候，由于关系的紧密和礼节的顾忌，这种情感还比较收敛的话，当这个名称抽象起来，成为单纯的标签时，这种轻漠和鄙弃将表达得十分充分和无所顾忌。

年龄上的傲慢，是进化中的化石。现代科技与文明，已经大大地延续了人类的年龄，但那些来自远古的律令，依然盘踞在我们意识的岩缝里根须缠绕。

在动物世界，过了盛年的个体，就滑到了边缘和死亡，某些物种，完成繁殖之后，几乎立刻结束了生命，把尸身盛在盘子里变作后代的佳肴。人是一个例外，这个例外由于科技的助力，变得更加突出了。但我们在意识层面之下对于古老法则的延展，却还是根深蒂固的。

　　有人说，提出了问题就等于解决了一半。在年龄歧视这方面，我可不乐观。提出问题不是解决了一半，仅仅是觉察而已。

最大的缘分

　　这几年，"缘"字泛滥，见面就是缘。

　　在翠绿的伊犁河谷，一位哈萨克少女，高擎着马奶子酒说，尊贵的客人，世上最高最长远的缘分是什么呢？是吃啊！一生下来，婴儿就要吃。到不能吃的时候，缘分也就尽了。人们因吃而聚，因吃而离……

　　那一天，所有的味道，都被这句话漂白。

　　吃是笼罩天穹的巨伞。甚至从生命还没有诞生，我们就开始吃了。构成我们机体原初的那些物质：骨的钙，血的铁，瞳孔的胡萝卜素，头发的维生素原 B5，肌肉的纤维，脑神经的沟回……无一不是我们从大自然攫取来的。生命始自吃大自然，大自然是胚胎化缘的钵，这就是最洪荒的缘分啊。

　　出生后，我们开始吃母亲。乳汁是世界上最完整最富于消化吸收的养料，妈妈的胸怀，是我们赖以生存的谷仓，遮风雨的帐篷，温暖的火墙和日夜轰响的交响乐团（资料证明，婴儿在母亲的心跳声中，感觉最安宁。因为这声音的节奏，已融入孩子永恒的记忆）。因为吃与被吃，母与子，结成天下无与伦比的友谊。这种友谊被庄严地称为——母爱。

　　长大了，我们开始吃自己。养活你自己，几乎是进入成人世界最显著的标志。填平空虚的胃，曾经是多少人惨淡经营的梦想。待统计到国计民生上，温饱解决了，我们就能进入小康，吃——此刻不仅仅是食物，更成了逾越文明纪录的标杆。吃是基础，吃是栋梁，有了吃，一个民族才能在世界的麦克风中有扩大的声音。没有吃，肚子咕咕叫的动静压倒一切，遑论其他！

夫妻走到一块，叫作从此在一个饭锅里搅马勺了。吃是男女长久的媒人和黏合剂。

普天之下，熙熙攘攘，多少酒肆饭楼，早茶晚宴，都是为吃聚在一处。古往今来，不知有多少大事在觥筹交错中议定，有多少金钱在餐桌下滚滚作响。

为了吃，人是残忍的，远古时曾尝遍了包括人自身在内的所有生物。进步了，不再吃人。科学了，不再吃有害健康的食物。但人的好吃仍是无与伦比，毒蛇有毒，拔了牙吃。河豚烈性，剥了内脏继续吃。珍禽异兽，都曾被人烹炸清炖，吃了南极吃北极，先是磷虾后是鲸……人是地球上能吃善吃的冠军，狮子老虎都得自叹弗如。

吃到遥远的地方，吃出奇异的境界，是人类永不磨灭的理想。所以，人总想吃出地球去，吃到太空去，到另外的星球上找饭吃，这便是无限神往的明天了。

到什么也不想吃的时候，生命已到尾声，与这世界的缘分将尽了。所以，能吃是最基本的缘分，切不可小觑。与"能吃"的可爱相比，功名利禄都是泔水。吃亦有道，需吃得聪明，吃得正大，吃得坦荡，吃的是自己双手挣来的清白，吃才是人间的幸福。

珍惜能吃的日子，珍惜一道举箸的亲人。珍惜畅饮的朋友，珍惜吃的智慧。敬畏热爱供给我们吃的原料，吃的场所，吃的机会，吃的概率的源头……大自然与母亲！

灵魂飞翔的地方

从北京出发，坐一个星期火车再加半个月汽车后，我服兵役来到西藏阿里部队。在地图上找不到"阿里"这个具体地名，一个名叫"狮泉河"的小镇标记，代表了世界屋脊上这块三十五万平方公里的广袤雪域。

从京城优裕生活的学外语女孩，一下子坠落到祖国最边远的不毛之地当卫生员（当然从海拔的角度来说，绝对是上升了，阿里的平均高度超过五千米）。我的灵魂和肌体都受到了极大震动。也许是氧气太少，成天迷迷糊糊的，有时望着遥远的天际，面对无穷无尽的雪原和高山，心想，这世界上真有北京这样一个地方吗？以前的我，该不是一个奇怪的梦吧？

因为没有正规的医学教育，老医生就得言传身教地指导卫生员，好像一个老木匠带着一群小木匠。一天，老医生对我们说，想不想看看真正的恶性肿瘤是什么样？

我们那群女孩子，正是对世上一切事物好奇的年龄，忙说，想看。只是到哪儿去看呢？

老医生眺望远方，说，到最高的那座山上去。

原来是一位患肝癌的牧人在病房故去，家属对一直给他治病的老医生说，我们把亲人的身体，托付给金珠玛米（解放军）的门巴（医生）了，希望您能将他天葬。说完之后，活着的亲人们就赶着羊群逶迤而去。

我对老医生说，您会天葬吗？

那时正是"文革"期间，所有的天葬师都销声匿迹。老医生说，我尽力去做。

老医生找来担架，把尸体安放其上。来了一辆解放牌卡车，载着我们和担架，向人迹绝踪的山顶开去。我第一次与死人相距咫尺，充满恐惧。我昨天还给他化验过血，此刻他却无知无觉地躺在大厢板上，随着车轮的每一次颠簸，像一段朽木在白单子底下自由滚动。我尽量离他远一点，但车厢里只有那么大地方，我的脚紧紧地挨着他的腿，凝固的感觉自下而上蔓延，半截身体变得铁一般硬冷。

离山顶还很远，路已到尽头，汽车再无法向前。只有把担架抬下来，托举着它，向高高的山顶攀去。老医生自然身先士卒，但他一个人无法将尸体搬上山巅。他征询我的意见说，你是抬前架还是后架？我想了半天说，我……抬后面吧。倒不是我拈轻怕重，只是我已看出端倪，知道抬前架的人负有使命，需决定哪一座峰峦才是这白布下的灵魂最后的安歇之地。对于这种神圣的职责，我实在没有经验。

灵魂肯定是一种承受重量的物质，它离去了，人体反而滞重。我艰难地高擎担架，在攀登的路上竭力保持平衡。尸体冰凉的脚趾隔着被单颤动着，坚硬的指甲鸟喙一样点着我的面颊。我不敢有片刻大意，死死盯着老医生的步伐。他抬步我前进，他停脚我立定。生怕配合不默契，一个失手，死去的肝癌牧人，必得稳稳地滑坐在我肩头。

山好高啊，累得我几乎想和担架上躺着的人交换位置。我抑制着喉头血的腥甜说，秃鹫已经在天上绕圈子了，再不把死人放下，会把我们都当成祭品的。老医生沉着地说，只有到了最高的山上，才能让死者的灵魂飞翔。我们既然受人之托，切不可偷工减料。再坚持一下吧。

终于，到了伸手可触天之眉的地方。担架放下，老医生把白单子掀开，把牧羊人铺在山顶的砂石上，如一块门板样周正。他拿出手术刀剪，锋利的刀口流利地反射着阳光，在石峰上映出点点亮斑。他高高举起刀柄，霍然划下……牧人像容器一般被打开了，老医生像拎土豆一般把布满肿瘤的肝脏提出腹腔，仔细地用刀锋敲着肿物，倾听它核心处混沌的声响，一边惋惜地叹道，忘了把炊事班的秤拿来，这么大的癌块，罕见啊……

秃鹫在头顶愤怒地盘旋着，翅膀扇起阳光的温热。我望着牧人安然的面庞，心灵感到极大的震颤。他的耳垂上还留有我昨日为他化验血时打下的针眼，粘着我贴上去的棉丝。因为病的折磨，他瘦得像一张纸。尽管当时我把刺血针调到最轻薄的一档，还是几乎将耳朵打穿。他的凝血机制已彻底崩溃，稀薄的血液像红线一样无休无止地流淌……我使劲用棉球堵也无用，枕巾成了湿淋淋的红布。他看出我的无措，安宁地说，我身上红水很多，你尽管用小玻璃瓶灌去好了，我已用不到它……

面对苍凉旷远的高原，俯冲而下乜视的鹰眼，散乱山之巅的病态脏器和牧羊人颜面表层永恒的笑容，在那一瞬间，我领悟了什么叫作生命。

它是天地的精华，它是巨大的偶然。它是无限长链中闪烁的一环，它是造化轮回中奇异的组合。周围是无穷无尽的冰川雪岭，它们虽然恒远，却是了无生命的，只有人才是这冰雪世界最活跃的生灵。我们原本是从自然中来，我们必有一天要回到自然中去。在这个短暂的旅途之中，我们要千百倍地珍惜生命……

老医生谆谆指教我们每一脏器的部位，每一神经的走向，直到秃鹫不耐烦地要啄他的眼镜。我们这些年轻的女孩子，围着安卧着的牧羊人，惊心动魄地学习任何医学院都不曾开设过的课程。

讲完课以后，老医生让我们退到远处，他将牧羊人肢解得粉碎，精细地铺陈在砂地上，以便秃鹫将牧羊人的灵魂，快快驮上蓝天。

秃鹫乌云一般呼啸而下，又扶摇而上，隐没在苍穹尽头。我们肃穆地注视着，默默感受着一个生命的消失与升华。

苍茫之悟

很久以来，面对苍凉的荒漠，迷茫的雪原，无法逾越的高山，浩渺无垠的大海……心胸就被一种异样的激情壅塞。骨髓凝固得像钢灰色的轨道，敲之当当作响。血液打着旋涡呼啸而过，在耳畔留下强烈的回音。牙齿因为发自内心的轻微寒意，难以抑制地抖颤。眼睛因为注视遥远的地方，不知不觉中渗透泪水……

当我十六岁第一次踏上藏北高原雪域，这种在大城市从未感受到的体验，从天而降。它像兀鹰无与伦比的巨翅，攫取了我的意志，我被它君临一切的覆盖所震惊。

它同我以前在文明社会中所有的感受相隔膜，使我难以命名它的实质，更无法同别人交流我的感动。

心灵的盲区，语言的黑洞。

我在战栗中体验它博大深长的余韵时，突然感悟到——这就是苍茫。

宇宙苍茫，时间苍茫。风雨苍茫，命运苍茫。历史苍茫，未来苍茫。天地苍茫，生命苍茫。

人类从苍茫的远古水域走来，向苍茫的彼岸划动小舟。与生俱来的孤独之感，永远尾随鲜活的生命，寰宇中孤掌难鸣，但不屈的精灵还是高昂起手臂，仿佛没有旗帜的旗杆指向苍穹……痛苦的人生，没有权利悲哀。

苍茫的人生，没有权利渺小。

节气是一种命令

　　夏初，买菜。老人对我说，买我的吧。看他的菜摊，好似堆积着银粉色的乒乓球，西红柿摞成金字塔样。拿起一个，柿蒂部羽毛状的绿色，很翠硬地硌着我的手。我说，这么小啊，还青，远没有冬天时我吃的西红柿好呢。

　　老人显著地不悦了，说，冬天的西红柿算什么西红柿呢？吃它们哪里是吃菜？分明是吃药啊。

　　我很惊奇，说怎么是药呢？它们又大又红，灯笼一般美丽啊。

　　老人说，那是温室里煨出来的，先用炉火烤，再用药熏。让它们变得不合规矩地胖大，用保青剂或是保红剂，让它比画的还好看。人里面有汉奸，西红柿里头也有奸细呢。冬天的西红柿就是这种假货。

　　我惭愧了。多年以来，被蔬菜中的骗局所蒙蔽。那吃什么菜好呢？我虚心讨教。

　　老人的生意很清淡，乐得教诲我。口中吐钉一般说道——记着，永远吃正当节令的菜。萝卜下来就吃萝卜，白菜下来就吃白菜。节令节令，节气就是令啊！夏至那天，太阳一定最长。冬至那天，亮光一定最短。你能不信吗？不信不行。你是冬眠的狗熊，到了惊蛰，一定会醒来。你是一条长虫，冷了就得冻僵，会变得像拐棍一样打不了弯。人不能心贪，你用了种种的计策，在冬天里，抢先吃了只有夏天才长的菜，夏天到了，怎么办呢？再吃冬天的菜吗？颠了个儿，你费尽心机，不是整个瞎忙活吗？别心急，慢慢等着吧，一年四季的菜，你都能吃到。更不要说，只有野地里，叫风吹绿的菜叶，太阳晒红的果子，才是最有味道的。

我买了老人家的西红柿，慢慢地向家中走。他的西红柿虽是露天长的，质量还有推敲的必要。但他的话，浸着一种晚风的霜凉，久久伴着我。阳光斜照在网兜上，那略带柔软的银粉色，被勒割出精致的纹路，好像一幅生长的印谱。

人生也是有节气的啊！

春天就做春天的事情，去播种。秋天就做秋天的事情，去收获。夏天游水，冬天堆雪。快乐的时候笑，悲痛的时候洒泪。

少年需率真。过于老成，好比施用了植物催熟剂，早早定了型，抢先上市，或许能卖个好价钱，但植株不会高大，叶片不会密匝，从根本上说，该归入早夭的一列。老年太轻狂，好似理智的幼稚症，让人疑心脑幕的某一部分让岁月的虫蛀了，连缀不起精彩的长卷，包裹不住漫长的人生。

时尚有句俗话——您看起来比实际的岁数年轻，听的人把它当作一句恭维或是赞美，说的人把它当作万灵的廉价礼物。我总猜测这话的背后，缩着上帝的一张笑脸。

比实际的年龄年轻，就分明是好的，美的，值得庆贺的吗？

小的人希冀长大，老的人祈望年轻。这种希望变更的子午线，究竟坐落在哪一扇生日的年轮？与其费尽心机地寻找秘诀，不如退而结网，锻造出心灵与年龄同步的舞蹈。

老是走向死亡的阶梯，但年轻也是临终一跃前长长的助跑。五十步笑百步，不必有过多的惆怅或是优越。年轻年老都是生命的流程，不必厚此薄彼，显出对某道工序的青睐或是鄙弃，那是对造物的大不敬，是一种浅薄而愚蠢的势利。人们可以濡养肌体的青春，但不要忘记心灵的疲倦。

死亡是生命最后的成长过程，有如银粉色的西红柿被摘下以后，在夕阳中渐渐地蔓延成浓烈的红色。此刻你只有相信，每一颗西红柿里都预设了一个机关，坚定不移地服从节气的指挥。

教你生病

儿子比我高了。

一天，我看他打蔫，就习惯地摸摸他的头。他猛地一偏脑袋，表示不喜欢被爱抚。但我已在这一瞬的触摸中，知道他在发烧。

"你病了。"我说。"噢，这感觉就是病了。我还以为我是睡觉少了呢。妈妈，我该吃点什么药?"他问。

孩子一向很少患病，居然连得病的滋味都忘了。我刚想到家里专储药品的柜里找体温表，突然怔住。因为我当过许多年的医生，孩子有病，一般都是自己在家就治了。他几乎没有去过医院。

"你都这么大了，你得学会生病。"我说。"生病还得学吗? 我这不是已经病了吗?"他大吃一惊。"我的意思是你必须学会生病以后怎么办。"我说。

"我早就知道生病以后该怎么办。找你。"他成竹在胸。"假如我不在呢?""那我就打电话找你。""假如……你终于找不到我呢?"

"那我就……就找我爸。"

也许这样逼问一个生病的孩子是一种残忍。但我知道总有一天他必须独立面对疾病。既然我是母亲，就应该及早教会他生病。

"假如你最终也找不到你爸呢?""那我就忍着。你们早晚反正会回家。"儿子说。"有些病是不能忍的，早一分钟是一分钟。得了病以后最应该做的事是上医院。""妈妈，你的意思是让我今天独自去医院

看病？"他说。虽然在病中，孩子依然聪敏。"正是。"我咬着牙说，
生怕自己会改变主意。"那好吧……"他扶着脑门说，不知是虚弱还
是思考。"你到外面去'打的'，然后到××医院。先挂号，记住，要买
一个本……"我说。"什么本？"他不解。"就是病历本。然后到内科，
先到分号台，护士让你到几号诊室你就到几号，坐在门口等。查体温
的时候不要把人家的体温表打碎。叫你化验你就到化验室去，要先划
价，后交费。等化验结果的时候，要竖起耳朵，不要叫到了你的名字
没听清……"我喋喋不休地指教着。"妈妈，你不要说了。"儿子沙哑
着嗓子说。

我的心立刻软了。是啊，孩子毕竟是孩子，而且是病中的孩子。
我拉起他滚烫的手说："妈妈这就领着你上医院。"他挣开来，说：
"我不是那个意思，我是说我要去找一支笔，把你说的这个过程记下
来，我好照着办。"

儿子摇摇晃晃地走了。从他刚出门的那一分钟起，我就开始后悔。
我想我一定是世上最狠心的母亲，在孩子有病的时候，不但不帮助他，
还给他雪上加霜。我就是想锻炼他，也该领着他一道去，一路上指指
点点，让他先有个印象，以后再按图索骥。虽说很可能留不下记忆的
痕迹，但来日方长，又何必在意这病中的分分秒秒。

时间艰涩地流动着。像沙漏坠入我忐忑不安的心房。两个小时过
去了，儿子还没有回来。我虽然知道医院是一个缓慢的地方，心还是
疼痛地收缩成一团。

虽然我几乎可以毫无疑义地判定儿子患的只是普通的感冒，如果
寻找什么适宜做看病锻炼的病种，这是最好的选择，但我还是深深地
谴责自己。假如事情重来一遍，我再也不会教他独自去看病。万一他
以后遇到独自生病的时候，一切再说吧。我只要这一刻他在我身边！

终于，走廊上响起了熟悉的脚步声，只是较平日有些拖沓。我开
了门，倚在门上。

"我已经学会了看病。打了退烧针，现在我已经好多了。这真是
件挺麻烦的事。不过，也没有什么。"儿子骄傲地宣布。又补充说，
"你让我记的那张纸，有的地方顺序不对。"

我看着他，勇气又渐渐回到心里。我知道自己将要不断地磨炼他，在这个过程中，也磨炼自己。

　　孩子，不要埋怨我在你生病时的冷漠。总有一天，你要离我远去，独自面对包括生病在内的许多苦难。我预先能帮助你的，就是向你口授一张路线图。它也许不那么准确，但聊胜于无。

我羡慕你

　　我是从哪一天开始老的？不知道。就像从夏到秋，人们只觉得天气一天一天凉了，却说不出秋天究竟是哪一天来到的。生命的"立秋"是从哪一个生日开始的？不知道。青年的年龄上限不断提高，我有时觉得那都是上了年纪的人玩出的花样，为掩饰自己的衰老，便总说别人年轻。

　　不管怎么样，我觉得自己老了。当别人问我年龄的时候，支支吾吾地反问一句："您看我有多大了？"佯装的镇定当中，希望别人说出的数字要较我实际年龄稍小一些。倘若人家说的过小了，又暗暗怀疑那人是否在成心奚落。我开始越来越多地照镜子。小说中常说年轻的姑娘们最爱照镜子，其实那是不正确的。年轻人不必照镜子，世人仰慕他们的目光就是镜子。真正开始细细端详自己的容貌的是青春将逝的人们。

　　于是我把所有的精力放在孩子身上。记得一个秋天的早晨，刚下夜班的我，强打精神，带着儿子去公园。儿子在铺满卵石的小路上走着。他踩着甬路旁镶着的花砖，一蹦一跳地向前跑，将我越甩越远。

　　"走中间的平路！"我大声地对他呼喊。"不！妈妈！我喜欢……"他头也不回地答道。

　　我蓦地站住了。这对话是那样熟悉。曾几何时，我也这样对自己的妈妈说过，我喜欢在不平坦的路上行走。这一切过去得多么快呀！

从哪一天开始，我行动的步伐开始减慢，我越来越多地抱怨起路的不平了呢？

这是衰老确凿无疑的证据。岁月的长河不可逆转，我不会再年轻了。

"孩子，我羡慕你！"我吓了一跳。这是一句实实在在的声音，从我身后传来，她说得很缓慢，好像我的大脑变成一块电视屏幕，任何人都能读出上面的字迹。

我转过身。身后是一位老年妇女。周围再没有其他人。这么说，是她羡慕我。我仔细打量着她，头发花白，衣着普通。但她有一种气质，虽说身材瘦小，却有一种令人仰视的感觉。我疑虑地看着她。我不知道自己有什么值得人羡慕的地方———一个工厂里刚下夜班满脸疲惫之色的女人。

"是的。我羡慕你的年纪——你们的年纪。"她用手指轻轻点了点，将远处我儿子越来越小的身影也括了进去。"我愿意用我所获得过的一切，来换你现在的年纪。"

我至今不知道她是谁，不知道她曾经获得过的那一切，都是些什么。但我感谢她，让我看到了自己拥有的财富。我们常常过多地把眼睛注视着别人，而自己则在不知不觉中失落着最宝贵的东西。人的生命是一根链条，永远有比你年轻的孩子和比你年迈的老人。我们每个人都有自己的位置，它是一宗谁也掠夺不去的财宝。不要计较何时年轻，何时年老。只要我们生存一天，青春的财富，就闪闪发光。能够遮蔽它的光芒的暗夜只有一种，那就是你自以为已经衰老。

年轻的朋友们，不要去羡慕别人。要记住人们在羡慕我们！

在火焰中思索

　　火焰，不是一个思索的好地方。思索，通常发生在静谧安全清宁的场合，当事人一般是舒缓宽松的。即使脑海内波涛翻滚高度紧张吧，外在的神情也必是收敛和沉着的。如果一个人大喊大叫着或是高速奔跑着或是披荆斩棘着，都和稳健的思考有着相当的距离。在那种风起云涌的时刻，即使有所想法，也是简单的和直线的，是思考终结后的付诸行动。

　　俗话说，水火无情。但我想，水中，好像还是一个比火中较适宜进行思考的场所。水是细腻的，只要不是沸水和冰水，它在短时间内给人的感受，还是柔软光滑的。有很多落难水中的人，在经过了数小时数十小时的搏击之后，依然获救，我想，同他们在水中进行了周密的思考和决策有关，也同水的比较宽容有关。我听过一位在台风的沉船中偶然获救的船员说，他在水中一次又一次地分析海浪的方向，直到当一股最大的风浪打来的时候，他憋足气沉入其中，被那股浪推到了浅滩。

　　火，则要穷凶极恶得多。除去炉子和烧杯……这些被人所管辖的微火之外，所有的大面积的肆无忌惮的火，都是灼热和暴跳如雷的，都是狠毒和惨绝人寰的。那些貌似轻快无邪的火舌，喷溅着巨大的毒汁。想想吧，灼伤我们宝贵的瞳孔，只需要一粒小小的火星。将我们跳跃的双脚变成焦炭，只需要在滚烫的废墟中穿行几步。在火中，你还得永远提防着火焰最阴险的情侣和助手——滚滚的浓烟。也许你还没来得及和火焰正面交锋，烟尘就已将你温润的肺腑，炙成边沿卷曲的铁板了。火中还潜伏着置人死地的爆炸、有毒的气体、坍塌的重物、崩溃的建筑……

如果火中仅仅存有这些恐怖的东西，事情也就简明扼要——用所有极端的手段，扑灭它！但是，火中往往还存在着价值连城的宝藏，还存在着比这些宝藏更贵重千万倍的——生命。

于是，就有了救火者在火中的思考。

在那重重的金色孽龙的狂舞之中，我不知道救火者将思索些什么？那是怎样一种生命的极端困境，那是怎样一种职责的神圣抉择！

也许，救火者将思考自己的生命和他人的生命，孰轻孰重？这个问题，可能已经在平和的时段，思索过无数遍了。但我相信，在火中，这种思考，还将无数遍地严酷而新鲜地进行着。火焰凸现着生死的决裂，救火者，你将向何处倾斜你的天平？

也许，救火者将思索在地狱般的火海中，采用怎样的路线和方式，才可达到最大限度最快速度地救人和自救？火场瞬息万变，形势间不容发。火中的思考，将是对人的心智和决断的极大甄别。我不知世上还有其他的考场，能比它更严峻和苛求？

也许救火者将感受到——皮肤的灼痛毛发的焚毁骨骼的重压呼吸的窒息……思索到用灵敏的肉体，去殉道德和责任的坚韧与苦难。我不知道在漫天的火阵中，有多少人勇往直前了，有多少人退缩腾挪了？但人们会永远牢记这一行业中的英烈——因为它是大智大勇者的事业，它要求人类自我的战胜和精神的超越。

火焰中的思索，是短暂的，也是长久的。是庄严的，也是平凡的。是神圣的，也是家常便饭。因为选择了这个职业，也就选择了这种惊世骇俗的思维之地。那个通红的片刻，将鉴定你的一生。

汽车是奔逸的延伸

　　作家博尔赫斯有这样一段话："在人类浩繁的工具中，最令人叹为观止的无疑是书，其余的皆为人体的延伸。诸如显微镜、望远镜是视力的延伸，电话则是语言的延伸。犁耙和刀剑是手臂的延长。而书则完全不同，它是记忆和想象的延伸。"

　　这段话是歌颂书的，不言而喻。但它对其他一些事物的描述，也很机智有趣，例如说刀剑是手臂的延长，推而广之，一切武器都是手臂的延长。比方原子弹吧，烟云爆破，空中有许多魔爪飞舞，掠夺他人的生命。和原始人把敌手生生掐死，效力是一样的。

　　博尔赫斯的话推而广之，就能把我们周围的一些事物，剥出醒目的内核。所有的药物，都是食物的延伸，因为食物供我们维持生命，药物的效果也是如此。因特网是眼睛和耳朵的延伸，它可以让我们看得更远，听得更多，说到底，是享有更广泛的信息。当想到房屋是什么东西的延伸呢？还真让我费了一点思索。好在很快也就悟出来了——房屋是皮肤的延伸。皮肤是身体的保护层，无法设想一个没有皮肤的人怎样生活，他将是裸露痛楚和极不安全的。一个没有房屋的人，风餐露宿，风刀霜剑，生存质量必也大受摧残。

　　汽车是什么东西的延伸呢？这个问题刚一浮出，答案是很简单的。它是腿和脚的延伸啊！有了汽车，我们可以更快捷地到达更远的地方，显而易见的啊。但仔细想想，好像也不是这样单纯。驾车，可以将很多的东西运送到很远的地方，这就不单是跋涉，也有了手臂负重的功能。当我们载着家人和朋友去旅游和露营的时候，汽车是不是也有了房屋的功能？还有，当心境郁闷不得舒解或是被莫名的忧郁笼罩无以摆脱的时候，很多人会下意识地走向自己的爱车，在确保安全的前提下，把车开得电闪雷鸣……那种风驰电掣的速度感，对于排解情绪的焦灼，真是一剂良药啊。这样说来，汽车在某种程度上，也成了食物的一部分了，因为它有维持我们生命和健康的效力啊。一个从未有过汽车的人（我说的不是坐过汽车，那是不算数的。吃了别人烧给你的一条鱼，和自己有一张网的感觉，是不同的），是无法估价汽车所给予人的那种想象力释放和力量奔涌的巨大增幅的。

有人说，汽车的魅力来源于速度，是它给了我们飞翔的感觉。我有些怀疑。要说速度，飞机和宇宙飞船肯定是更占上风的。但是，在飞机上，面对着懒洋洋的白云和缺少标识物的蓝天，感觉很是迟缓，虽然我们在理论上知道它的能力绝对超过最快的汽车。至于宇宙飞船，那就更不必说了，我甚至斗胆地想——面对恒远的太空，飞行员不但不觉得快，反倒觉得自己是坐在一架牛车上休闲，也说不定啊。

汽车究竟是什么的延伸呢？

人的奔跑速度，现在已经达到了在九秒之内跑出百米。这样约略地算下来，假如不计较耐力的疲劳和个体差异的话，人就可在九十秒之内跑出千米，也就是说，人凭借自身的力量，可以达到时速四十公里，这几乎是一个极限了。

人还可以利用动物的力量，加快自己的速度。在人类的发展史上，是倒霉而驯良的马担当了这一神圣的使命。我不知道马的最高时速可以达到多少，想来，不会比汽车更快的。

以上种种，我的意思是说，在陆地上，在我们普通人能够操纵的范畴之内，汽车是一个罕见的特例。它是乖顺的，越是好的车，越是乖顺，它温和的程度，绝对超过了最恭良的骏马。它的体积是一座移动的小房子，可以为我们遮风挡雨。它很美丽，它的皮肤比我们人的皮肤更光洁和平滑，如果你有足够的金钱的话，你可以反复挑选它的外形和性能，并把它装饰得瑰丽非凡。它内力澎湃，使体力孱弱的人，也变得如同大力士一样，拖着重物翻山越岭闯荡江湖……

可以说，汽车是普通的人群可以得到的膨胀自身体积、力气、耐力等等素质的最好的补充和放大品。因此，汽车是奔逸的延伸。

奔逸？怎么讲？奔跑加安逸。奔跑本来气喘吁吁，是不安逸的。奔跑和安逸，都是人类争取的目标之一。汽车把这两者完美地结合了起来。坐在汽车里，飞快地奔驰，看熟悉的景物以一种陌生的形象进入眼帘然后缥缈地退出，在风中在雨中，司空见惯的景色更显出奇妙的震撼力。在速度以外，它还赋予驾车人一种飘逸一种安然，一种以逸待劳，劳逸结合的潇洒从容。

有一位开车的朋友说，你要知道一个人究竟是怎样的品格，你就把他或她揪到方向盘后面，让他自由自在地开上一段车，你就什么都明白了。一个人在人群中是有很多伪装的，但是当他面对车的时候，他的本性就显露出来了。平时温文尔雅的人，可以显出疯狂的一面。一个谦恭的人，在开车的时候，却是桀骜不驯的。甚至一位贤淑的美女，居然会为了别人有意无意的抢道，追出数十公里绝不善罢甘休……朋友沉思道，这是否可以解释为，当人和车在一起的时候，犹如和一位密友相处，是没有防卫和戒备的，是赤裸裸和率性而为的，因此，其特点和弱点，也就暴露无遗。

汽车在某种程度上，给了我们的理想以更快实现的助力。以前你想见一个人，想到一个地方去，想办一件事……因为路程的关系，你很可能就在念头闪现的那一瞬，把它扼住了。当你有了车以后，这种限制不由自主地就放宽了，活动范围的半径就扩大了，由于耗费在路上的时间少了，用于有价值的活动的时间就多了，你的生命就有了延长的感觉。在某种程度上讲，空间更自由了，心想事成的机会也就多了一些。

说了这许多有车的好处，车有没有坏处呢？当然是有的，而且还是巨大的。且不说它对环境的污染和破坏，对能源的吞噬和糟蹋，单说是对我们生命的威胁，也是前所未有的灾难。据说，有一位记者问一位德高望重的医学专家：世界上对人类威胁最大的癌症是什么？那位专家沉思了半晌说，是交通事故。

有的人一生都在说谎，他的存在就是一个谎言。世界是由真实的材料构成的，谎言像泡沫一样浮动在表面，时间使它消耗殆尽，就好像从来没有发生过似的。

汽车那种飞驰的速度，对普通人来说，是一种不自然和不适应的。我们的神经系统和肌肉的配套设置，都不是为这种钢铁的庞然大物预备下的，所以，操纵汽车，是对人的本能的一种严峻挑战。

英国王室的戴安娜香消玉殒，据说全球中文报纸在报道这一悲剧的时候，标题中共用了九千次"天妒红颜"这个词。我想，夺取戴妃生命的不是天，而是汽车，不是天妒，是车妒。但戴安娜的家人在谈到这一事件的时候说，我们唯一感到安慰的是，她是远行在一生当中非常幸福的时刻。

有点奇怪。让我琢磨了半天，试着寻解。"幸福"二字，估计指的不单是戴安娜当时和男友在一起的温馨，也指飙车的感觉飘飘欲仙。

不过，我还是更喜欢奔逸。不仅快，而且安全。把汽车的优点发挥到极致，把它的危险降到最小，该是人和汽车共同的愿望吧。

让我们倾听

我读心理学博士方向课程的时候，书写作业，其中有一篇是研究"倾听"。刚开始我想，这还不容易啊，人有两耳，只要不是先天失聪，落草就能听见动静。夜半时分，人睡着了，眼睛闭着，耳轮没有开关，一有月落乌啼，人就猛然惊醒，想不倾听都做不到。再者，我做内科医生多年，每天都要无数次地听病人倾倒满腔苦水，鼓膜都起茧子了。所以，倾听对我应不是问题。

查了资料，认真思考，才知差距多多。在"倾听"这门功课上，许多人不及格。如果谈话的人没有我们的学识高，我们就会虚与委蛇地听。如果谈话的人冗长烦琐，我们就会不客气地打断叙述。如果谈话的人言不及义，我们就会明显地露出厌倦的神色。如果谈话的人缺少真知灼见，我们就会讽刺挖苦，令他难堪……凡此种种，我都无数次地表演过，至今一想起来，无地自容。

世上的人，天然就掌握了倾听艺术的人，可说凤毛麟角。

不信，咱们来做一个试验。

你找一个好朋友，对他或她说，我现在同你讲我的心里话，你却不要认真听。你可以东张西望，你可以搔首弄姿，你也可以听音乐梳头发干一切你忽然想到的小事，你也可以王顾左右而言他……总之，你什么都可以做，就是不必听我说。

当你的朋友决定配合你以后，这个游戏就可以开始了。你必须要拣一件撕肝裂胆的痛事来说，越动感情越好，切不可潦草敷衍。

好了，你说吧……

我猜你说不了多长时间，最多3分钟，就会鸣金收兵。无论如何你也说不下去了。面对着一个对你的疾苦你的忧愁无动于衷的家伙，你再无兴趣敞开襟怀。不但你缄口了，而且你感到沮丧和愤怒。你觉得这个朋友愧对你的信任，太不够朋友。你决定以后和他渐疏渐远，你甚至怀疑认识这个人是不是一个错误……

你会说，不认真听别人讲话，会有这样严重的后果吗？我可以很负责地告诉你，正是如此。有很多我们丧失的机遇，有若干阴差阳错的讯息，有不少失之交臂的朋友，甚至各奔东西的恋人，那绝缘的起因，都系我们不曾学会倾听。好了，这个令人不愉快的游戏我们就做到这里。下面，我们来做一个令人愉快的活动。

还是你和你的朋友。这一次，是你的朋友向你诉说刻骨铭心的往事。请你身体前倾，请你目光和煦。你屏息关注着他的眼神，你随着他的情感冲浪而起伏。如果他高兴，你也报以会心的微笑。如果他悲哀，你便陪伴着垂下眼帘。如果他落泪了，你温柔地递上纸巾。如果他久久地沉默，你也和他缄口走过……

非常简单。当他说完了，游戏就结束了。你可以问问他，在你这样倾听他的过程中，他感到了什么？

我猜，你的朋友会告诉你，你给了他尊重，给了他关爱。给他的孤独以抚慰，给他的无望以曙光。给他的快乐加倍，给他的哀伤减半。你是他最好的朋友之一，他会记得和你一道度过的难忘时光。

这就是倾听的魔力。

倾听的"倾"字，我原以为就是表示身体向前斜着，用肢体语言表示关爱与注重。翻查字典，其实不然，或者说仅仅作这样的理解是不够全面的。倾听，就是"用尽力量去听"。这里的"倾"字，类乎倾巢出动，类乎倾箱倒箧，类乎倾国倾城，类乎倾盆大雨……总之殚精竭虑毫无保留。

可能有点夸张和矫枉过正，但倾听的重要性我以为必须提到相当的高度来认识，这是一个人心理是否健康的重要标志之一。人活在世上，说和听是两件要务。说，主要是表达自己的思想情感和意识，每一个说话的人都希望别人能够听到自己的声音。听，就是接收他人描述内心想法，以达到沟通和交流的目的。听和说像是鲲鹏的两只翅膀，必须协调展开，才能直上九万里。

现代生活飞速地发展，人的一辈子，再不是蜷缩在一个小村或小镇，而是纵横驰骋漂洋过海。所接触的人，不再是几十一百人，很可能成千上万人。要在相对短暂的时间内，让别人听懂了你的话，让你听懂了别人的话，并且在两颗头脑之间产生碰撞，这就变成了心灵的艺术。

现今鼓励青年励志的书很多，教你怎样展现自我优点，怎样在第一时间给人一个好印象，怎样通过匪夷所思的面试，怎样追逐一见钟情的异性……都有不少绝招。有人就觉得人际交往是一个充满了技术的领域，可以靠掌握若干独门功夫就能翻云覆雨的领域。其实，享有好的人际关系，学会交流，听比说更重要。

从人的发展顺序来看，我们是先学着听。我之所以用了"学着"这个词，是指如果没有系统的学习，有的人可能终其一生，都没能学会如何"听"。他可以听到雪落的声音，可他感觉不到肃穆。他可以听到儿童的笑声，可他感受不到纯真。他可以听到旁人的哭泣，却体察不到他人的悲苦。他可以听到内心的呼唤，却不知怎样关爱灵魂。

从婴儿开始，我们就无意识地在听。听亲人的呼唤，听自然界的风雨，听远方的信息，听社会的约定俗成。这是一种模糊的天赋，是可以发扬光大也可以湮灭无闻的本能。有人练出了发达的听力，有人干脆闭目塞听。有很多描绘这种状态的词语，比如"充耳不闻""置若罔闻"……对"闻"还有歧视性的偏见，比如"百闻不如一见"。

听是需要学习的。它比"说"更重要。如果我们没有听到有关的信息，我们的"说"就是无的放矢。轻率的人，容易下车伊始就哇里哇啦地说，其实沉着安静地听，是人生的大境界。

只有认真地听，你才能对周围有更确切的感知，才能对历史有更深刻的把握，才能把他人的智慧集于己身，才能拓展自己的眼界和胸怀。

读书是一种更广义的倾听。你借助文字，倾听已逝哲人的教诲。你借助翻译，得知远方异族的灵慧。

　　倾听使人生丰富多彩，你将不再宥于一己的狭隘贝壳，潜入浩瀚的深海。倾听使人谦虚，知道山外有山天外有天。倾听使人安宁，你知道了孤独和苦难并非只莅临你的屋檐。倾听使人警醒，你知道此时此刻有多少大脑飞速运转，有多少巧手翻飞不息。

　　倾听是美丽的。你因此发现世界是如此五彩缤纷。倾听是幸福的一种表达，因为你从此不再孤单。

　　倾听是分层次的。某人在特定的时刻，讲了特定的话。只有当我们心静如水，才能听到他的话后之话。年轻人最易犯的毛病是——他明白所有倾听的要素，也懂得做出倾听的姿态，其实呢，他在想着自己待会儿要说的话。他关注的不是述说者，而是自己。"佯听"是很容易露馅的，只要他一开口讲话，神游天外的破绽就败露了。两个面对面述说的人，其实是最危险的敌人。一切都被心灵记录在案。

　　倾听是老老实实的活儿，来不得半点虚假和做作。倾听是对真诚直截了当的考验。所以，如果你不想倾听，那不是罪过。如果你伪装倾听，就不单是虚伪，而且是愚蠢了。

　　当我深刻地明白了倾听的本质而不是仅仅把它当成讨好的策略后，倾听就向我展示了它更加美丽的内涵，它无处不在，息息相关。如果你谦虚，以万物为师长，你会听到松涛海啸雪落冰融，你会听到蚂蚁的微笑和枫叶的叹息。如果你平等待人，你的耐心就有了坚实的基础，你可以从述说者那里获得宝贵的馈赠。这就是温暖的信任和支撑。

　　年轻的朋友们，让我们学会倾听吧。当你能够沉静地坐下来，目光清澄地注视着对方，抛弃自己的傲慢和虚荣，微微前倾你的身姿，那么你就能听到心与心碰撞的清脆音响，宛若风铃。

我不喜欢的中年人

　　我不喜欢总爱说自己年轻的中年人，那是对一个人基本的组成部分——年龄的不敬。年龄是生命的坐标，好似一个中学生，一年年读书，一年年升级。明明要进大学了，却要蹲班二年级，不很相宜吧？我不喜欢总爱话说沧桑的中年人，疑那里面隐含着虚荣的夸耀和无奈的凄凉。经历是一个事实，总挂在嘴边，就成了邮寄过时的请柬，除了一笺华美或是简陋的纸，已无出席的意义。

　　我不喜欢好为人师的中年人。你已多少有些教诲他人的资本，仿佛家有薄粮的贫下中农。但目前最要紧的活儿，是感天谢地祈人和，把自己地里的麦子种好，不要对着广阔的田野指手画脚。

　　我不喜欢唉声叹气的中年人。你可以放声哭泣，却不要长久的抑郁。不妨和三五好友深情倾诉，之后把眼泪抹干，在风雨中微笑向前。

　　我不喜欢惧怕衰老的中年人，以你的经验，已知那是不可逃避的天然。别装烂漫，别故意显示身手敏捷头脑不凡，懂得渐渐消失并欣然迎接老迈是一种成熟的光荣。

　　我不喜欢停顿学习的中年人。学习和年龄没有关系，只和心智相连。明白了书本如同钙质，幼儿需要老年人需要，中年人也需要的时候，你就心平气和地眷恋它了。

苍蝇向何处而飞

通过超高速摄影，然后慢速回放，可以观察到苍蝇起飞的那一瞬，是猛然间向后飞翔。

从小，我就知道自己是个笨手笨脚的女孩。最显著的证据就是我——打不到苍蝇。看那家伙蹲在墙上，傲慢地搓着手掌，翅膀悠闲地打着拍子，我咬牙切齿地用苍蝇拍笼罩它，屏气，心跳欲炸。长时间瞄准后猛然扑下，苍蝇却轻盈地飞走了，留下惆怅的我，欲哭无泪，悔恨自己竟被一只苍蝇打败。

甚至我第一次有意识说谎，也同苍蝇有关。

每年夏天，少先队都要开展打苍蝇比赛，自报数字。面对着同学们几十上百的战果，我却只能报出寥寥几个，惭愧无比。想打杀更多苍蝇的心愿火烧火燎，但我遇到的苍蝇都狡猾无比，无论我瞄准多长时间，它必能抢在拍落之前起飞逃窜，且定可逃脱。绝望之中，我确信自己先天性手脚搭配失灵，不然为什么人人都能轻易做到之事，在我如此艰难？为了面子好看，我开始虚构消灭苍蝇的数字，幸亏我学习不错，又是大队长，信誉还凑合，以致没人怀疑。可说了假话，终是恐惧，为了心理安稳些，下次看到苍蝇，我就闭着眼睛把蝇拍砸下，然后并不看打到没有，扬长而去。这样报数时，压力轻些。

后来当兵，射击训练时，手抖得像得了老年震颤症，三点无论如何瞄不成一线。老兵宽慰地说这对新兵很正常，练练就好，没什么稀奇。但我羞惭不已，四处检讨自己笨。内心想的是提前制造舆论，为实弹射击吃鸭蛋埋下伏笔，让大伙先有个思想准备，觉得本人打不中靶子理所当然。虽然后来我的射击成绩是"优"，开展争特等神枪手运动时，还是知趣地逃之夭夭。我固执地认为，那次好成绩纯属偶然，先天缺陷无药可治。

实习军医时，外科主任说，我看你反应快，素质好，培养你成为外科一把刀如何？那时学员之间流传着：金外科，银内科，破铜烂铁妇儿科……女生能被外科权威挑中，是天大的福气。但我毫不迟疑地拒绝了，胡乱找了一个理由，说我晕血，不喜欢外科。其实内心真正的恐惧是——外科讲究心灵手巧，我是一个连苍蝇都打不死的人，怎么能成为出色的女外科医生呢？还是知难而退吧。

多少年来，凡是需要手眼配合的关头，我都自觉地退避三舍。哪怕是学气功和防身武术，心中热望，迫切报名，最后关头均以退出告吹。解嘲道，我很笨，肯定学不好，甭浪费老师时间吧。

我尽量地躲避需要身体运动的技术，怕自己像打不到苍蝇一般，在众人面前丢丑。因为这种遮掩退避，在漫长的岁月里，我的手脚果真变得越来越笨了。

人到中年，突然在一篇科普文章中看到，通过超高速摄影，然后慢速回放，可以观察到苍蝇起飞的那一瞬，是猛然间向后飞翔。如果你想准确地命中苍蝇，就要瞄准它的后方……

没人知道，这行简单字迹给我带来了多么大的震撼和心灵救赎。那一刻，几乎热泪盈眶。

我明白了，打飞苍蝇，不在动作笨拙，而是大脑无知。因为求胜心切，所以长时间地瞄准，惊动了苍蝇，失去了就地歼敌的良机。紧接着，在运动战中杀灭对方的意图，又因错误判断苍蝇是向前飞行，导致屡战屡败。

一个简明的道理，搞懂它，用去数十年。

那只想象中的巨蝇，横亘在我人生旅途上，不止一次强烈地干扰了我的重大决策。我从未对人谈起过这只苍蝇，但我知道，它阴险地活跃在我的自我判断中，让我自卑，催我退缩，它使我自动放弃许多学习各种事物的成长机会，又成了我姑息自己推诿责任依靠他人不肯努力的挡箭牌和遮羞布。

我剖析自己，思考良久。

人们容易夸大自己的成绩和优点，沾沾自喜。这虽然不明智，起码尚好理解。但我们有时夸大自己的失误和缺陷，甚至以此为矛，振振有词，究竟是为什么？

我们习惯一事当前，先为自己布下巧妙逃遁的理由。我们善于发挥悲哀的想象力，制造可资逃避的借口。我们不断把一些后天的弱点，归结为遗传的天性，以洗脱自身应负的责任。我们没有勇气针对瑕疵自我解剖，便推诿于种种客观和大自然的不可抗拒之力。

这一切的核心是怯懦。自身的敌人，也需有正视和砍刈的英雄气概。

从那以后，我击打苍蝇几乎是百发百中了。但由于多年退避的惯性，我于需要用手操作的场合，还是十分笨拙。我知道，那只嗡嗡作响的巨蝇，并不甘心退出它寄居了数十年的巢穴。由于我以往的姑息养奸，它已尾大不掉。

举起思想中的蝇拍，瞄准它，抠紧它的后方。无论它起飞还是降落，都力争消灭它，是我毕生的一件活儿了。

我的五样

老师出了题目——写下"你生命中最宝贵的五样东西",我拿着笔,面对一张白纸,周围一下静寂无声。万物好似缩微成超市货架上的物品,平铺直叙摆在那里,等待你的挑选。货筐是那样小而致密,世上的林林总总,只有五样可以塞入。

也许是当过医生的缘故,片刻的斟酌之后,我本能地挥笔写下:空气、水、太阳……

这当然是不错的。你不可能设想在一个没有空气和水的星球上,滋长出如此斑斓多彩的生命。但我很快发现自己陷入了困境——如果继续按照医学的逻辑推下去,马上就该写下心脏和气管,它们对于生命之泵也是绝不可缺的零件。结果呢,我的小筐子立马就装满了,五项指标额度用尽。想想那答案的雏形将是:我生命中最宝贵的东西——空气、水、阳光、气管、心脏……哈!充满了科普意味。

如此写下去,恐有弊病。测验的功能,是辅导我们分辨出什么是自我生命中最重要的因子,以致面临人生的重大选择和丧失时,会比较地镇定从容,妥帖地排出轻重缓急。而我的答案,抽象粗放大而化之,缺乏甄别和实用性。

改弦易辙。我决定在水、空气和阳光三要素之后,写下对我个人更为独特和生死攸关的因子。

于是,第四样——鲜花。

真有些不好意思啊。挂着露滴的鲜花，那样娇弱纤巧，似乎和庄严的题目开了一个玩笑。但我真是如此的挚爱它们，觉得它们美轮美奂，不可或缺。绚烂的有刺的鲜花，象征着生活的美好和无可回避的艰难，愿有一束火红的玫瑰，伴我到天涯。

写下鲜花之后，仅剩一样挑选的余地了。刹那间，无数声音充斥耳鼓，呱呱地申述着自己的不可替代性，想在最后一分钟，挤进我珍贵的小筐。

偷着觑了一眼同学们的答案，不禁有些惶然。

有人写下："父母"。我顿觉自己的不孝。是啊，对于我的生命来说，父母难道不是极为宝贵的因素吗？且不说没有他们哪来的我，单是一想到他们会先我而去，等待我的是生离死别，永无相见，心就极快地冰冷成坨。

有人写下："孩子"。我惴惴不安，甚至觉得自己负罪在身。那个幼小的生命，与我血脉相连。我怎能在关键的时刻，将他遗漏？

有人写下："爱人"。我便更惭愧了。说真的，在刚才的抉择过程中，几乎将他忘了。或许因为潜意识里，认为在未曾识得他之前，我的生命就已存在许久。我们也曾有约，无论谁先走，剩下的那人都要一如既往地好好活着。既然当初不是同月同日生，将来也难得同月同日死，彼此已商定不是生命的必需，未进提名，也有几分理由吧？

正不知将手中的孤球，抛向何处，老师一句话救了我。她说，这生命中最宝贵的东西，不必从逻辑上思索推敲是否成立，只需是你情感上的真爱即可。

凝神再想。

略一顿挫之后，拟写"电脑"。因为基本上已不用笔写作，电脑便成了我密不可分的工作伴侣。落笔之际我凝思，电脑在此处，并不只是单纯的工具，当是一种象征，代表我挚爱的劳动和神圣的职责。很快又联想到电脑所受制约较多，比如停电或是病毒入侵，都会让我无所依傍。唯有朴素的笔，虽原始简陋，却可朝夕相伴风雨兼程。

于是洁白的纸上，记下了我生命中最宝贵的五样东西——水、阳光、空气、鲜花和笔。（未按笔画为序，排名不分先后。）

同学们嘻嘻笑着，彼此交换答案。一看之后，却都不作声了。我吃惊地发现，每人的物件，万千气象，绝不雷同，有些简直让人瞠目结舌。比如某男士的"足球"，某女士的"巧克力"，在我就大不以为然。但老师再三提示，不要以自己的观点去衡量他人，于是不露声色。

接下来，老师说，好吧，每个人在你写下的五样当中，划去相对不那么重要的一样，只剩下四样。

权衡之后，我在五样中的"鲜花"一栏旁边，打了一个小小的"×"字，表示在无奈的选择当中，将最先放弃清丽芬芳的它。

老师走过来看到了，说，不能只是在一旁做个小记号，放弃就意味着彻底的割舍。你必得用笔把它全部涂掉。

依法办了，将笔尖重重刺下。当鲜花被墨笔腰斩的那一刻，顿觉四周惨失颜色，犹如本世纪初叶的黑白默片。我拢拢头发咬咬牙，对自己说，与剩下的四样相比，带有奢侈和浪漫情调的鲜花，在重要性上毕竟逊了一筹，舍就舍了吧。虽然花香不再，所幸生命大致完整。

请将剩下的四类当中，再剔去一种，仅剩三样。老师的声音很平和，却带有一种不容商榷的断然压力。

我面对自己的纸，犯了难。阳光、水、空气和笔……删掉哪样是好？思忖片刻，提笔把"水"划去了。从医学知识上讲，没有了空气，人只能苟延残喘几分钟，没有了水，在若干小时内尚可坚持。两害相权取其轻吧。

也许女人真是水做的骨肉，"水"一被勾销，立觉喉咙苦涩，舌头肿痛，心也随之焦燥成灰，人好似成了金字塔里风干的长老。

我已经约略猜到了老师的程序，便有隐隐的痛楚弥漫开来。不断丧失的恐惧，化作乌云大兵压境。痛苦的抉择似一条苦难巷道，弯弯曲曲伸向远方。

果然，老师说，继续划去一样，只剩两样。

这时教室内变得很寂静，好似荒凉的冢。每个人都在冥思苦想举棋不定。我已顾不得探查他人的答案，面对着自己人生的白纸，愁肠百结。

笔、阳光、空气……何去何从？

闭起眼睛一跺脚，我把"空气"划去了。

刹那间好像有一双阴冷的鹰爪，丝丝入扣地扼住我鲠喉咽喉。手指发麻眼冒金星，心擂如鼓气息屏窒……

我曾在海拔五千多米的冰山上攀援绝壁，缺氧的滋味撕心裂肺。无论谁隔绝了空气，生命便飘然而逝。一切只能成为哲学意义上的讨论。

好了，现在再划去一样，只剩下最后一样。老师的音调很温和，但执著坚定充满决绝。对已是万般无奈之中的我们，此语一出，不啻惊雷。

教室内已经有轻轻的哭泣声。人啊，面临丧失，多么软弱苦楚。即使只是一种模拟，已使人肝肠寸断。

笔和阳光。它们在纸上誓不两立地注视着我，陷我于深重的两难。

留下太阳吧——心灵深处在反复呼唤。妩媚温暖明亮洁净，天地一派光明。玫瑰花会重新开放，空气和水将濡养而出，百禽鸣唱，欢歌笑语。曾经失去的一切，都会在不知不觉当中悄然归来。纵使除了阳光什么也没有，也可以在沙滩上直直地卧晒太阳哇。

想到这里，心的每一个犄角，都金光灿灿起来。

只是，我在哪里？在干什么？

我看到自己孤独的身影，在海边寂寞的椰子树下拉长缩短，百无聊赖。孤独地看日出日落，听潮涨潮落。

那生命的存在，于我还有怎样的意义?! 我执着地扬起头来问天。

天无语。

自问至此，水落石出。我慢而稳定地拿起笔，将纸上的"太阳"划掉了。

偌大一张纸，在反复勾勒的斑驳墨迹中，只残存下来一个固守的字——"笔"。

这种充满痛苦和抉择的测验，像一个渐渐缩窄的闸孔，将激越的水流凝聚成最后的能量，冲刷着我们的纷繁的取向。当那通道变得一夫当关，万夫莫开之时，生命的重中之重，就简洁而挺拔地凸立了。

感谢这一过程，让我清晰地得知什么是我生命中的真爱——就是我手中的这支笔啊。它噗噗跳动着，击打着我的掌心，犹如我的另一颗心脏，推动我的一腔热血四肢百骸。

突然发现周围万籁无声。人们在清醒地选择之后，明白了自己意志的支点，便像婴儿一般，单纯而明朗的宁静了。

我细心地收起这张白纸，一如珍藏一张既定的船票。知道了航向和终点，剩下的就是帆起桨落战胜风暴的努力了。

性别按钮：女人与爱及男人

淑女书女

　　假若刨去经济的因素，比如想读书但无钱读书的女子，天下的女人，可分成读书和不读书两大流派。

　　我说的读书，并不单单指曾经上过小学中学大学硕士博士，读过一本本的教材。严格地讲，教材不是书。好像司机的学驾驶和行车、厨师的红白案和刀功一样，是谋生的预备阶段，含有被迫操练的意味。

　　我说的读书，基本上也不包括报纸和杂志，虽然它们上头都印有字，按照国人"敬惜字纸"的传统，混进了书的大范畴，那些印刷品上，多是一些速朽的信息，有着时尚和流行的诀窍。居家过日子的实用性是有的，但和书的真谛，还有些差异。

　　好书是沉淀岁月冲刷的砂金，很重，不耀眼，却有保存的价值。它是地球上曾经生活过的那些智慧的大脑，在永远逝去之前自立下的思维照片。最精华的念头，被文字浓缩了，好像一锅灼热久远的煲汤，濡养着后人的神经。

　　书对于女人的效力，不像睡眠。睡眠好的女人，容光焕发。失眠的女人，眼圈乌青。读书的女人和不读书的女人，在一天之内是看不出来的。

　　书对于女人的效力，也不像美容食品。滋润得好的女人，驻颜有术。失养的女人，憔悴不堪。读书的女人和不读书的女人，在三个月之内，也是看不出来的。

日子是一天天地走，书要一页页地读。清风朗月水滴石穿，一年几年一辈子地读下去。书就像微波，从内向外震荡着我们的心，徐徐地加热，精神分子的结构就改变了，成熟了，书的效力凸显出来。

读书的女人，更善于倾听，因为书训练了她们的耳朵，教会了她们谦逊。知道这世上多聪慧明达的贤人，吸收就是成长。

读书的女人，更乐于思考。因为书开阔了她们的眼界，拓展了原本纤细的胸怀。明白世态如币，有正面也有反面。一厢情愿只是幻想。

读书的女人，更勇于决断。因为书铺排了历史的进程，荟萃了英雄的业绩。懂得万事有得必有失，不再优柔寡断贻误战机。

读书的女人，更充满自信。因为书让她们明辨自己的长短，既不自大，也不自卑。既然伟人们也曾失意彷徨，我们尽可以跌倒了再爬起来，抖落尘灰向前。

读书的女人，较少持续地沉沦悲苦，因为晓得天外有天乾坤很大。读书的女人，较少无望地孤独惆怅，因为书是她们召之即来永远不倦的朋友。读书的女人，较少怨天尤人孤芳自赏，因为书让你牢记个体只是恒河沙粒沧海一粟。读书的女人，较少刻毒与卑劣，因为书中的光明，日积月累浸染着节操鞭挞着皮袍下的"小"……

"淑"字，温和善良美好之意。好书对于女人，是家乡的一方绿色水土。离了它，你自然也能活。但与书隔绝的日子，心无家园，半生过下来，女人就变得言语空虚眼神恍惚心地狭窄见识短浅了。

淑女必书女。

寻觅优秀的女人

寻觅优秀的女人。

女人占了人类的一半。这个数字是多少？假定人类有六十亿，广义的女人（从垂垂老媪到嗷嗷待哺的女婴），就有三十亿。假如我们把女孩的年龄界定在十五岁至三十岁，大约占女人总人数的五分之一吧，那也有六个亿了。

望漫天霞霓，俯苍茫人寰，常常想，这其中最优秀的女人该有多少？

优秀的女人首要该是善良。

之所以把善良排得唯此为大，是因为这个世界残酷太多。权力场，金钱场，情场，战场……到处弥漫着硝烟，到处流淌着血污。在温文尔雅的面纱下，潜伏着充满杀机的眼睛。优秀的女孩赋有净化灵魂的使命，她们像明矾一样，使世界变得澄清，她们的血像油一般润滑了车轮，历史艰难地向前滚动。女人的善良是人类温情的源泉。

善良的女人知多少？

这个比例实在是不敢高估。女性其实是极不易保持善良的。她们遭受的屈辱多，她们自身的负担重。在被伤害之后，易滋生出火焰一样的报复。在悲伤之余，常在凄冷的黑夜咬牙切齿，对整个生活发出女巫般的诅咒。

原谅我，女人们。虽然我很想说出一个有关你们善良的高比例，犹如我们面对一块待检的金石，报出它是十金足赤。但事实是，历经磨难而终不改善良本性的女人，像一道穿流污浊仍清澈见底的小溪，其实是很罕见的。苍老的妇人多见狞恶之色，琐碎之色，猥琐之色，就是明证。

优秀的女人其次应该是智慧的。

女人比男人更需要智慧，因为她们是更柔软的动物。智慧是优秀女人贴身的黄金软甲，救了自身才可救旁人。没有智慧的女人，是一种通体透明的藻类，既无反击外界侵袭的能力，又无适应自身变异的对策，她们是永不设防的城市。智慧是女人纤纤素手中的利斧，可斩征途的荆棘，可斫身边的赘物。面对波光诡谲的海洋，智慧是女儿家永不凋谢的白帆。优秀的智慧的女性，代表人类的大脑半球，对世界发出高亢而略带尖锐的声音，在每一面山壁前回响。

但女人难得智慧。她们多的是小聪明，乏的是大清醒。过多的脂粉模糊了她们的眼睛，狭隘的圈子拘谨了她们的想象。她们的嗅觉易在甜蜜的语言中迟钝，她们的脚步易在扑朔的路径中迷离。智慧不单单是天赋的独生女，它还是阅历经验胆魄三位共同的学生。智慧是一块璞，需要雕琢。而雕琢需要机遇。

不是每一块宝石都会璀璨，不是每一粒树种都会挺拔。

我是一个保守的农人。面对一块贫瘠土地上的麦苗，实在不敢把收成估计得太好。智慧的女人通常比我们想象的要少。

优秀的女人还需要勇气。在这颗小小的星球上，什么矛盾都不存在了，男人和女人的矛盾依然欣欣向荣。交战的双方永远互相争斗，像绳子拧出一个个前进的螺纹。假如你是一个优秀的女人，无论你朝哪个领域航行，或迟或早你将遭遇这个世界上最优秀的男人。不要奢望有一处干燥的麦秸可供你依傍，不要总在街上寻找古旧的屋檐避雨。当你不如一个男人的时候，他会宽宏大量地帮助你，当你超过一个男人的时候，他会格外认真地对抗你。这不知是优秀女人的幸与不幸。善良的智慧的有勇气的女人，安敢在黑暗的旷野独自唱着歌走路，安敢在没有天桥没有船也没有乌鸦的野渡口，像美人鱼一般泅过河。

这个比例有多少？

望着越来越稀疏的队伍，我真不忍心将筛孔做得太大。但女人天性胆小，就像含羞草乐意把叶子合起来一样。你不能苛求她们。

现在，在漫长阶梯上行走的女人已经不多了。

最后让我们来说说美丽吧。

在这样艰苦的跋涉之后再来要求女人的美丽，真是一种残酷。犹如我们在暴风雨以后寻找晶莹的花朵。

但女人需要美丽。美丽是女人最初也是最终的魅力。不美丽的女人辜负了造物主的青睐，她们不是世上的风景，反倒成了污染。

何为美丽？一千个人有一千种说法。我只能扔出我的那一块砖。

美丽的女人首先是和谐的。面容的和谐，体态的和谐，灵与肉的和谐。美丽并非一些精致巧妙的零件的组合，而是一种整体的优美。甚至缺陷也是一种和谐，犹如月中的桂影。那不是皓月引发无数遐想最确实的物质基础吗？和谐是一种心灵向外散发的光辉，它最终走向圣洁。

美丽其次应该是柔和的。太辛辣太喧嚣的感觉不是美，而是一种刺激。优秀女人的美丽像轻风，给世界以潜移默化的温馨。当然，它也容纳篝火一般的热情。可是你看，跳动的火苗舒卷的舌头是多么的柔和，像嫩红的枫叶，像浸湿的红绸。激情的局部仍旧是细致而绵软的。

美丽的女人应该是持久的。凡稍纵即逝的美丽都不是属于人的，而是属于物的。美丽的女人少年时像露水一样纯洁，青年时像白桦一样蓬勃，中年时像麦穗一样端庄，老年时像河流的入海口，舒缓而磅礴。

美丽的女人经得起时间的推敲。时间不是美丽的敌人，而只是美丽的代理人。它让美丽在不同的时刻呈现出不同的状态，从单纯走向深邃。

女人的美丽不是只有一根蜡烛的灯笼，它是可以不断燃烧的天然气。时间的掸子轻轻扫去女人脸上的红颜，但它是有教养的，还女人一件永恒的化妆品——叫作气质。可惜有的女人很傻，把气质随手丢掉了。

也许可以说，所有美好的女人都是美丽的。

我在女性的群体里砌了一座金字塔。它是我心目中的女性黄金分割图。

这样一路算下来，优秀的女人多乎哉？不多也。

是不是我的比例过于苛刻？是不是我对世界过于悲观？是不是我看女人的暗影太多？是不是优秀和平庸原不该分得太清？

现代的世界呼唤精品。女士们买一个提包都要求质量上乘，为什么我们不寻求自身的优秀？

优秀的女人也像冰山，能够浮到海面上的只有庞大体积的几十分之一。精品绝不会太多，否则就是赝品或是大路货了。

难道女人不该像拥有眼睛一样拥有善良吗？难道没有智慧的女人不是像没有翅膀的鸟儿一样无法翱翔？难道坚韧不拔果敢顽强对于女人不是像衣衫一般重要？难道女人不是像老妪爱惜自己最后一颗牙齿一样爱惜美丽？

让我们都来力争做一个优秀的女人吧。为了世界更精彩，为了自身更完美，为了和时间对抗，为了使宇宙永恒。

性别按钮

　　假如我们身上有一个按钮，可以随时改变我们的性别，我将在一生的许多时候使用它，让我们假设按钮的颜色，男性为红女性为绿吧，因为我们这个民族素有红男绿女这样一个成语。

　　我想象自己的身体也许像交通繁忙的十字街头，红红绿绿闪烁个不停。

　　当我还是一个胎儿的时候，我选择女性。因为根据最新的科学研究证明：在女性特有的那两个 X 染色体上，除了表示性别，还携带着许多抗病的基因。流产夭折的孩子多半是男婴，就是因了这个缘故。请别谴责我的自私，外面的世界这么喧哗美丽，我这辆小小的跑车，不能还没驶出车站就抛锚。

　　当降生终于开始的时候，我毫不犹豫地选择男性。我要向人世间发出最嘹亮动人的哭声，宣告一个生命——我的到来。一个理由是女孩子的哭声多半太秀气，自己就听得没情绪。最主要的原因是为了让我的亲人们高兴。无论社会怎样进步，中国人还是喜欢男孩。尤其在产房里的时候，生了男孩的妈妈眉飞色舞，生了女孩的妈妈低眉顺眼……为了能让自己的妈妈理直气壮，为了能让望眼欲穿的爷爷奶奶喜笑颜开，我只好义无反顾地选择男性。这可绝不是向世俗的偏见低头，而只是想在出生的这一瞬间，带给我的亲人更多的快乐。

　　我在襁褓中慢慢长大。这段期间，做男婴还是做女婴都无所谓。

在没有发明舒适的纸尿布以前，我想还是做男孩好一些，享受干爽的机遇比较多。随着科学的不断进步，这件小事不再能左右我揿动电钮。在这段人生最美好的时光里，我男女不辨地随意躺在绵软的带栅栏的小床里，用小手追逐缓缓移动的阳光，学会对着使我们娱悦的事物微笑。我们脱离了母体的温暖，独自面对自然界的风霜。我们尝试着对饥饿和病痛发出抗争，但我们其实很无奈。假如没有亲人的呵护，无论男孩还是女孩，我们都软弱。

像初夏的青苹果，我们缓缓地长大。这段时间如果一定要我选择，我就当女孩吧。因为在这期间，我们会无师自通地学会人世间最重要的知识——语言。女孩的舌头像鹦鹉，她们学说话的速度比男孩快多了。虽说中国流传着"贵人语迟"的民谚，但我还是喜欢做个平凡人，早早地学会向他人表达自己的看法。

接着，我们突然像竹笋一样，日新月异地膨胀起来，不断地增长淘气本事爬高上低，没头没脑地疯跑，在自己的脸上糊上泥，把玩具肢解得遍地都是，从一块石头疯狂地跳上另一块石头，在水里溅起一连串的水花……这都是男孩子的特权啊！我要做个男孩，把身上的红色按钮死死揿下。做男孩可以把鞋子踢烂、把衣服挂破、把手指划出血、把膝盖磕掉皮而不遭家长的斥责。男孩在玩耍上享有天然的豁免权，当他们无意间伤害了别人的财产和自己的身体时，人们多半会宽容地说，嗨！男孩子嘛，就是这个样子！

女孩子可要倒霉得多。几千年的观念像一张透明的娇柔的网，将你裹得紧紧的。你时刻感到不能自由自在地呼吸和手舞足蹈。你看得见外面的一切，却不能随心所欲地飞翔。你抗议的时候，别人会莫名其妙地说，没有呀？没有谁束缚你。真叫你有苦说不出。

开始上学了。我愿意回到女儿身。男孩子太顽劣了，屁股底下像有颗大滚珠，不会安安静静在椅子上待一刻。他们终究会意识到知识的重要，可是距那大彻大悟的关头，他们还要穿过漫长的隧道。在这个觉醒的过程中，他们恶劣的成绩，将被老师斥责，同学耻笑，家长软硬兼施，邻里议论纷纷……这种经历对一个人的心智是大考验。许多男孩就在这种挫折感中，失去了人最宝贵的自尊。而女孩，就比较的平顺，因为她们知道死用功。灵灵秀秀的女孩穿得干干净净，乖乖地举手发言，讨老师的喜欢。下了课，挟着平平整整的作业本回家，给爸爸妈妈一个好成绩。小学真是一个女孩的黄金时代，她们像新生的豆荚饱满和嫩绿，充满着勃勃的生气。

到了十一二岁的时候，我要赶快把绿色按钮变换成红色按钮，再迟就来不及了。那位将陪伴每一个女人青春时代的殷红色朋友就要来啦！她每月一次的造访你无法拒绝，陪着她，你困倦激动好哭爱发脾气……惹不起，我们躲得起。

去做男人。

男人此刻异军突起。他们在一夜之间变得强健英俊，仿佛蜕尽了最后一层躯壳的知了，高高地飞到了白杨树梢，向全世界发出尖锐的鸣叫。尽管歌声还不够老练，但他们终究会成熟起来的。这个时期的男性永远是一个谜，你不知道他们是在哪一个早上，突然从男孩变成了男子汉。老天爷的鬼斧神工，毫不留情地把他们大脑的沟壑凿深，雕刻出他们坚毅的下巴和眉宇，慷慨地在制造他们潇洒智慧的同时，随赠了一大包的幽默。仿佛在不经意之间，他们流露出勇气与旷达。当然了，他们也脆弱，也孤独，也想入非非，也躁动不安，但鹿一般雄壮的气息缠绕着他们，他们在奔跑中不断完善。

岁月的炉火燃烧着，熔炼着男人和女人的金丹。

女人最美丽的季节到了。俗话说女大十八变，最动人的变化悄悄地发生着，我终于忍不住跑回去做女人了。

少女的头发像鸦羽一样闪亮，你盯着看久了，会闪出墨绿的光泽。瞳孔里因为蕴含了过多的期望而显得秋水汪汪。肌肤像刚刚裱制出的白绸，细腻光滑无一丝波痕。柔曼的腰肢，玲珑的曲线，都带着稍纵即逝的精致。

她们的心绪，像一块绿毡似的秧田。看似平静，其实每一阵微风荡过，都引起所有的枝叶震颤。

草莓红了。芭蕉被雨淋湿了。成熟的樱桃想飞到天上去，无所不在的万有引力又使它飘落黄土地。

无论女人有多少瑰丽的想象，她们一生中最重要的事，是寻找那个缺了肋骨的男人，重新嵌进他的胸膛。无论找到找不到，都有无尽的苦恼与欢乐。

男人和女人终于镶在一起了。

在女人行将破裂的那一瞬，我决定逸出她的躯壳，去做一个男人。因为此时的男人好威风啊！

婚后的男人，太累太累。好像追赶太阳的夸父，一头担着事业，一头担着家庭。出于怕苦怕累的天性，又使我翻回头去想做女人，但女人已开始孕育生命。这是充满创造也充满艰险的劳动，简直是女人一生中最大的劫难。

女人变得面目全非，身躯沉重，步履蹒跚。脸上趴着褐色的蝴蝶，曲线被圆弧毫不留情地替代。心脏汹涌地鼓荡着，供给着两个人的血脉。

那是生与死的循环啊。女人或者捧出两条生命，或者与她的婴孩一起沉没海底。

面对生命的链条，我怯懦地闭上眼睛。我真的不知该选择做男人还是做女人，也许人生就是无止境的苦难，无论怎样巧妙地在礁石上跳来跳去，我们还是得被巨流浇得透湿。

也许在真正美妙的融合中，男人和女人是一堵砌在高坡上的墙。你不可能将他们分开，你不可能说自己是其中的砖还是泥水。墙矗立着，或者訇然倒塌；或者很有风度地站上一千年，依然像刚完工那般新鲜。

真的，我们不必区分得太分明。一个好的男人和一个好的女人，在共患难的日子里，是一种奇怪的有四只脚和四只手的动物。他们虽然有两颗心，却只有一个念头——风雨同舟地向前。

新的生命诞生了。

从这儿以后，还是坚持做男人吧。哺育的担子太重，社会又对女人提出了太多的角色。在家是举案齐眉的贤妻良母，出外是叱咤风云的巾帼强人。父母膝下返璞归真的孝女，社交场合典雅华贵的夫人……一副副面具需要轮换着镶在脖颈上，深夜里女人会仰天叹息：我在哪里？

做男人就简明扼要多了。他们缓缓地但是坚定不移地向着既定的目标前进，好像一艘巨人的航空母舰。他们的轮廓在岁月中渐渐模糊，但内心仍坚定如铁。失败的时候，他们在人所不知的暗处，揩干净创口的血痕。当他们重又出现在太阳下的时候，除了觉出他的脸色略显苍白以外，一切如常。他们也会哭泣，但流出来的是血不是水。血被风干了，就是美丽的玫瑰花，被他们不经意地夹在成功的证书里。

　　男人的自由多，男人的领域大。男人被人杀戮也被人原谅，男人编造谎言又自己戳穿它。男人可以抽烟可以酗酒可以大声地骂人可以随意倾泻自己的感情。历史是男人书写的，虽然在关键的时刻往往被一只涂了蔻丹的指甲扭转。那也是因为在那只手的后面，有一个男人微笑地凝视着她。

　　我懵懵懂懂疲倦地走过了许多年，频繁地选择着性别按钮，连自己也感觉厌烦。似乎每一次选择的动机都是避重就轻，人类的弱点在选择中暴露无遗。

　　选择的机会不是很多了，我们已经老迈。

　　时间是一个喜欢白色的怪物，把我们的头发和胡子染成它爱好的颜色。它的技术不是太好，于是我们就变得灰蒙蒙。孩子长大了，飞走了，留下一个空洞的巢穴。由于多年在一起生活，我们吃一样的饭，喝同一种茶叶沏成的水，甚至连枕头的高度也是一致的。我们变得很相像，像一对古老的花瓶，并肩立在博物架上，披着薄薄的烟尘。

　　我们不可遏制地走向最后的归宿。我们常常亲热地谈起它，好像在议论一处避暑的胜地。其实我们很害怕，不是害怕那必然的结局，是害怕孑然一身的孤独。

　　我们争论谁先离开的利弊。男人和女人仿佛在争抢一件珍贵的礼物，都希图率先享受死亡的滋味。

　　在这人生最后一轮的选择中，我选择女性。

　　我拈轻怕重了一辈子，这次挺身而出。男人，你先走一步好了。既然世上万事都要分出个顺序，既然谁留在后面谁更需要勇敢，我就陪伴你到最后。一个孤单的老翁是不是比一个孤单的老媪更为难？让我嚼这颗坚硬的胡桃到最后吧。

这是生命的分工，男人你不必谦让。

你病了，我会在你的床前，唱我们年轻时的歌谣。我会做你最爱吃的饭，因为你说过，除了你的母亲，这个世界上我做的饭最对你的口味。我们共同回忆以往的时光，把辛苦忙碌一辈子没来得及说的话，借病房的角落全部说完。

其实话是说不完的。

有一天，你突然说要告诉我一个秘密。你说男人都有自己的秘密，你对我这样好，其实我不值得你对我这样好……

你要用秘密回报我的真诚，这样使我在你死后不会太伤心。

我立刻用苍老的手，堵住你的嘴。我说，你别说，永远别说。我们之间没有秘密，最大的秘密就是我们怎样在茫茫人海中相识，从过去一直走到将来。

男人走了，带着他永远的秘密。

现在，我已无法再选择。

那两个红色绿色的按钮，已经剥脱了釉彩，像两颗旧衣服上的扣子。

选择性别，其实就是选择命运。男人和女人的命运有那么多的不同，又有那么多的相同。

我最后将两颗按钮一起揿下，我不知道会发生什么样的事情。

它们破裂了。留下一堆彩色的碎片。我作为一个女人，来到这个世界上。我又作为一个女人，离开这个世界。似乎所有的选择都是徒劳。不。我用一生的时间，活出了两生的味道。

眼药瓶的奥秘

渠枫来见我的时候，披头散发，衣帽邋遢。对一个容颜娟秀的女孩子来说，糟蹋自己到了这种地步，可见她遇到了重大的困厄，心灰意懒，已经抛弃自爱，不再珍重。

她一屁股坐下来，从内兜深处掏出一件东西，握在手心，对我说，都是它把我毁了！

我以为那会是一枚珠宝首饰或是一个信物，要么干脆是一封绝交信，没想到在渠枫苍白的缓缓展开的手掌心里，是一只普通的塑料的小眼药瓶。到街上的药店，一块钱可以买回三只。

我细细地观察着这只药瓶。奇怪它有何魔力，竟能把一个青春年华的女大学生，折磨得如此憔悴萎靡？

药瓶基本上是空的，它的底部，有一些暗红色的渣滓沉淀着，好像是油漆的碎片。瓶颈部的封堵已被剪开。之所以特别提到了这一点，是它被剪开的位置，反常地偏下。一般人怕药水大量滴出，瓶尖部的口通常开得很细小。但这只眼药瓶，几乎是从瓶尖部被断开了，瓶颈缩得短短的，仅够套上瓶帽。

我看着渠枫。渠枫也看着我。很久很久，沉默如同黑色的幕布，遮挡着我们。终于，渠枫说，你为什么不问我？

我说，我在等你。

渠枫说，等我什么？

　　我说，你来找我，就是信任我。我等着你把你想要对我说的话，说出来。

　　渠枫又继续沉默。当我几乎不寄希望的时候，她突然说，好吧，我就把一切都告诉你。我爱上了申拜，一个并不高大但是很有内涵的男生。有同学说，依你的条件，可以找一个比申拜外形更酷的男孩，申拜矮了些，要知道，身高就是男人的性感喔！我说，我看重的是申拜的内在。注重男子的身高，是农耕社会和游牧民族的习气了，机械欠发达的时候，男人的力气就是他的资本，比如扛麻包挑担子什么的，当然是大个子占便宜。如今到了电子时代，经营决策，敲击电脑，都和身高无关。一个男人能不能给女人幸福，不在身高，在乎内里的质量。

　　朋友被我驳得两眼如同死鱼，干张着嘴，无话可说。申拜知道了我的观点，对我更是呵护有加体贴入微。他说，我是他交的第一个女朋友，我说，你也是我的……我们的感情很快进展到如胶似漆。一天，我约他到我家玩，父母正好同到外地出差。夜深了，他抱着我说，他忍不住了，想彻底全面地得到我。我急忙推开他的手，说，不……不能……

　　我看他退开，情绪很伤感，觉得我对他不信任。就急忙安慰他说，不是我不愿意，是我还没做好这个准备。下次吧，好吗？

　　他很尊重我，就让自己渐渐地平息下去，那一天，我们好说好散了。

　　没想到他期待中的下次，竟那么快，就是第二天。也许是怕我父母很快就会回来，我们就不容易找到如此安全无干扰的地方了。又是我的小屋，又是子夜时分，我们聊着，却都有些心不在焉，在期待着什么，畏惧着什么，迎接着，又想躲避……

　　他突然拥着我说，今天，你准备好了吗？

　　我战战兢兢地回答，准备好了。

　　我把灯熄灭了。在黑暗中，我们脱掉所有衣服，把彼此还原成伊甸园中的模样。我躲在自己的小床上，看着窗外，觉得自己的床如此陌生，我就要在这张床上，变成申拜的新娘。我看到申拜被月光镀成青铜色的躯体，知道一个关键的时刻即将到来。

申拜的激情越来越蓬勃，我在昏眩中等待。就在箭即将离弦的时候，他突然抬起身体，说，渠枫，你说得对，我们还没有做好准备。既然我们要爱到地老天荒，为什么不能再等几个朝朝暮暮？我保存和尊重你的领土完整，直到婚礼之夜……

我拼命搂住他的身体，不让他离开我，声嘶力竭地叫道：不！申拜，你不能这样！不能！我要你！

但是。没用。申拜是一个自制力非常顽强的人，他一旦决定了，谁也无法更改。我于是绝望地看着他起身，拧亮电灯……于是，在明亮如昼的灯光之下，他看到了——在我的雪白的床单之上，有一片鲜红的血迹……

这是什么？他大吃一惊。

刚才，床单上还是什么都没有的啊……我干了什么？我什么都没干啊……

申拜惊愕地捶着自己的胸膛，我知道，在他的胸膛里，一颗纯洁的心正在粉碎。

他疯了似的抓住我，歇斯底里地喊道，这是你干的，是你！是不是？

我泪水凄迷地点了点头。这屋子里没有别人，不是我干的，又是谁干的？

这就是你所说的要做的准备，对不对，你想伪装成一个处女，你作案的工具在哪里？在哪里？申拜的目光喷吐着蔑视的火焰，嘴唇哆嗦。

我不说。我什么也不说。默默地穿上我的衣服。我看着申拜，如同路人。刚才，我们还在肌肤相亲啊。

申拜在我的房屋里疯狂地寻找，很快，他就在我的床下，找到了这只眼药瓶，里面还有几滴残存的血液。

申拜说，你是处女吗？

我说，我不是处女了。

申拜说，那个人是谁？

　　我说，是我以前谈过的一个男朋友。我不知道男人为什么要用性这种东西，让女人来证明自己的爱。我那时还小，我不知道说"NO"。当我发现他不可信任的时候，我就离开了他。

　　申拜捏着这个眼药瓶说，这里面是你的血吗？

　　我哭了，说，不是。我没有办法把自己的血装进这个小瓶里。如果做得到，我愿用千倍百倍的血来证明我的爱。

　　申拜毫不为之所动，冷冷地追问，那这是谁的血？

　　我说，不是谁，是一只鸡。那只鸡是我杀的，它的尸体在垃圾桶里。

　　申拜说，想不到，你设计得这样周密啊！

　　我放声痛哭道，我不愿失去你！我知道你在意！我没办法，才想出这个主意。我本来想用现成的猪血豆腐，但那是凝固的，根本就不能流淌了。我后来到了菜场，我想跟人要点鳝鱼血，就说是为了治病，可我还是没法子把它装进小瓶里。后来，我买了一只活鸡。菜贩子说，小姑娘，我替你杀了吧，不多收钱。我说，不，我自己杀！

　　我从来没有杀过任何活物，包括一只螳螂或是蝴蝶。可是，为了我的爱情，一等回到家，我挥刀就把鸡头斩了下来。鸡血飙射一地，好像谋杀案的现场。我往一只碗里注了冷水，再加了点白醋，然后把鸡血控进去，拼命搅动。我从书上查到，这样血液就不会凝固了。然后我到街上买了几只眼药水。先是开口剪得太小，血好不容易吸进去但又挤不出来，总之很不顺畅。我想熄灯后，留给我操作的时间不会太长，我得速战速决。后来我又把药瓶口子剪得太大了，瓶帽盖不住了。费了半天劲儿才弄得合适了，血吸进去后，一滴不漏。需要的时候，可以很快喷涌而出。一切都计算好了，只是没想到……

　　申拜双臂交叉，紧紧地抱住自己的肩膀，好像在狂风暴雨中。他冷笑道，你没想到什么？

　　我说，没想到你有如此坚强的毅力，没想到你那样地珍爱我……

　　申拜说，珍爱？只可惜，那是以前了。你伤害了我，什么就都不存在了。保存好你的秘密武器吧！

　　他说着，把这个眼药瓶扔到我床上，扬长而去。

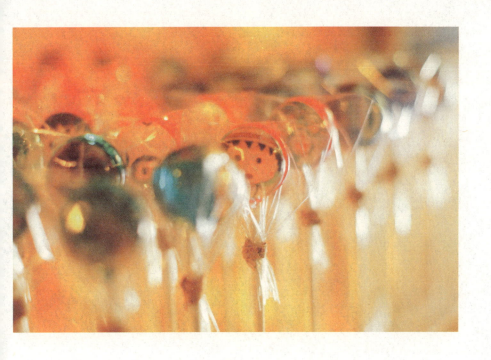

人类已经把自己的衣食住行打点得越来越精致，把外在的条件整治得越来越舒适了。但是心灵呢？这灵长中的灵长，却在越来越辉煌的物质文明中萎缩，淹没在闪烁的霓虹灯下，迷失在情感的沙漠里。

从那以后，我无论打他多少电话，他一概不接。我堵着他，好不容易见到了，也没一个眼神……我太痛苦了，生命已没有价值……渠枫拼命撕扯着自己的头发，没有一点痛感的模样，好像那是一堆破鱼网。

　　我看着愁云惨淡的渠枫，再看看那个眼药瓶。药瓶如同一个杀了人的子弹壳，丑陋而污秽。我说，渠枫，你很后悔，你想挽回，你不知从何做起？对不对？

　　渠枫说，是啊，是啊。快教我怎样办。

　　我说，你先告诉我，你最伤了申拜心的是什么？

　　渠枫说，他嫌我不再是处女。

　　我说，如果真是这个原因，此事已无可挽回。即便你做了修补手术，不似这次露馅，但他已心冷如铁，你无法修补他的记忆。

　　渠枫想想，又说，他嫌我欺骗他。

　　我说，一个不诚实的人，确实人见人怕。你怎样才能让申拜认为你从此痛改前非，开始真诚？

　　渠枫说，我找到他，把我的苦心和忏悔告知他。如果他能原谅我，我就和他重新开始。如果他不能原谅我，我也只好认命了。但是，以后，我若再交了男朋友，该如何解释自己不是处女？

　　我说，交友的双方，都可以保留自己的隐私，这无可厚非。只是你机关算尽，导演了一场闹剧，你企图伪造一个现实，这就是欺骗了。恋人之间，谎言注定会杀伤幸福。渠枫，你已经付出了两次惨痛的代价，但是你还没有得到代价之后的思索。真正的爱情必定是真诚基础上的建筑。

爱的回音壁

现今中年以下的夫妻，几乎都是一个孩子，关爱之心，大概达到中国有史以来的最高值。家的感情像个苹果，姐妹兄弟多了，就会分成好几瓣。若是千亩一苗，孩子在父母的乾坤里，便独步天下了。

在前所未有的爱意中浸泡的孩子，是否物有所值，感到莫大幸福？我好奇地问过。孩子们撇撇嘴说，不，没觉着谁爱我们。

我大惊，循循善诱道，你看，妈妈工作那么忙，还要给你洗衣做饭，爸爸在外面挣钱养家，多不容易！他们多么爱你们啊……

孩子们很漠然地说，那算什么呀！谁让他们当了爸爸妈妈呢？也不能白当啊，他们应该的。我以后做了爸爸妈妈也会这样。这难道就是爱吗？爱也太平常了！

我震住了。一个不懂得爱的孩子，就像不会呼吸的鱼，出了家族的水箱，在干燥的社会上，他不爱人，也不自爱，必将焦渴而死。

可是，你怎样让由你一手哺育长大的孩子，懂得什么是爱呢？从他眼睛接受第一缕光线时，已被无微不至的呵护包绕，早已对关照体贴熟视无睹。生物学上有一条规律，当某种物质过于浓烈时，感觉迅速迟钝麻痹。

如果把爱定位于关怀，随着孩子年龄的增长，对他的看顾渐次减少，孩子就会抱怨爱的衰减。"爱就是照料"这个简陋的命题，把许多成人和孩子一同领入误区。

寒霜陡降也能使人感悟幸福，比如父母离异或是早逝。但它是灾变的副产品，带着天力人力难违的僵冷。孩子虽然在追忆中，明白了什么是被爱，那却是一间正常人家不愿走进的课堂。

孩子降生人间，原应一手承接爱的乳汁，一手播洒爱的甘霖，爱是一本收支平衡的账簿。可惜从一开始，成人就间不容发地倾注了所有爱的储备，劈头盖脑砸下，把孩子的一只手塞得太满。全是收入，没有支出，爱沉淀着，淤积着，从神奇化为腐朽，反让孩子成了无法感知爱意的精神残疾。

我又问一群孩子，那你们什么时候感到别人是爱你的呢？

没指望得到像样的回答。一个成人界都争执不休的问题，孩子能懂多少？比如你问一位热恋中的女人，何时感觉被男友所爱？回答一定光怪陆离。

没想到孩子的答案晴朗坚定。

我帮妈妈买醋来着。她看我没打碎瓶子，也没洒了醋，就说，闺女能帮妈干活了……我特高兴，从那会儿，我知道她是爱我的。翘翘辫女孩说。

我爸下班回来，我给他倒了一杯水，因为我们刚在幼儿园里学了一首歌，词里说的是给妈妈倒水，可我妈还没回来呢，我就先给我爸倒了。我爸只说了一句，好儿子……就流泪了。从那次起，我知道他是爱我的。光头小男孩说。

我给我奶奶耳朵上夹了一朵花，要是别人，她才不让呢，马上就得揪下来。可我插的，她一直戴着，见着人就说，看，这是我孙女打扮我呢……我知道她最爱我了……另一个女孩说。

我大大地惊异了。讶然于这些事的碎小和孩子铁的逻辑。更感动他们谈论时的郑重神气和结论的斩钉截铁。爱与被爱高度简化了，统一了。孩子在被他人需要时，感觉到了一个幼小生命的意义。成人注视并强调了这种价值，他们就感悟到深深的爱意。在尝试给予的同时，他们懂得了什么是接受。爱是一面辽阔光滑的回音壁，微小的爱意反复回响着，折射着，变成巨大的轰鸣。当付出的爱被隆重地接受并珍藏时，孩子终于强烈地感觉到了被爱的尊贵与神圣。

　　被太多的爱压得麻木，腾不出左手的孩子，只得用右手，完成给予和领悟爱的双重任务。

　　天下的父母，如果你爱孩子，一定让他从力所能及的时候，开始爱你和周围的人。这绝非成人的自私，而是为孩子一世着想的远见。不要抱怨孩子天生无爱，爱与被爱是铁杵成针百年树人的本领，就像走路一样，需反复练习，才会举步如飞。

　　如果把孩子在无边无际的爱里泡得口眼翻白，早早剥夺了他感知爱的能力，育出一个爱的低能儿，即使不算弥天大错，也是成人权力的滥施，或许要遭天谴的。

　　在爱中领略被爱，会有加倍的丰收。孩子渐渐长大，一个爱自己爱世界爱人类也爱自然的青年，便喷薄欲出了。

爱怕什么？

爱挺娇气挺笨挺糊涂的，有很多怕的东西。

爱怕撒谎。当我们不爱的时候，假装爱，是一件痛苦而倒霉的事情。假如别人识破，我们就成了虚伪的坏蛋。你骗了别人的钱，可以退赔，你骗了别人的爱，就成了无赦的罪人。假如别人不曾识破，那就更惨。除非你已良心丧尽，否则便要承诺爱的假相，那心灵深处的绞杀，永无宁日。

爱怕沉默。太多的人，以为爱到深处是无言。其实，爱是很难描述的一种情感，需要详尽地表达和传递。爱需要行动，但爱绝不仅仅是行动，或者说语言和温情的流露，也是行动不可或缺的部分。我曾经和朋友们做过一个测验，让一个人心中充满一种独特的感觉，然后用表情和手势做出来，让其他不知底细的人猜测他的内心活动。出谜和解谜的人都欣然答应，自以为百无一失。结果，能正确解码的人少得可怜。当你自觉满脸爱意的时候，他人误读的结论千奇百怪。比如认为那是——矜持、发呆、忧郁……

一位妈妈，胸有成竹地低下头，做出一个表情。我和另一位女士愣愣地看着她，相互对视了一下，异口同声地说：你要自杀！她愤怒地瞪着我们说，岂有此理！你们怎么那么笨？我此刻心头正充盈温情！愚笨的我俩挺惭愧的，但没等我们道歉的话出口，那妈妈恍然大悟道：原来是这样？怪不得我每次这样看着儿子的时候，他会不安地说：妈妈，我又做错了什么？你又在发什么愁？

爱是那样的需要表达，就像耗竭太快的电器，每日都得充电。重复而新鲜地描述爱意吧，它是一种勇敢和智慧的艺术。

爱怕犹豫。爱是羞怯和机灵的，一不留神它就吃了鱼饵闪去。爱的初起往往是柔弱无骨的碰撞和翩若惊鸿的引力。在爱的极早期，就敏锐地识别自己的真爱，是一种能力更是一种果敢。爱一桩事业，就奋不顾身地投入。爱一个人，就斩钉截铁地追求。爱一个民族，就挫骨扬灰地献身。爱一桩事业，就呕心沥血。爱一种信仰，就至死不悔。

爱怕模棱两可。要么爱这一个，要么爱那一个，遵循一种"全或无"的铁则。爱，就铺天盖地，不遗下一个角落。不爱就抽刀断水，金盆洗手。迟疑延宕是对他人和自己的不负责任。

爱怕沙上建塔。那样的爱，无论多么玲珑剔透，潮起潮落，遗下的只是无珠的蚌壳和断根的水草。

爱怕无源之水。沙漠里的河啊，即便不是海市蜃楼，波光粼粼又能坚持几天？当沙暴袭来的时候，最先干涸的正是泪水积聚的咸水湖。

爱怕假冒伪劣。真的爱也许不那么外表光滑，色彩艳丽，没有精致的包装，没有夸口的广告，但是它有内在的质量保证。真爱并非不会发生短路与损伤，但是它有保修单，那是两颗心的承诺，写在天地间。

爱是一个有机整体，怕分割。好似钢化玻璃，据说坦克轧上也不会碎，可惜它的弱点是宁折不弯，脆不可裁。一旦破碎，就裂成了无数蚕豆大的渣滓，流淌一地，闪着凄楚的冷光，再也无法复原。

爱的脚力不健，怕远。距离会漂淡彼此相思的颜色，假如有可能，就靠得近一点，再近一点，直到水乳交融亲密无间。万万不要人为地以分离考验它的强度，那你也许后悔莫及。尽量地创造并肩携手天人合一的时光。

爱像仙人掌类的花朵，怕转瞬即逝。爱可以不朝朝暮暮，爱可以不卿卿我我，但爱要铁杵磨成针，恒远久长。

爱怕平分秋色。在爱的钢丝上不能学高空王子，不宜做危险动作。即使你摇摇晃晃，一时不会跌落，也是偶然性在救你，任何一阵旋风，都可能使你飘然坠毁。最明智最保险的是赶快从高空回到平地，在泥土上留下深深脚印。

爱怕刻意求工。爱可以披头散发，爱可以荆钗布裙，爱可以粗茶淡饭，爱可以餐风露宿。只要一腔真情，爱就有了依傍。

爱的时候，眼珠近视散光，只爱看江山如画。耳是聋的，只爱听莺歌燕舞。爱让人片面，爱让人轻信。爱让人智商下降，爱让人一厢情愿。爱最怕的，是腐败。爱需要天天注入激情的活力，但又如深潭，波澜不惊。

说了爱的这许多毛病，爱岂不一无是处？

爱是世上最坚固的记忆金属，高温下不融化，冰冻不脆裂。造一艘爱的航天飞机，你就可以驾驶着它，遨游九天。

爱是比天空和海洋更博大的宇宙，在那个独特的穹宇中，有着亿万颗爱的星斗，闪烁光芒。一粒小行星划下，就是爱的雨丝，缀起满天清光。

爱是神奇的化学试剂，能让苦难变得香甜，能让一分钟永驻成永远，能让平凡的容颜貌若天仙，能让喃喃细语压过雷鸣电闪。

爱是孕育万物的草原。在这里，能生长出能力、勇气、智慧、才干、友谊、关怀……所有人间的美德和属于大自然的美丽天分，爱都会赠予你。

在生和死之间，是孤独的人生旅程。保有一分真爱，就是照耀人生得以温暖的灯。

爱情没有快译通

我和朋友做过一个游戏，很有趣。

你说你也想做。好啊，我希望人家都有机会参与，别看我们都已是成人，其实每个人心底都埋着一颗喜爱玩耍的种子。我先来讲一讲规则。所有的游戏都是有规则的，要想玩得好，就得守纪律，要不就乱了套了。

那规则就是——找一张白纸，写上你的一个常常出现的情绪，比如说——愤怒、怀念、孤独、忧郁等等。哦，看到这里，你可能要说，都是让人懊丧的情绪啊？正面的可不可以写呢？当然可以啦，比方高兴、喜悦、慈爱、关切等等，都行。

好了，现在你已写好了自己的想法。把那张藏着你的秘密的纸条，对折，然后让它安安稳稳地平躺在桌上，一副大智若愚的模样，暂时谁也不让看。

此刻它就像一个沉睡的蚕宝宝，一动不动地眠着，只有到了揭开谜底的时分，才带着长长的思绪，飞出美丽的白蛾。

然后你找一个人，最好是对你比较了解，你把他当作知心朋友的人。你对他或她说，此刻，我正被一种情绪缠绕着，满心念的都是它。现在，你猜猜看，那是一种什么思绪？

他或她肯定会说，我又不是你肚子里的虫，我怎么会知道？

你说，别急啊，我会给你线索。这就是我的表情。平日当我被这种情绪笼罩的时候，我就做出这副模样，你猜猜看。说完以上的话以后，你就坐到他对面（为了叙述方便，我就不论男女，都用"他"字了）。最好找一个光线明媚的地方，让你的一颦一笑，都让他尽收眼底。好啦，现在你心里默念着刚才写在纸上的字，脸上做出你沉浸在这种思绪中时对应的表情，也可以辅助身体的语言。比如你平日愁苦的时候，蛾眉紧锁，杏眼低垂，再加上挂着腮帮子，耷拉着头……总之，不要刻意表演，越自然，越像生活中真实的你，越好。

你保持如此的表情和姿势一分钟后，就可以恢复常态了。然后让你的朋友说出，刚才你在想什么？

他或许会沉默，会思索，会疑惑……注意啊，你一定要有足够的耐心，并且有克制力，不可提示，不可启发，不可诱导。否则咱们就前功尽弃啦。

依我和朋友玩过多次的经验，此时绝大多数的人会沉思良久，好像他们面对的不是一个朝夕相处耳濡目染的大活人，而是恐龙什么的，然后久久地不吭声。最后在大家都等得你不耐烦的时候，才迟迟疑疑地吐出一个词，比如"苦闷……孤单……"等等，然后忙不迭地打开桌上的纸条。一看之下，半晌不语，那答案和猜测往往风马牛不相及。

比如一个美丽的女孩子，做出眺望远方的模样。她的男友猜测——你是在想家！想父母！她呸了一声说，糊涂虫，我是在想你！男友说，我不就在你身边吗？当你出现这种神态的时候，我总是吓得屏气息声，不敢打破沉默。我不知道自己哪点没有做好，惹得你不满意，你才如此凄楚地思念他人……女孩子说，你怎么会这么笨呢？你既然爱我，就该懂得我的心。男孩子说，爱，只能解决一部分问题，并不能解决所有的问题。该说的你还得说出来，沉默不是金，是土是空气。女孩子说，我像革命先烈一样，我就是不说。我非要你猜。猜得出来我就嫁你，猜不出来，我就离开你……男孩子就愁眉苦脸地说，如果今后的几十年，天天都在灯谜和哑语中生活，累不累啊？！

另一个男子汉眼睛特别大。他做出第一个表情的时候，看着那铜铃一般圆睁的双眸，大家异口同声地说，噢，你在愤怒！

他一脸失望地说，才不是呢。好了，这个不算，我再做一次。他做出的第二个表情，又是如法炮制，瞪起双眼。大家稍微犹豫了一下，还是口径一致地说，你在发火！

他不甘心，又来了第三次。这一次的结果就更令人惆怅了。大家没精打采地说，你换个新内容让我们也好抖擞精神，干吗又做出打架的样子?！

男子汉后来沮丧地告知我们：他的纸条上，第一次写下的是"幸福"，第二次写下的是"喜爱"，第三次写下的是——"慈祥"！

你肯定要说，差得这般十万八千里，我才不信呢！你一定是没选好对象，或者是围观的人太弱智，才如此指鹿为马。

我一点也不生气你的这种指责，我很希望你能亲自试一试。找自己最亲爱的人，最好。假如能百发百中地猜对，那真是人间少有的幸福伴侣。

我耐心地等待着你的试验……怎么样？做完了吧？你不仅仅做了一次，而是做了许多次。桌上的纸条叠起又打开，打开又写一下，好像一只只归巢后又驱赶而出的信鸽。你很希望能打破我的预言。但你做完了，为什么长久地沉默不语？还透出淡淡的忧伤？你的手指把纸条扯成一缕缕，任它飘荡，好似破碎的思绪。

是的，真正的现实就是这般冷静而无商榷。最厚重的隔膜，就在咫尺之遥。在你以为肌肤相亲的帷幔当中，横亘着无法穿越的海峡。

科学技术是越来越发达了，但迄今没有一种仪器，可以测量出人类的情感进行状态，可以预计出人的情绪指数。当我们能够探知遥远星球的一次轻微地震的时候，我们不知道自己的同床伴侣，是否辗转反侧。爱情没有快译通，心灵的交流如此细腻朦胧。当我们以为自己洞察他人心扉的时候，其实往往隔靴搔痒南辕北辙。

不要怨天尤人，不要动不动就上纲到爱与不爱。爱不是万能钥匙，爱不能在每一个瞬间都摧枯拉朽。爱无法破译人间所有的符码，爱纵是金属，也会有局限和疲劳。增进了解可以加固爱，误会错怪可以动摇爱，这是我们每个人都曾有过的体验。

隔膜往往是双层的。当我们无法正确地表达的时候，我们首先就失却了被人悟知的前提。所以训练我们明快简捷准确平和的表达能力，是人生的重要课题。不要以为说出自己的心思是一件很简单的事情，在很多的时候，我们先是不敢说，再之是不肯说，然后是不屑说，最后就成了不会说。尤其是当我们软弱的时候，我们没有勇气说。当我们悲哀的时候，我们被文化的传统训导为不可说，说了就显懦弱，说了就是渺小。当我们痛苦的时候，我们以为不当说，说了就遭人耻笑。当我们孤独的时候，我们想不起说。

其实，一个人的坚强与否，不在于他是否说出自己的苦难，而在于他如何战胜自己的苦难。说的本身，也是一种描述和正视，当我们能够直视那些令人痛楚的症结的时候，力量也就随之产生了。

既不夸大也不缩小，既不言过其实，也不矫饰虚掩，直面惨淡的人生，逼视淋漓的鲜血，该是人生勇敢和智慧的大境界。

其次我们要会听。有人说，听谁还不会啊，是个人都带着自己的耳朵，想不听还办不到呢！

了解和交流，在于两颗心的同一律动，在于你深深地明了对方向你描述的那一切。从这个意义上说来，"会听"，也许是人生另一番需要修炼的深远功夫。坦诚说出自己的感受，即便艰难，好歹还有自我的内心世界可以参照，只需勇气和描述的技术，基本就可完成。但听的功力，除了有一双好耳朵，还需有一颗擦拭干净不畸形不变异的心。如果自心是哈哈镜，把人家的话听得变了形，那责任就不在说者，而在听者。

会听的心，要有大的空间，除了容纳自身，还能接纳他人。会听的心，要有对人的真诚，因为听的那一刻，你将把心灵至尊的位置，让给你的朋友。会听的心，是柔软和温暖的，让人感到融融的温馨。会听的心，是坚强的，因为它有自己顽强的意志，不会在袭来的痛苦之中摇摆淹没……

有一个可以救命的外科手术，叫作"心脏搭桥"，说的是在堵塞了血管的心脏上，再造一条新的流畅的脉络，让新鲜的充足的血液，流入衰弱的心脏。我很喜欢这个手术的名称，借来一用。我们除了在自己的心脏上搭桥，也需在不同的心脏之间搭桥，以传达我们彼此间的感觉和友谊。

成千上万的丈夫

有成千上万的男人，可能成为某个女人的好丈夫。

这句话，从一位做律师的女友嘴中，一字一顿地吐出时，坐在对面的我，几乎从椅子滑到地上。

别那么大惊小怪的。这话也可以反过来对男人说，有成千上万的女人，可以成为你们的好妻子。你知道我不是指人尽可夫的意思。教养和职业，都使我不会说出这类傻话。我是针对文学家常常在作品中鼓吹的那种"唯一"，才这样标新立异。女友侃侃而谈。

没有唯一，唯一是骗人的。你往周围看看，什么是唯一？太阳吗？宇宙有无数只太阳，比它大的，比它亮的，恒河沙数。钻石吗？也许有一天我们会飞到一颗钻石组成的星球上，连旱冰场都是钻石铺的。那种清澈透明的石块，原子结构很简单，更容易复制了。指纹吗？指纹也有相同的，虽说从理论上讲，几十亿上百亿人当中，才有这种可能性。好在我们找丈夫不是找罪犯，不必如此精确。世上的很多事情，过度精确，必然有害。伴侣基本是一个模糊数学问题，该马虎的时候一定要马虎。

有一句名言很害人，叫作：每一片绿叶都不相同。我相信在科学家的电子显微镜下，叶子间会有大区别，楚河汉界。但在一般人眼中，它们的确很相似。非要把基本相同的事物，看得大不相同，是神经过敏故弄玄虚。在森林里，如果戴上显微镜片，去看高大的乔木，除了满眼惨绿，头晕目眩，无法掌握树林的全貌，只得无功而返。也许还会迷失方向，连回家的路都找不到了。

婚姻是一般人的普通问题，不要人为地把它搞复杂。合适做你丈夫的人，绝非前无古人后无来者的异数。就像我们是早已存在的普通女人，那些普通的男人，也已安稳地在地球上生活很多年了。我们不单单是一个人，更是一种类型，就像喜欢吃饺子的人，多半也热爱包子和馅饼。科学早就证明，洋葱和胡萝卜脾气相投，一定会成为好朋友。大豆和蓖麻天生和平共处。玫瑰花和百合种在一起，彼此都花朵繁茂，枝叶青翠。但甘蓝和芹菜相克，彼此势不两立。丁香和水仙花，更是水火不相容。郁金香干脆会置毋忘草于死地……如果你是玫瑰，只要清醒地坚定地寻找到百合种属中的一朵，你就基本获得了幸福。

当然了，某一类人的绝对数目虽然不少，但地球很大，人又都在走来走去，我们能否在特定的时辰，遭遇到特定的适宜伴侣，也并不是太乐观的事。

相信唯一，你就注定在茫茫人海东跌西撞寻寻觅觅，如同一叶扁舟想捕获一条不知潜在何处的鳟鱼，等待你的是无数焦渴的黎明和失眠的月夜。

抱着拥有唯一的愿望不放，常常使女人生出组装男友和丈夫的念头。相貌是非常重要的筹码，自然列在前茅。再加上这一个学历高，那一个家庭好，另一个脾气柔雅，还有一个事业有成……女人恨不能将男人分解，剥下各自最优异的部分，由女人纤纤素手用以上零件，黏合成一个十全十美的新男人，该是多么美妙！

只可惜宇宙浩淼，到哪里寻找这样的胶水！

这种表面美好的幻想，核心是一团虚妄的灰雾在作祟。婚姻中自然天成的唯一佳侣，几乎是不存在的。许多婚礼上，我们以为天造地设的婚姻，夭折得如同闪电。真正的金婚银婚，多是历久弥新的磨合与默契。

女人不要把一生的幸福，寄托在婚前对男性千锤百炼的挑拣中，以为选择就是一切。对了就万事大吉，错了就一败涂地。选择只是一次决定的机会，当然对了比错了好。但正确的选择只是良好的开端，即使航向对头，我们依然还会遭遇风暴。淡水没了，船橹漂走，风帆折了……种种危难如同暗礁，潜伏于航道，随时可能颠覆小船。选择错了，不过是输了第一局。开局不利，当然令人懊恼，然而赛季还长，你可整装待发，蓄芳来年。只要赢得最终胜利，终是好棋手。

在我们人生旅途中，不得不常常进入出售败绩的商场。那里不由分说地把用华丽外衣包装的痛苦，强售给我们。这沉重惨痛的包袱，使人沮丧。于是出了店门，很多人动用遗忘之手，以最快的速度把痛苦丢弃了。这是情绪的自我保护，无可厚非。但很可惜，买椟还珠，得不偿失。付出的是生命的金币，收获的只是垃圾。如果我们能够忍受住心灵的煎熬，细致地打开一层层包装，就会在痛苦的核心里，找到失败随机赠送的珍贵礼品——千金难买的经验和感悟。

如果执着地相信唯一，在苦苦寻找之后一无所获，或是得而复失，懊恼不已，你就拿到了一本储蓄痛苦的零存整取存单，随时都有些进账可以填到收入一栏里记载了。当它积攒到一笔相当大的数目，在某枯寂的晚上，一股脑挤提出来，或许可以置你于死地。

即使选择非常幸运地与"唯一"靠得很近，也不可放任自流。"唯一"不是终生的平安保险单，而是需要养护需要滋润需要施肥需要精心呵护的鲜活生物。没有比婚姻这种小动物，更需要营养和清洁的维生素了。就像没有永远的敌人一样，也没有永远的爱人。爱人每一天都随新的太阳一同升起。越是情调丰富的爱情，越是易馊，好比鲜美的肉汤如果不天天烧开，便很快滋生杂菌以致腐败。

不要相信唯一。世上没有唯一的行当，只要勤劳敬业，有千千万万的职业适宜我们经营。世上没有唯一的恩人，只要善待他人，就有温暖的手在危难时接应。世上没有唯一的机遇，只要作好准备，希望就会顽强地闪光。世上没有唯一只能成为你的妻子或丈夫的人，只要有自知之明，找到相宜你的类型，天长日久真诚相爱，就会体验相伴的幸福。

女友讲完了，沉思袅袅地笼罩着我们。我说，你的很多话让我茅塞顿开。但是……

但是……什么呢？直说好了。女友是个爽快人。

我说，是否因工作和爱人都不是你的唯一，所以才这般决绝？不管你怎样说，我依然相信世界上存在着"唯一"这种概率。如同玉石，并不能因为我们自己不曾拥有，就否认它的宝贵。

女友笑了，说，一种概率若是稀少到近乎零的地步，我们何必抓住苦苦不放？世上有多少婚姻的苦难，是因追求缥缈的"唯一"而发生啊！对我们普通的男人和女人来说，抵制唯一，也许是通往快乐的小径。

关于爱的奇谈怪论

爱是人们常常谈论的话题，因为在空气、水分、食物和安全之后，就是我们的爱了。比如安全这问题，表面上看来是对环境的要求，其实是一种爱的深化，我们只有在爱中，才感觉自己是有价值，是值得爱护保护珍惜和发展的。一个丧失了安全感的人，是无法从容地爱自己和爱世界的。比如人际关系，更是爱的浓缩和放大。难以设想，一个不爱他人的人，会有广泛的朋友和良好的社会关系。当然，他的身旁可能会聚集着一些人，但那不是心灵的需要，只是利益的驱使。谈到自我实现，更是爱的高级阶段。因为你的爱，超越了一己的范畴，才扩展到更广阔的人和事物。在这种升腾与弥散的过程中，爱变成一种柔和的光芒，从一个核心的晶体稳定地散发着，把温暖和明亮，播扬到远方。

但是，当人们议论起爱的时候，却有着许多混淆和迷乱的地方。爱成了一个花脸，大家都随心所欲地涂抹着它的面孔，把自制的油彩敷在它的嘴角和眉梢。爱于是变得面目诡谲和莫测起来。有几个流传很广的说法，我想提出讨论。

其一：爱和年龄有关吗？

这是人们通常不付诸书面，却彼此心照不宣的概念。具体意思是——只有年轻人才享有充沛富饶的爱意，它的浓度随着年龄的增长而逐步递减，从高耸的爱的山峰萎缩至贫瘠的爱的荒原。由于这一假设的存在，年轻人因此而沾沾自喜，觉得自己仿佛享有一个爱的太平洋，可以不加计算地挥霍爱意。上了年龄的人则很气馁，不读到爱的时候，很有一些王顾左右而言他的窘迫。爱的门扉已经像一间到了下班时间的商场，缓缓关闭。店员们带着疲惫的笑容在重复着"谢谢光临"，你也花光了所有的积蓄，即使别人不翻白眼，自己也无颜再耽搁，只有缩起脖子夹着尾巴却步抽身，才是明智之举。

有一种影响约定俗成——那就是——爱——似乎是年轻人的专利，或者只有他们才有深入探讨的必要。当人们说到中年或老年人的爱意时，会扭扭捏捏地觉得那是一种爱的残次品，不那么正宗，不那么地道。比如在形容青年以上年纪人的爱情的时候，基本不会用"火热"这个词，而只以"温馨"替代。毋庸置疑，温馨比火热的温度，要差着好几个数量级呢！

在人们约定俗成的看法中，爱是有年龄限制的。它大量地存在于生命旺盛的青少年，而较少地分泌于生命渐趋平稳和衰落的成熟期和晚期。

这岂止是谬误的，首先是奇怪的。它把爱这种密切属于人类的高等和神圣的感情，简化到相当于睾丸素、黄体酮之类内在的荷尔蒙分泌物和诸如皱纹和胡须这种简单的外在指标了。

这必然首先牵涉到爱是一种生理现象还是一种精神现象？

持年轻人拥有最多的爱意的看法的人，其实是把爱定位在激素特别是性激素的产量上了。如果这样来看，年轻人是一定会把老年人打败的。但不幸或者是有幸的是，爱是一种精神的状态，是一种需要不断修炼和提高的艺术，是一种积累经验审视自我的完善过程。因此，爱是和年龄无关的。

证据就是，爱可以在年轻人那里发生，也可以在老年人那里发生。从有人类以来的无数故事和历史可以证明，爱不是年龄的产品，它是心灵的能力。

其二：爱和对象有关。

中国有一句俗语，现在被人用得越来越多了，那就是——遇人不淑。原来是女人专用的，如今也常常听到被抛弃和耍弄的男人长吁短叹此词。爱错了人的惨剧，古往今来，总是屡屡发生。人们在唏嘘之余，总是悲叹那薄命女子痴情汉，怎么不把眼睛拭亮，偏偏遇到了不该爱不能爱的人，糊里糊涂地就爱上了，且爱得水深火热?!

于是顺理成章地归纳出：在此情此景中，爱是没有过错的，错的是那爱的对象，不能承接爱，不能感悟爱，不配得到爱……总之一句话——所爱非人。不是有一首很有名的歌吗，叫作"爱上了一个不该爱的人"……

这就很有一点讨论的必要了。

爱在这种悲剧中，似乎是孤立的一盆水，可以从楼台上闭着眼睛，泼到任何一个人的头上，凭的是冥冥之中的概率。和那个施爱者是没有关系的。甚至有一种可怕的论调，爱是盲目的，爱是碰运气，爱是不可知不可测定的，爱是没有规律的……

爱在这里蒙上了宿命和诡谲的色彩，被妖魔化了之后，躲在命运的山洞里，伺机以画皮的模样谋害我们。

这样以少数人的愚蠢所导致的失利，来嫁祸于爱的清白之躯，是不公平和不正派的。

爱是一个正常心智的明媚选择，它积聚了一个人的精神能量和所有的素养智慧，是综合力量的体现。它首先表现在施爱者是有力量和有眼光的。如果你根本没有爱的能力，好比压根就不会游泳，你误入爱的海洋，你被淹得两眼翻白，甚至有生命危险，但这不是海洋的水的过错，这是因为你对自己的技艺的判断失误。这是你的责任，怎么能迁怒于一望无际波澜壮阔的大海呢?人们对于自然界是如此的宽宏大量和易于理解，为什么就对与我们休戚与共的爱，如此苛求相逼呢?这后面是否掩藏着我们人类对自己的宽纵和对无言情感的肆意欺凌呢?

你爱错了，责任在你。不但说明你的眼睛不亮，视力散光，聚焦不准，而且说明你根本就不懂得什么是爱，灾祸发生之后，搞清楚责任，是一件很痛苦和扫兴的事情，特别是在枝蔓生长到一败涂地的时候，挖掘出最初那悲惨的种子，原来竟是自己亲手播种，当灾异显出狞恶之相时，自己非但没有亡羊补牢斩草除根，反倒以血饲虎姑息养奸以致贻害无穷……需要极大的勇气和力量审判自己。甚至可以武断地说，由于这类悲剧事件的主人公，原本就对爱的理解，颇多肤浅偏颇，当他们气定神闲的时候，你都不能指望他们的明智与清醒。在危机翻江倒海而来的时候，期待他们能有很好的自省力度，几近奢望。同时，我也深信，不幸的现场，如果妥加发掘，是一个虽然付出高昂学费，但也会物有所值的宝贵课堂。有时，幸福这个老师，和颜悦色地教授给你的学问，绝对逊色于灾难声色俱厉的鞭挞。可惜的是，浑身伤痕的爱的败阵者，怨天尤人地呓语着，骂遍了天下人，单单饶过了自己。所以，我很想煞风景地提醒一下善良的人们，对爱的战役中的败将，如果他或她没有对自身的反思和批判，如果在交了一笔昂贵的爱的学费之后，学会的只是指责怨恨，那么，无论他或她显出多么楚楚可怜的模样，你可以帮助以金钱，却勿倾泻情感。他们不懂真爱，还需努力学习。

搞清爱的最主要方面，不是在于爱的对象，而在于爱的主体，是沉冷峻严的判断。当你在人世间承受着种种知识的积累的时刻，你还需不断地历练对于爱的思索和实践。你要善于总结经验。如果不把主要的光圈聚焦在自己的爱的基准上，只是在大千世界的林林总总中发泄怨气、推卸责任，你就不但受到了来自他人的情感重创，而且还丢失了以后避开类似伤害的亡羊补牢的篱笆。

有很多人以为，只要成功地找到了一个可爱的人，爱就如霍乱病菌一般，自动地以几何数量级地滋生起来，剩下的事，就是不断地收获爱的果实了。爱主要是一个寻找的过程。找对了，就一好百好，找错了，就一了百了。是一件虎头蛇尾的事，成败仅仅维系在开端部分。

于是，找到那爱的对象就成了千钧一发生死未卜的事件。此事一完成，就马放南山，刀枪入库，只剩等着岁月这个发牌员，验证我们当初押下的签了。

爱是一时一事还是一生一世？

爱是一锤定音还是守护白头？

爱是一失足成千古恨还是勤勉呵护日积月累？

爱是变数还是常数？爱是概率还是守恒？

你的爱情等待你的看法。你的爱情验证你的看法。你能够有什么样的爱情观，你就有什么样的爱情。你的观念就是你的命运。

原谅我说得这般决绝甚至带有一点霸道。因为它实在太简单了。引发悲惨结局的肇事者，常常不是对复杂事物的判断，而是对常识的藐视和忽略。

家的疆域

　　一个家就像一潭水，经常有风和石头经过，扰乱平静。夫妻间发生争执的人和事，有时同自家没一点关系，颇有株连的味道。比如遥远的地方有一个女人死了，妻子说，真吓人啊。丈夫说，有什么了不起？这世上每天死的人多了去了。妻子就说，想不到你是这么一个绝情的人，有朝一日我死了，只怕你也无动于衷。丈夫说，这不是强加于人吗？她死和你死有什么关系呢？真小题大作！妻子说，我都要死了，你还说是小题，在你心里，究竟谁才是大事……于是，争吵就水到渠成地发生了。

　　家是一个那么容易发生地震的地方，其频率和烈度大大超乎我们的想象，震中却往往不足挂齿。好像人们相知得越多，越难以彼此从容地体谅。如果说我们对外界的人，还有耐心探讨动机的多种可能性，做出比较理性客观的判断，对在同一屋檐下爆发的争吵，几乎从一开始就认定对方是挑衅和非善意。我们可能为一件毫不相干的人和事，发起剧烈的口角，直到完全忘记了唇枪舌剑的诱因，只遗留下锋利言辞对彼此心灵的伤害。每逢阴雨，那伤痕还会像蚯蚓似的蠢蠢欲动。

　　或许对家庭的势力范围，做个明确的划分会有益处。家是我们共同的领地，它从建立那天起，就是一个崭新的国度。每个男人和女人，在婚前都有自己的疆界和朋友。走到一起来的时候，除了携着自身，还举一反三地带来了原先的爱好、习惯和亲朋……要知道，新组家庭的国境线，并不是男女双方原有管辖区域简单地算术叠加。如果你悲惨地那样以为了，就会对不期而至的遭遇战事惊诧莫名，被无穷的战火轻则熏伤重则灼灭。

每一对夫妻都需要细致地研究，这个刚刚诞生的小小联合体，有哪些不同的兴趣和特殊的禁忌。

当我们对某一人和事慷慨陈词的时候，也许表面上看不出血肉相依的联系，但实际上凸透的是自己对世间的特定视角。既然我们在其他场合，都可以谦虚地承认自己并非万能，在家中为什么要强硬地固执己见？想来是希望最亲近的人，能与自己心心相印。一旦遭到误解和反驳，愤怒和沮丧便呈现三倍的猛烈与尖锐。

所以，对于那些敏感而无关大局的话题，明智的办法就是像两个边境不清的邻国，各自后撤，以便维护和平共处。

无伤大雅的分歧，可避让与迂回。对远处的人和事，不妨模糊朦胧，求同存异。对那些有可能导致战火的危险话题，明智地腾挪躲闪。对共同感兴趣的部分，大张旗鼓同仇敌忾。

当然，疆域可以渗透，可以磨合，可以扩展，可以融会贯通天下大同。但那需要时间，很漫长的时间，也许一生一世。涂抹疆域界线的橡皮，只能是爱。持之以恒的相互热爱，甘远醇厚。爱到心驰神往，爱到天人合一。

家可以延伸得很远很远，包容大千世界。家可以蜷缩得很小很小，仅两个人也打得不可开交。家的边陲可以绿树成荫繁花似锦，围起一个小鸟的天堂。家也可以狼藉一片血流漂杵，筑成一双男女的死牢。关键需每位成员既是国王也是兵，建设它守卫它，和谐地调整家的内政外交，处理好家的边关防务。

在家的日子，我们要更宽容，更聪慧，更善良，更真诚。

家无垠。

家
问

家是什么？

家会很小很小，螺蛳壳是蜗牛的家。家会很大很大，宇宙是星星的家。

家会很轻很轻，像一粒浮尘，被人一指掸掉，不留一丝痕迹。家会很重很重，像一座铅山，压在脊上，寸步难行。

家会很快乐很幸福，像一眼不老的喜泉。家会很凄楚很悲凉，像一汪深不可测的泪潭。

问年轻人：家是什么？

他们回答：家是粉红色的玫瑰，有刺更有蕾。家是甜蜜的吻、热烈的拥抱、柔情似水的情话和思念时的邮票。

问中年人：家是什么？

他们回答：家是心灵与肉体的港湾，能停泊万吨巨轮也能栖息独木小舟。家是无私的付出与接纳，家是脱去疲劳的热水澡。家是一个苹果，你一大口，我一小口。家是一副重担，我愿这边的力臂短，你那边的力臂长。

问老年人：家是什么？

他们回答：家是黄昏湖边的搀扶，家是灯下互相剪去丝丝白发。家是一件旧风衣，风也是它雨也是它。家是虽非一见钟情，却望白头偕老的漫漫旅程。家是墓前的一枝黄菊。

问孩子：家是什么？

他们回答：家是妈妈柔软的手和爸爸宽阔的肩膀，家是一百分时的奖赏和不及格时的斥骂。家是可以耍赖撒谎当皇帝，也得俯首听命当奴隶的地方。家是既让你高飞又用一根线牵扯的风筝轴。

问情人：家是什么？

他们回答：家是舔着伤口的两只狼，家是荷尔蒙的汹涌分泌。家是一日不见，如隔三秋。家是猜忌、争执、思恋、指责的杂耍场。家是枕边泪窗前月，家是今夜你会不会来？

问养家的人：家是什么？

他说，家不是勋章，你挂在胸前，别人也看不见。家是一条暗地里逼你不断挣钱的鞭子，直抽得你遍体鳞伤。

问弃家的人：家是什么？

他说：家是一种能力，一种学习。我自忖无力从那里毕业，就中途逃亡了。

问无家的人：家是什么？

他说：家是羁绊，家是约束，家是熄灭人创造激情的沼泽地，家是一种奢侈的糜费。

问恋家的人：家是什么？

他说：家是树上的喜鹊窝。纵然世界毁灭了，只要家在，依然有一切。

问恨家的人：家是什么？

他说：家是爱情的终点，家是英雄的坟墓。家是累赘，家是负担。家是挂在你项上的枷锁，家是你自卖自身的契约。

我不知世上还有另外的场所，会如此众说纷纭，褒贬不一。

纵观家庭，是大千世界的缩影。人们在家中卸去重重角色的面具，露出天然嘴脸，最坦率最赤裸。人性的善与丑，方寸之间，纤毫毕现。一代伟人，能治理好一个国，未必能调整好一个家。能统帅千军万马的将军，可能是妇孺裙钗下的败将。

有人以为家是最自由最放任的所在，可以放荡不羁。其实，家是最考验责任感的圣坛。对一个你所挚爱的人，都不忠诚，你还能为世人所信吗？对一个托付终身的人，都无法负起责任，你还能承诺他人的期嘱吗？连自己的一脉血缘都不能照料和抚育，你还能爱国爱民吗？在家中，我们看到了太多的丑恶。对亲人施暴的人，不可能对他人仁慈。在家中阴郁的人，不可能对太阳微笑。在家中诡计多端的人，不可能真诚对待友人。在家中粉饰虚伪的人，不可能直面惨淡人生。

如果没有准备好，请不要撕下走进家庭的门票。如果没有爱自己也爱他人的能力，请不要构造家庭的地基。

很多人抱着从家庭掠取支援的动机，匆匆为自己寻一个可供汲取能量的后勤仓库。殊不知，家庭不是无中生有变出魔力的黑斗篷。家庭的温暖，先要无私无偿地培养和付出，然后才像春草，毛茸茸地生长起来。一旦失去了爱情的滋养，再稳固的家也会很快风化。爱的力量，有时很巨大，有时很贫瘠，全看你是否以心血灌溉。

家庭里如果没有神圣感和勇气，请别要孩子。家庭缔结之时，并不是简单男女人数相加，而是诞生了另样的结构，一个崭新的物种。这个物种的花朵和果实，就是孩子。

一花一世界，一家一宇宙。婴儿降临世上，家是包裹他的蛹壳。倘若家中注满健康的爱的花粉，他就吸吮着它，用爱滋养构建着自己的听觉嗅觉知觉，渐渐地酿成心中小小的蜜盏。在爱中长大的孩子，爱是他的羽衣，爱是他的长矛。在爱中蓬勃成长的孩子，他看天下，就比较的明朗。他看人性，就比较的乐观。他看自身，就比较的尊严。他看他人，就比较的客观。他看丑恶，就比较的勇敢。他看前途，就比较的光明。他看事物，就比较的冷静。他看死亡，就比较的泰然。

在纷乱和丑恶的气氛中成长的孩子，是伪劣家庭的痛苦产品。他们在家中最先看到并习得的待人处世经验，是破碎疏离和粗暴残酷。他们是那样幼小，缺乏分辨的能力，以为这就是人世间的模型。当他们走进社会的时候，会不由自主地以不良家庭的模式对待他人，将紊乱与不和谐传染到更远的范畴。更令人惊惧的是，来自不完美家庭的孩子们，彼此具有病态的吸引力，仿佛冥冥中有一块恶作剧的磁石，牵引性格有缺憾的男女，使他们格外同病相怜，迫不及待地走到一起。病态中建立的家庭，如履薄冰，全是悲剧。如果不能卓有成效地打断绞链，这种会伤人的家庭，就像顽强的稗草，代代相传，贻害无穷。

家可以很单纯，一个人也是一个完整的家。家可以很复杂，整个地球是一个共同的屋顶。

家啊，是理解奉献思念呵护，是圣洁宽容接纳和谐，是磨合欣赏忠诚沟通，是心心相印浪漫曲折生死相依海角天涯。

家庭幸福预报

今日世上多预报。比如天气预报，地震预报，商情预报，服装流行趋势预报，甚至连几十上百年后的日月蚀，都有了分秒不差的天象预报。不知为什么一桩婚姻诞生时，却没人对它的走向，发布家庭幸福趋势预报？

料想此事太难。

人无慧眼，可穿透岁月层叠的雾岚，窥见新人的沧海桑田。天会变，道亦会变。地位，相貌，健康，性格……都像拥挤的卵石，在时间的渠里磕磕绊绊，几十年冲刷下来，筚路蓝缕，旧貌新颜，有的化作晶莹玛瑙，有的碎成粉渣石屑。意志不是金刚水钻，没有那么坚不可摧的硬度，柔软多孔的人心是善变的精灵。

更无一把衡尺，可丈量幸福的杯子是否饱满。你以为汹涌澎湃，他却道涓涓细滴。你陷入悲痛欲绝，她沉浸风花雪月。思维无关连，神经永绝缘，是动物的造化之幸，也是人的悲哀之源。幸福也许是高速车上捆绑的安全带，因人制宜，松窄可调，不到车毁人危的关头，看不出它所捆定的价值。

幸福无框架，幸福无定义，幸福不会立此存照，幸福无法预支和储蓄。幸福可以压缩，幸福可以扩展。幸福无保修，幸福无退换……谁愿面对一件标准模糊的朦胧产品，说短论长？

家庭的幸福，难道真是百面妖魔，没有丝毫蛛丝马迹可寻？幸福的趋势，竟如盲人摸象，永无程序可考？设想婚礼的筵席上，若有预告幸福指点迷津的权威人士，该是最受敬畏的上宾。

不知未卜先知的哲人，有何手段击穿未来，烛照今夕？依我之心，窃以为该先测测双方的智商。假如智慧相等或差池在正负 10% 的范围内，幸福便有了十分中二点五分的保障。想想看，若在几十年的耳鬓厮磨中，每一句话都呢喃两遍以上，彼此才能缓缓沟通，是否慢性受刑？爱是生死与共的事，其难度不次于哥德巴赫猜想。分秒必争斗转星移的今日，脑是每个人首要的固定资产，评估它的功能状态，是严肃认真必备必需的手续。男女相悦不仅是荷尔蒙激素的迸发，更是理智沟回清醒的把握。

教育的差异可在漫长的日子里填平补齐，更何况家中回荡的多是人生冷暖，并非先贤凝固的文字。假如智慧不对等，鸿沟非人力可充垫，循环往复的对牛弹琴，最易生出惨淡的麻痹和难以疗救的倦怠。世上有许多背景悬殊的夫妻，在外人以为必是寡淡无味的相守中，其乐融融。不仅是情操的契合，实有神智棋逢对手的持久快意。

单有智商是不够的，还需品质的优良与性格的互补，分数前者占三后者占二吧。

婚姻是一场马拉松呢，从鬓角青青搏到白发苍苍。路边有风景，更有荆棘，你可以张望，但不能回头。风和日丽要跑，狂风暴雨也要冲，只有清醒如水的意志持之以恒的耐力，才能撞到终点的红绳。

婚姻在某种程度上，是阴阳的大拼盘。我总怀疑性格的近似，是滋生不幸的助剂。粉了还要紫，绿了还要青，雪上加霜是搭配学上犯忌的事。然而相反相成，刚柔相济，图纸上令人神往，实施起来难度很大。度的掌握重要而微妙。逆反太凶，则是冤家对头，虽有强的磁场引力，但长久相克，磨损太甚，只怕两败俱伤。然而适当的尺寸，又像丝丝入扣的魔鞋，缥缈大地，谁知遗走何方？有的人寻找一生，找到了，是大幸运。找不到，无望无奈，也可保有死水微澜的宁静。最怕的是委委屈屈的将就，合久必分，却又当断不断。好像快餐店的塑料低背椅，可待片刻，难以枯守一生，道貌岸然地坚持，必是颈项腰腿痛。半辈子熬过去，脊柱都弯矮了。

善良在幸福这锅汤里，就像优质味精，断断少不得。我看至少把一点五分给它。现今有人觉得善良简直就是无用的别号，我却以为无论在生意场社交场上，善良多么忍辱蒙羞落荒而走，友谊与家居的优美疆域，永是它世袭罔替的领地。丧失善良的友谊，是溶了蒙汗药的酒池肉林。缺乏善良的婚姻，是危机四伏无法兑现的期票。婚姻易碎，婚姻易老，善良如绵绵长长包裹婚姻瓷器完整的丝缕，似青青翠翠保养婚姻花叶常青的圣水。

　　剩下的一分，不知判给谁好。机遇、门第、如影随形的契机、冥冥之中的缘分……都在争抢终局的发言权。它们都很重要，假如有道判定婚姻幸福的公式，都该罗列其内，在结尾处结结实实占一席之地。但我思索再三，决定将这场婚姻预言的最后因子，留给通常在爱情中故意漠视的金钱。

　　很世俗，但很实际。贫贱夫妻百事哀，当一生的基本生活需要都没有保障的时候，我不知家庭幸福的青鸟，可以栖息在哪枝无果的树上做巢。婚姻里沉淀着那么多的柴米酱醋盐，每一件都与金钱息息相关。我们有许多清高的场合可以不谈钱，但家是一个必须坦荡地经常地反复地赤裸裸地议论金钱的地方。对金钱的共同掌握和使用方向的通力合作，是家庭木桶防止渗漏的坚实铁箍。

　　钱绝不可以太少，男人女人，一定要用自己的双手，用血汗化作干净的金钱，注满列车正常行驶的油箱。钱多比钱少好，但不要超过双方卓越的智力与优良的品质可以控制的范围。单纯的金钱，就像单纯的水一样，不加消毒照料，就会慢慢蒸发腐坏。只有金钱与善良结合，才是世上很多美好事物的摇篮。

　　如果我们看到一对男女结成连理的时候，智商均衡，天性互助，多温柔宽厚之心，也不乏冷静果决之勇，坚韧友爱，钱不多也不少，顾了温饱，尚有些微节余，可以奠定共同事业的起点……那么无论他们的身材多么矮弱，相貌多么平凡，出身多么低微，文化多么有待提高，情感多么不善表达，誓言如何稀少轻淡……甚至在外人眼里他们贫寒寂静，简单甚至简陋，我都有足够的理由期待，他们会在艰窘中生长出至亲至爱的快乐与幸福。

我希望祝福成真。

假如一对新人智差殊异，性格无补，少温良仁爱的善美，多冷厉森严的辣手，钱不是太多就是太少……无论他们身高如何匹配，相貌如何俊美，家世如何渊源，文凭如何耀眼，情感如何缠绵，如何山盟海誓……有多少外在的光环闪烁；也无论青梅竹马，患难之交，萍水相逢，千里姻缘，指腹为婚……有多少内里的故事流传，我却总带着凄凉的心境，仿佛看到幸福终结的海市蜃楼，在不远处波光粼粼。哀痛使我无法扮出由衷的微笑。

这一回，但愿我看走眼了吧。

垃圾婚

有一位女博士，电话里表示要采访我。因为日程排满了，我和她约了多日之后的晚上。那天，我早早到了咖啡厅。她来迟了，神情疲惫。我说，你是不是生病了？如果不舒服，别勉强。她很急迫地说，不不不……我现在就是希望和人谈话，越紧张越好。

于是，我们开始。她打开笔记簿，逐条提问。看得出，她曾做过很充分的准备，但此刻精神却是萎靡恍惚的。交流正关键时刻，她突然站起，说，不好意思，我上一下洗手间。

我当然耐心等待。她回来，落座，我们接着谈。不到十分钟，她又起身，说，不好意思——然后匆匆向洗手间方向小跑而去。

一而再，再而三。因为我们所坐的位置离洗手间有一段距离，拐来拐去一趟，颇费时间，谈话便出现了很多空白的跳跃。她不断地添加咖啡，直到我以一个医生的眼光，认为她在短时间内摄入的咖啡因含量，已到了引起严重失眠和心律紊乱的边缘。

我委婉地说，你要在意自己的身体。如果不适，咱们改日再谈吧。咖啡也要适当减少些，不然——像你这样美丽的女孩，会变得皮肤粗糙面容暗淡了……

她猛地扔开采访本，说，我这个样子，你仍旧认为我是美丽和光彩的吗？

我说，是啊。当然是。如果安安稳稳地睡上一个好觉，我相信你更会容光焕发。

她说，您说的睡觉，是什么意思呢？

我说，就是很普通很家常很必需的睡觉啊。温暖安全的房间，宽大的床铺，松软的枕头，蓬松的被子……当然了，空气一定要清新，略带微微的冷最好。喔，还有一件顶重要的事，要有一架小小的老式闹钟，放在床头柜上。到了预定时间，它会发出喑哑而锈的声音，刚好把你唤醒又不会吓了你一跳……起床了，你就可以生龙活虎地快乐地干事了……

她用两只手握着我的手说，你怎么和我以前想的一模一样？可惜，我现在不这样认为了。读博士的时候，我认识了乔，当他在草地上说，咱们睡一觉吧！我以为是仰望着蓝天白云，享受浪漫的依偎，没想到他就让我们的关系，从恋人火速到了夫妻。乔说，睡觉就是性的代名词。

女博士握着我的手，她的一只手很热，捂着咖啡杯的缘故。一只手很冷，那是此刻她的体温。

我说，乔是什么人呢？

她说，乔是个企业家，他没有很高的学历。乔说他喜欢读过很多书的人，特别是读过很多书的女人，尤其是读过很多书又很美丽的女人。我喜欢乔这样评价我的长处——读书和美丽。如果单看到我的书读得好，比如我的导师和我的师兄弟们，我觉得他们太不懂得欣赏女人的奥妙了。但如果只是看到我的美丽，比如有些比乔拥有更多财富和权势的人物喜欢我，但我觉得他们买椟还珠。

后来，我和乔结婚了。乔不算很富有，他原来说要给我买有游泳池的房屋，最后呢，只买了一套浴缸了事。但我不怨乔，我知道男人们都爱在他们喜爱的女人面前夸口。我相信只要乔好好发展，游泳池算什么呢？将来我们也许会拥有一个海岛呢！以我的学识和美丽，加上乔的生猛活力，我们是一对黄金伴侣。

说到黄金，结婚多少年之后，有一个称呼，叫作"金婚"。我看，婚姻必得双方原先就是两块黄金，结合在一起，才能是"金婚"吧？两块木头，用铁丝缠在一起多少年，也变不成黄金，只能变成灰烬。

岁月流逝，沧海桑田，但在欢喜你亲近你的眼光中，你所留下的形象始终如一，引起的感觉永恒温暖。比如远行的双亲，纵是白发苍苍，在儿女们心中，依旧盛年音容，丰采卓然。

对不对？乔说，咱们一结婚，就是金婚了。

有一天，我有急事呼乔，乔那天为了躲一笔麻烦的交易，把手机关了。他说，呼机我开着呢，你呼我，我会回话。可我连呼多次，他就是没反应。晚上，我问乔说，你让我呼你，可你为什么不理我？他说，是吗？我不知道啊。他把呼机摘下说，喔，没电了。说完，他就出外办点小事。我正好抽屉里有电池，就给他的呼机换上。电池刚换好，呼机就响了。来电显示了一个电话号码，并有呼叫者的全名——一位女士。留言也是埋怨乔为什么渺无回音？口气肉麻暧昧，绝非我这个当妻子说得出来的。让呼台小姐转达如此放肆的情话，也不怕闪了舌头。

我立马儿把呼机扔到床上，好像它是活蟑螂。本能让我猜出了它后面的一切，阴谋在我的身边已经潜伏很久了。

我要感谢我所受过的系统教育，让我在混乱中很快整理出条理——我首先要搞清情况，我不能再被人蒙在鼓里。背叛和欺骗，是我的两大困境，我要各个击破。威严的导师可能没想到，他所教授我的枯燥的逻辑训练和推理能力，成为我在情场保持起码镇定的来源。我立即把呼机里的新电池退下，把乔的旧电池重新填进。然后，整个晚上，用最大的毅力，憋住了不询问乔有关的任何事宜，乔也没有注意到我的沉默。那个电话号码和姓名，像我学过的最经典的定律，刻在了我的脑海里。

我先是查了乔的手机对外联络号码。我知道了乔和那女人通话之多，令人吃惊。我又查到了那个女人的住址和身份。

我找到她。我不知自己为什么要先找到她，而不是先和乔谈。也许，我不想再听乔的欺骗之词，那不仅是对感情的蹂躏，也是对我的智商的藐视。在我的潜意识里，也有几分好奇。我想知道这个把我打得一败涂地的女人，是个什么样子？

我找她的那一天，精心地化了妆，比我去见任何一位我所尊重的男士，出席任何一个隆重的场合，都要认真。我挑选了自己最满意的服饰，临敲她门的时候，心怦怦直跳。很可笑，是不是？但我就是那样子，完全丧失了从容。

门开了。她说她就是我要找的人。我倚着门框，简直要晕倒。我以为自己将看到一位国色天香的玉人，那样我输得其所，输得心甘情愿。我会恨乔，但我还会保存一点尊严。但眼前的这个女人，矮、黑、胖，趿拉着鞋，粗俗得要命，牙缝里还粘着羽绒似的茴香叶子……

我问她那个传呼是什么意思？她说，你就是乔的那个博士老婆吧？你能想到什么意思，就是什么意思。你是博士吗，这点常识还没有！我什么也说不出来了，木然地往回走，那女人还补了一句，乔说了，跟博士睡觉，也就那么回事，没劲！

我跟乔摊开了。他连一点悔恨的表示都没有，说，离吧。我本来以为博士有特殊的味道，试了试，也就那么回事，你要是睁一眼闭一眼地过，也行。你还这么心眼多且不饶人，得了。拜拜吧。

办离婚的那天，正好距我们结婚的日子，整整十个月。我不知道十个月的婚姻，有什么叫法，我把它称为"垃圾婚"。我们原来就不是金子，他不是，我也不是。把一种易生锈的东西和另一种易腐蚀的物件搁在一处，就成了垃圾。

我外表上还算平静，还可以做研究采访什么的。但我的内心受了重创。乔摧毁了我的自信心，我想，那个女人吸引他的地方是什么呢？容貌、学历，她一点没有。有的就是睡觉吧？那有什么了不起的？睡觉谁不会呢？我既然能做得了那么繁复深入的研究，睡觉能难得倒谁呢？我开始和多个男友交往，很快就睡觉。我得了严重的泌尿系统感染症，这两天又犯了，但咱们约好的时间我不想更改，这就是不断地上洗手间的原因……

听着听着，我用手指围住滚热的咖啡杯。在她描述的过程中，我的手端渐渐冷却。

我该怎么办？女博士问我。

先把病治好。我说。

这我知道。也不是没治过。只是治好了，频繁的睡觉，就又犯了。她有些不好意思地说。

我说，睡觉，我说的是纯正的睡眠，对治病只有好处，没有坏处。女人们首先享有自己安宁的睡眠，才有力量清醒地考虑爱情啊。

女博士说，可是，我的垃圾婚姻呢？

我说，不是已经结束了吗？

她说，可是我还在垃圾堆里啊。

我说，你愿意当垃圾吗？

她说，这还用说吗？当然是不愿意的啦！可是，谁能救我？

我说，救你的只有一个人，就是你自己啊。既然你不愿意当垃圾，很好办。离开垃圾就是了。

她说，就这么简单啊？

我说，就这么简单。当然，具体做起来，你可能要有斗争和苦恼。但关键是决心啊。只要你下了决心，谁能阻止一个人从垃圾中奋起呢！

女博士点点头。招来侍者，说，我不要咖啡了，请来一杯白开水。我不要用浓浓的咖啡麻醉或是刺激神经了。有时候，最简单的办法，就是最有力量的啊。

我说，祝你睡个好觉。

何时才能外柔内刚

在咨询室米黄色的沙发上，安坐着一位美丽的女性。她上身穿着宝蓝色的真丝绣花Y领上衣，衣襟上一枚鹅黄水晶的水仙花状胸针熠熠发亮。下着一条乳白色的宽松长裤，有一种古典的恬静花香一般弥散出来。服饰反射着心灵的波光，常常从来访者的衣着中就窥到他内心的律动。但对这位女性，我着实有些摸不着头脑。她似乎是很能控制自己的情绪，安宁而胸有成竹，但眼神中有些很激烈的精神碎屑在闪烁。她为何而来？

您一定想不出我有什么问题。她轻轻地开了口。

我点点头。是的，我猜不出。心理医生是人不是神。我耐心地等待着她。我相信她来到我这儿，不是为了给我出个谜语来玩。

她看我不搭话，就接着说下去。我心理挺正常的，说真的，我周围的人有了思想问题都找我呢！大伙儿都说我是半个心理医生。我看过很多心理学的书，对自己也有了解。

她说到这儿，很注意地看着我，我点点头，表示相信她所说的一切。是的，我知道有很多这样的年轻人，他们渴望了解自己也愿意帮助别人。但心理医生要经过严格的系统的训练，并非只是看书就可以达到水准的。

我知道我基本上算是一个正常人，在某些人的眼中，我简直就是成功者。有一份薪水很高的工作，有一个爱我、我也爱他的老公，还有房子和车。基本上也算是快活，可是，我不满足。我有一个问题——就是怎样才能做到外柔内刚？

我说，我看出你很苦恼，期望着改变。能把你的情况说得更详尽一些吗？有时，具体就是深入，细节就是症结。

宝蓝绸衣的女子说，我读过很多时尚杂志，知道怎样颔首微笑怎样举手投足。你看我这举止打扮，是不是很淑女？我说，是啊。

宝蓝绸衣女子说，可是这只是我的假象。在我的内心，涌动着激烈的怒火。我看到办公室内的尔虞我诈，先是极力地隐忍。我想，我要用自己的善良和大度感染大家，用自己的微笑消弭裂痕。刚开始我收到了一定的成效，大家都说我是办公室的一缕春风。可惜时间长了，春风先是变成了秋风，后来干脆成了西北风。我再也保持不了淑女的风范，开业务会，我会因为不同意见而勃然大怒，对我看不惯的人和事猛烈攻击，有的时候还会把矛头直接指向我的顶头上司，甚至直接顶撞老板。出外办事也是一样，人家都以为我是一个弱女子，但没想到我一出口，就像上了膛的机关枪，横扫一气。如果我始终是这样也就罢了，干脆永远的怒目金刚也不失为一种风格。但是，每次发过脾气之后，我都会飞快地进入后悔的阶段，我仿佛被鬼魂附体，在那个特定的时辰就不是我了，而是另一个披着我的淑女之皮的人。我不喜欢她，可她又确确实实是我的一部分。

看得出这番叙述让她堕入了苦恼的渊薮，眼圈都红了。我递给她一张面巾纸，她把柔柔的纸平铺在脸上，并不像常人那般上下一通揩擦，而是很细致地在眼圈和面颊上按了按，怕毁了自己精致的妆容。待她恢复平静后，我说，那么你理想中的外柔内刚是怎样的呢？

宝蓝绸衣女子一下子活泼起来，说我给你讲个故事吧。那时我在国外，看到一家饭店冤枉了一位印度女子，明明道理在她这边，可饭店就是诬她偷拿了某个贵重的台灯，要罚她的款。大庭广众之下，众目睽睽的，非常尴尬。要是我，哼，必得据理力争，大吵大闹，逼他们拿出证据，否则绝不罢休。那位女子身着艳丽的纱裙，长发披肩，不愠不火，在整整两个小时的征伐中，脸上始终挂着温婉的笑容，但是在原则问题上却是丝毫不让。面对咄咄逼人的饭店侍卫的围攻，她

125

不急不恼，连语音的分贝都没有丝毫的提高，她不曾从自己的立场上退让一分，也没有一个小动作丧失了风范，头发丝的每一次拂动都合乎礼仪。

那种表面上水波不兴骨子里铮铮作响的风度，真是太有魅力啦！宝蓝绸衣女子的眼神充满了神往。

我说，我明白你的意思了，你很想具备这种收放自如的本领。该硬的时候坚如磐石，该软的时候绵若无骨。

她说，正是。我想了很多办法，真可谓机关算尽，可我还是做不到。最多只能做到外表看起来好像很镇静，其实内心躁动不安。

我说，当你有了什么不满意的时候，是不是很爱压抑着自己？宝蓝绸衣女子说，那当然了。什么叫老练，什么叫城府，指的就是这些啊。人小的时候天天盼着长大，长大的标准是什么？这不就是长大嘛！人小的时候，高兴啊懊恼啊，都写在脸上，这就是幼稚，是缺乏社会经验。当我们一天天成长起来，就学会了察言观色，学会了人前只说三分话，未可全抛一片心。风行社会的礼仪礼貌，更是把人包裹起来。我就是按着这个框子修炼的，可到了后来，我天天压抑着自己的真实情感，变成了一个面具。

我说，你说的这种苦恼我也深深地体验过。在阐述自己观点的时候，在和别人争辩的时候，当被领导误解的时候，当自己一番好意却被当成驴肝肺的时候，往往就火冒三丈，也顾不得平日克制而出的彬彬有礼了，也记不得保持风范了，一下子义愤填膺，嗓门也大了，脸也红了。

听我这么一说，宝蓝绸衣的女子笑起来说，原来世上也有同病相怜的人，我一下子心里好过了许多。只是后来您改变了吗？

我说，我尝试着改变。情绪是一点一滴积累起来的，我不再认为隐藏自己真实的感受，是一项值得夸赞的本领。当然了，成人不能像小孩子那样，把所有的喜怒哀乐都写在脸上，但我们的真实感受是我们到底是一个怎样的人的组成部分。如果我们爱自己，承认自己是有价值的，我们就有勇气接纳自己的真实情感，而不是笼统地把它们隐藏起来。一个小孩子是不懂得掩饰自己的内心的，所以有个褒义词叫作"赤子之心"。当人渐渐长大,在社会化的过程中,学会了把一部分情感埋在心中。在成长的同时,也不幸失去了和内心的接触。时间长了,有的人以为凡是表达情感就是软弱,要把情感隐蔽起来,这实在是人的一个悲剧。

我们的情感,很多时候是由我们的价值观和本能综合形成的。压抑情感就是压抑了我们心底的呼声。中国古代就知道,治水不能"堵",只能疏导。对情绪也是一样,单纯的遮蔽只能让情绪在暗处像野火的灰烬一样,无声地蔓延,在一个意想不到的地方猛地蹿出凶猛的火苗。这个道理想通之后,我开始尊重自己的情绪,如果我发觉自己生气了,我不再单纯地否认自己的怒气,不再认为发怒是一件不体面的事情,也不再竭力用其他的事件分散自己的注意力。因为发自内心的愤怒在未被释放的情况下,是不会像露水一样无声无息地渗透到地下销声匿迹,它们潜伏在我们心灵的一角,悄悄地发酵,膨胀着自己的体积,积攒着自己的压力,在某一个瞬间,就毫不留情地爆发出来。

如果我发觉自己生气了,就会很重视内心感受,我会问自己,我为什么而生气?找到原因之后,我会认真地对待自己的情绪,找到疏导和释放的最好方法,再不让它们有长大的机会。举个小例子,有一段时间我一听到东北人说话的声音心中就烦,经常和东北人发生摩擦,不单在单位里,就是在公共汽车上或是商场里,也会和东北籍的乘客或是售货员争吵。终于有一天,我决定清扫自己这种恶劣的情绪。我挖开自己记忆的坟墓,抖出往事的尸骸。那还是我在西藏当兵的时候,一个东北人莫名其妙地把我骂了一顿,反驳的话就堵在我的喉咙口,但一想到自己是个小女兵,他是老兵,我该尊重和服从,吵架是很幼稚而不体面的表现,就硬憋着一言不发。那愤怒累积着,在几十年中变成了不可理喻的仇恨,后来竟到了只要听到东北口音就过敏反感,非要吵闹才可平息心中的阻塞,造成了很多不必要的误会。

我把我的故事对宝蓝绸衣的女子讲完了,她说,哦,我有了一些启发。外柔内刚的柔只是表象,只是技术,单纯地学习淑女风范,可以解决一时,却不能保证永远。这种皮毛的技巧,弄巧成拙也许会使积聚的情绪无法宣泄，引起某种场合的失控。外柔需要内刚做基础，而内刚不是从天上掉下来的，是靠自我的不断探索。

　　我说你讲得真好，咱们都要继续修炼，当我们内心平和而坚定的时候，再有了一定的表达技巧，就可以外柔内刚了。

接到一封读者来信，是一个名牌大学的男生写来的。他说恋爱过程连战累挫，女友抛弃了他，很痛苦，简直丧失了活下去的勇气。他问我拯救自己的方式是否马上进入下一场恋爱？以前的每一位女友都有飘逸的长发，都是一见钟情。他说，我还要找一头长发的女孩，还要一见钟情。

通常的读者来信，我是不回的。但这一封，让我沉吟。他谈到了厌世和一个我不能同意的救赎自我的方法，我想对长发谈点看法。因为长发对他成了一种绝望与新生的象征。

早年间，看到很多女孩留长发，司空见惯了，也不去寻找这后面所包含的信息。后来，我偶然发现一位已婚女友的发式常有变化，有时是长发，有时是短发。刚开始我以为这是她出于美观或是时尚的考虑，后来她告诉我这和她的婚姻状况有关。如果这一阶段她和丈夫关系不错，她就梳短发。如果关系很僵，她就留长发。我说，哦，我明白了，头发和爱情密切相关。她笑话我，说亏你还是个作家呢，难道不知头发是人的第三性征？

后来，我见到她稳定地梳起了马尾巴。说实话，那一头飘逸的长发（她的头发不错），和她满脸的皱纹实在是有些不宜。好在我已明白了头发的意义，对她说，你是下定了离婚的决心，要重新寻找新的伴侣了。

她有些惊奇，说我还没来得及告诉你，你怎么就知道了？

我说是你的头发出卖了你。她抚摸着头发说，这是爱情的护照。

那以后就对长发渐渐地留意起来。

女性的头发的样式，表示她的婚姻状况，这是一种集体无意识，已经深深地刻在我们的骨骼上了。女孩子为什么要留长发？首先因为一个人的头发，是一个很好的晴雨表，可以反映这个人的健康状况。在中医学里，称"发为血之余"。一个人的头发是否健康，表示着他的血脉是否丰沛充盈，生命力是否蓬勃旺盛。服饰可以调换，颜面可以化妆，但一个人的头发，是不能全面颠覆的。血自骨髓来，骨髓是一个人先天后天的精华之府。在骨髓的后面站着——肾。"肾主骨生髓"，这才是关键所在。众所周知，在东方人的文化中，"肾"并不仅仅是一个泌尿器官，而是和人的生殖系统有着极为密切的关系。

好了，现在我们已经逐渐捅到了问题的核心。长发在某种意义上，表达的是这个人"肾"的健康状况，也就是间接地反映着他的生殖潜能。当你以为只是展示你飘逸的长发的时候，你其实是在暴露你的健康史。

所以，一般说来，未婚的和期望求偶的女子，爱留长发。如果一个未婚女孩梳个短发，大家就会说她像个"假小子"。女子在结婚的时候，会把头发来一个改变。正如那首著名的歌曲中唱到的："谁把你的长发盘起，谁为你穿上嫁衣？"

如今，对女子头发的要求，是越来越苛刻了。君不见某些品牌的洗发水广告，拍出的长发美女，那头发的长度已经到了一挂黑瀑的险恶境地。画面曲折表达的意思是——你想赢得性感高分吗？请向我看齐。潇洒到形销骨立的刘德华干脆说：我的梦中情人，有一头长发。潜台词即是：你想成为著名歌星的梦中情人吗？此处有一个绝好的机会——请用我们这个牌子的洗发水吧！

这种要求渐渐全方位起来。比如近年来的男性歌手组合"F4"的走红，除了种种因素之外，我觉得和他们形象中的一统长发有相当的关联。不单男性需要知道女性的健康和性征资料，女性也有同样的要求。女性的潜在的平等诉求被察觉和被满足，于是"F4"蓬松长发油然而生并一炮蹿红。

不厌其烦地就头发讨论了半天，是想说明"性"这个因素，是仅次于"食"的人类基本本能之一，它的影响力不可低估。它在很多时候，渗入到我们生活的种种缝隙中，以"缘分"甚至是"思想"这类面孔闪亮登场。

再来说说一见钟情。我是医生出身，见过若干就"一见钟情"的生物学分析。在那些神话般的境遇之中，很可能是男女双方的体味在相互吸引，要么就是基因的配型有着某种契合，还有免疫互补……甚至，童年经验也在润物细无声地影响着我们。不要把"一见钟情"说得那么神秘，那么不可思议的权威。我们不是生活在真空中，很多以为虚无缥缈的事件背后，有着我们今天还不能彻底通晓的物质基础。

在我们以为是天作之合的帷幕下，有时埋伏着的不过是人的本能这个老狐狸。我在这里绝没有鄙薄本能的意思，但作为主人，知道有乔装打扮的本能先生混在客人堆里一个劲儿地劝酒，觥筹交错时就要提防酩酊大醉，以防完全丧失了理智，被本能夺了嫡。

本能这个东西，很有意思。魔力就在于我们能否察觉它。它习惯在暗中出没，魔法无边。我们被它辖制而不自知，它就是君临天下的主宰。但是，如果把它揪到光天化日之下，它就像雪人一样瘫软乏力。假设那位来信的男生，知道了他期望找到一位长发女友这一先入的标准，不过是要查询和检验一个女子的生殖系统潜能和最近若干时间以来的健康状况，那么，他在考虑长发因素的时候，可能就有了更多的角度和更宽容的把握。

本能是很会乔装打扮的，它不狡猾，但它善变。能够识出它的种种变相，不仅要凭一己的经验，也要借助他人的心得和科学的研究。

如果有人现在对那个男孩子讲，你选择女友的标准只是看她如何性感，我猜他一定要反驳，说根本就不是那样浅薄。我们情投意合，我们非常默契。我要找到的就是和她在一起的这一分独特的感觉等等……

其实在婚姻这件事上，绝对的好或是绝对的坏，大约是没有或是极少的，有的只是常态，只是平衡，只是相宜。单凭某个孤立的条件来寻找爱人，怕是不够成熟的表现。你是一个什么人，你可要先认清，才好去寻找一个和你相宜的人。我很喜欢一个词，叫作"志同道合"，人们常常以为这句话是指事业，我觉得写给婚姻更妙。

有的年轻朋友会说，我找的是伴侣，火眼金睛地把对方认清了不就得了，干吗先要从自己开刀？

理由很简单。忠诚的人只能欣赏忠诚，而不能欣赏背叛。诚恳的人只能接纳诚恳，而不能接纳谎言。慷慨的人可以忍受一时的小气，却不会喜欢长久的吝啬。怯懦的人可以伪装暂时的勇敢，却无法在无尽的折磨中从容。谁想用婚姻改造人，只是一个幻彩的泡沫，真实只能是——人必然改造婚姻。

恋爱婚姻是一个寻找对方更是寻找自己的过程。你整个的价值观和思想体系，都在这种亲密无间的关系中，得以延伸和凸现。

如果你把金钱当作人生的要素，你就不要寻找一个侠肝义胆的爱人。因为你即使在危难中曾受惠于他，但那是他的禀性，而非对你的赞同。当有一天你祭起"金钱至上"的大旗，无论你怎样千姿百媚，还是挽不回壮士出走的决心。

如果你荆钗布裙安于寡淡，就不要寻找一个鸿鹄千里的爱人。即使你以非凡的预见知道他会直抵云天，也不要向这预见屈服，把自己的一生押了出去。否则他的翅膀上坠着你，他无法自在遨游，你也被稀薄的空气掠得胆战心惊。

如果你单纯以色相示人，就要准备在人老色衰的时候，被厌恶和抛弃。如果你喜欢夸夸其谈，你就等着被欺骗的结局吧。

物以类聚，人以群分。失恋男生喜欢长发和一见钟情，他就不断地被这些吸引。他把恋爱当成了一道算术题，当一个答案打上红叉的时候，他赶忙用橡皮擦掉笔迹，在毛糙的纸上写下另一个答案。殊不知他早已将题目抄错。

不要把长发当成唯一，一见钟情也没有什么神秘。我手头就有若干个例子，某些离散的婚姻，往往始于绚烂无缺的开端。比起开头来，人们更重视过程和结尾，这就是"创业难，守业更难"，这就是"成百里半九十"的含义。

我在一个有鸟鸣的清晨给这位男生回信。因为我已心境沧桑，而对方是一位青年，人在清晨的时候心脉比较年轻。我说，不要把人生匆匆结束，不要把恋爱匆匆开始。你把一件事做完再做另一件事好吗？

　　他很快给我回了信。他说，不是我没有做完，而是事情已经被女友提前结束。我复信说，为了你一生的幸福，你要把爱的前提，好好掂量，为此花费一点时间是值得的。没想清楚之前，旧的就不算真正结束。我明白你想用新鲜替代腐烂，想把新发丝粘结在旧发丝上让它随风飘扬……可你见过馊了的牛奶吗？如果你不把酸奶倒掉，不把罐子刷洗干净，便把新牛奶倒进去，那么，只怕很快我们就又要捂起鼻子了……

　　他已经久未来信了。我不知他是生我的气了，还是已酝酿了清新的爱情？

婚姻鞋

婚姻是一双鞋。

先有了脚，然后才有了鞋。幼小的时候光着脚在地上走感觉沙的温热，草的润凉，那种无拘无束的洒脱与快乐，一生中将我们从梦中反复唤醒。

走的路远了，便有了跋涉的痛苦。在炎热的漠地被炙得像鸵鸟一般奔跑，在深陷的沼泽被水蛭蜇出肿痛……

人生是一条无涯的路，于是人们创造了鞋。

穿鞋是为了赶路，但路上的千难万险，有时倘不如鞋中的一粒砂石令人感到难言的苦痛。

鞋，就成了文明人类祖祖辈辈流传的话题。

鞋可由各式各样的原料制成。最简陋的是一朵新鲜的芭蕉叶，最昂贵的是仙女留给灰姑娘的那只水晶鞋。

无论什么鞋，最重要的是合脚；不论什么样的姻缘，最美妙的是和谐。

切莫只贪图鞋的华贵，而委屈了自己的脚。别人看到的是鞋，自己感受到的是脚。脚比鞋重要，这是一条真理。许许多多的人却常常忘记。

我做过许多年医生，常给年轻的女孩子包脚。锋利的鞋帮将她们的脚踝砍得鲜血淋漓。粘上雪白的纱布，套好光洁绸丝袜，她们袅袅

134

地走了。但我知道，当翩翩起舞之时，也许会有人冷不防地抽搐嘴角，那是因为她的鞋。

看到过祖母的鞋，没有看到过祖母的脚。她从不让我们看她的脚，好像那是一件秽物。脚驮着我们站立行走，脚是无辜的，脚是功臣。丑恶的是那鞋，那是一副刑具，一套铸造畸形残害天性的模型。

每当我看到包办而蒙昧的婚姻，就想到了祖母的三寸金莲。

幼时我有一双美丽的红皮鞋，但鞋窝里潜伏着一只夹脚趾的虫。每当我不愿穿红皮鞋时，大人们总把手伸进去胡乱一探，然后说："多么好的鞋，快穿上吧！"为了不穿这双鞋，我进行了一个孩子所能爆发的最激烈的反抗。我始终不明白，一双鞋好不好，为什么不是穿鞋的人具有最后的否决权？

旁的人不要说三道四，假如你没有经历过那种婚姻。

滑冰要穿冰鞋，雪地要穿雪靴。下雨要穿雨鞋，旅游要有运动鞋。大千世界，有无数种可供我们挑选的鞋，脚却只有一双。朋友，你可要慎重！

少时参加运动会，临赛的前一天，老师突然给我提来一双橘红色带钉跑鞋，祝愿我在田径比赛中如虎添翼。我褪下平日训练的白网鞋，穿上像橘皮一样柔软的跑鞋，心中的自信也突然溜掉了。鞋钉将跑道锲出一溜齿痕，我觉得自己的脚被人换成了蹄子。我说我不穿跑鞋，所有的人都说我太傻。发令枪响了，我穿着跑鞋跑完全程。当我习惯性地挺起前胸，去冲撞冲刺线的时候，那根线早已像授带似的悬挂在别人的胸前。

橘红色的跑鞋无罪，该负责任的是那些劝说我的人。世上有很多很好的鞋，但要看适不适合你的脚。在这里，所有的经验之谈都无济于事，你只需在半夜时分，倾听你脚的感觉。

看到那位赤着脚参加世界田径大赛的南非女子的风采，我报以会心一笑：没有鞋也一样能破世界纪录！脚会长，鞋却不变。于是鞋与脚，就成为一对永恒的矛盾。鞋与脚的力量，究竟谁的更大些？我想是脚。只见有磨穿了的鞋，没见有磨薄了的脚。鞋要束缚脚的时候，脚趾就要把鞋面挑开一个洞，到外面去凉快。

　　脚终有不长的时候，那就是我们开始成熟的年龄。认真地选择一种适宜自己的鞋吧！一只脚是男人，一只脚是女人，鞋把他们联结为相似而又绝不相同的一双。从此，世人在人生的旅途上，看到的就不再是脚印，而是鞋印了。

　　削足适履是一种愚人的残酷，郑人买履是一种智者的迂腐；步履维艰时，鞋与脚要精诚团结；平步青云时切不要将鞋儿抛弃⋯⋯

　　当然，脚比鞋贵重。当鞋确实伤害了脚，我们不妨赤脚赶路！

未雨绸缪的女人

有一个游戏，我做过多次。规则很简单，几十人，先报数，让参加者对总人数有个概念（这点很重要）。找一片平坦的地面，请大家便步走，呈一盘散沙。在毫无戒备的情形下，我说，请立即每3人一组，牵起手来！场上顷刻混乱起来，人们蜂拥成团，结成若干小圈子。人数正好的，紧紧地拉着手，生怕自己被甩出去。不够人数的，到处争抢。最倒霉的是那些匆忙中人数超标的小组，你看着我，我看着你，不知谁应该引咎退出……

因为总人数不是3的整数倍，最后总有一两个人被排斥在外，落落寡合手足无措地站着，如同孤雁。我宣布解散，大家重新无目的地走动。这一次，场上的气氛微妙紧张，我耐心等待大家放松警惕之后，宣布每4人结成一组。混乱更甚了，一切重演，最后又有几个人被抛在大队人马之外，孤寂地站着，心神不宁。我再次让大家散开。人们聚拢成堆，固执地不肯分离，甚至需要驱赶一番……然后我宣布每16个人结成一组……

这个游戏的关键，是在最后时分逐一地访问每次分组中落单的人，在被集体抛弃的那一刻，是何感受？你并无过错，但你是否体验到了深深的失望和沮丧？引申开来，在你一生当中的某些时刻，你可有勇气坚信自己真理在手，能够忍受暂时的孤独？

我喜欢这个游戏，在普通的面团里面埋伏着一些有味道的果馅。

表面是玩耍，让人思维松弛，如同浸泡在冒着气泡的矿泉中，奇妙的领会或许在某个瞬间发生。

我和很多人玩过这个游戏，年轻的，年老的……记忆最深刻的是同一些事业有成的杰出女性在一起。也是从 3 个人一组开始的，然后是 4 个人一组。当我正要发布第三次指令的时候，突然，场上的女人们涌动起来，围起了 5 个人一组的圈子……我惊奇地注视着她们，喃喃自语道：我说了让大家 5 人一组吗？她们面面相觑，许久的沉默之后回答——没有。我说，那为什么你们就行动起来了？听到了什么？想到了什么？

那一天，就这个问题，展开了激烈的讨论。大家说，我们是东方的女人，极端害怕被集体拒绝的滋味。看到了别人的孤独，将心比心，因此成了惊弓之鸟。既然前面的指令是 3 人 4 人一组，推理下来就该是 5 人一组了。错把想象当成了既定的真实。现实的焦虑和预期的焦虑交织在一起，让我们风声鹤唳。我们是女人，更需要安全，于是就竭尽全力避让风险。至于风险的具体内容，有些是真切确实的，有些只是端倪和夸张。甚至很多人的爱情和婚姻，那出发点也是逃避孤独。

后来，我问过一位西方的妇女研究者，她可曾遇到过这种情形？她说——没有，在我们那里，没有出现过这种情景。也许，东方的女性特别爱未雨绸缪。我不知道这是表扬还是批评。大概，所有的优点发展到了极致，都有了沉思和反省的必要。

虾红色情书

　　朋友说她的女儿要找我聊聊。我说，我——很忙很忙。朋友说她女儿的事——很重要重要重要。结果，两个"忙"字，在三个"重"字面前败下阵来。于是，我约她的女儿若樨，某天下午在茶艺馆见面。

　　我见过若樨，那时她刚上高中，清瘦的一个女孩儿。现在，她大学毕业了，在一家电脑公司工作。虽说女大十八变，但我想，认出她该不成问题。我给她的外形打了提前量，无非是高了，丰满了，大模样总是不改的。

　　当我见到若樨之后，几分钟之内，用了大气力保持自己面部肌肉的稳定，令它们不要因为惊奇而显出受了惊吓的惨相。其实，若樨的五官并没有大的变化，身高也不见拔起，或许因为减肥，比以前还要单薄。吓倒我的是她的头发，浮层是樱粉色，其下是姜黄色的，被剪子残酷地切削得短而碎，从天灵盖中央纷披下来，像一种奇怪的植被，遮住眼帘和耳朵。以致我在很长一段时间内，觉得自己是在与一只鸡毛掸子对话。

　　落座。点了茶，谢绝了茶小姐对茶具和茶道的殷勤演示。正午后，茶馆里人影稀疏，暗香浮动。我说，这里环境挺好的，适宜说悄悄话。她笑了，是骨子里很单纯的表面却要显得很沧桑的那种。她说到酒吧去更合适。茶馆，只适合遗老遗少们灌肠子。

　　我说，酒吧，可惜吵了点。下次吧。

若楣说，毕阿姨，你见了我这副样子，咱们还有下次吗？你为什么不对我的头发发表意见？你明明很在意，却要装出毫不在意的样子。我最讨厌大人们的虚伪了。

我看着若楣，知道了朋友为何急如星火。像若楣这般青年，正是充满愤怒的年纪。野草似的怨恨，拥塞着他们的肺腑，反叛的锋芒从喉管探出，句句口吐荆棘。

我笑笑说，若楣，你太着急了。我马上就要说到你的头发，可惜你还没给我时间。这里的环境明明很雅致，人之常情夸一句，你就偏要逆着说它不好。我回应，说那么下次我们到酒吧去，你又一口咬定没有下次了。你尚不曾给我机会发表意见，却指责我虚伪，你不觉得这顶帽子重了些吗？若楣，有一点我不明白，恳请你告知。我不晓得是你想和我谈话，还是你妈妈要你和我谈话？

若楣的锐气收敛了少许，说，这有什么不同吗？反正你得拿出时间，反正我得见你。反正我们已经坐进了这间茶馆。

我说，有关系。关系大了。你很忙，我没你忙，可也不是个闲人。如果你不愿谈话，那我们马上就离开这里。

若楣挥手说，别别！毕阿姨。是我想和你谈，央告了妈妈请您。可我怕你指责我，所以，我就先下手为强了。

我说，我不怪你。人有的时候，会这样的。我猜，你的父母在家里同你谈话的时候，经常是以指责来当开场白。所以，当你不知如何开始谈话的时候，你父母和你的谈话模式就跳出来，强烈地影响着你的决定，你不由自主地模仿他们。在你，甚至以为这是一种最好的开头方法，是特别的亲热和信任呢！

若楣一下子就活跃了起来，说，毕阿姨，您真说到我心里去了。其实，您这么快地和我约了时间聊天，我可高兴了。可我不知和您说什么好，我怕你看不起我。我想你要是不喜欢我，我干吗自讨其辱呢？索性，拉倒！我想尽量装得老练一些，这样，咱们才能比较平等了。

我说，若楣，你真有趣。你想要平等，却从指责别人入手，这就不仅事倍功半，简直是南辕北辙了。

若楣说，我知道了，下回，我想要什么，就直截了当地去争取。

毕阿姨，我现在想要异性的爱情。您说怎么办呢？

我说，若樨啊，说你聪明，你是真聪明，一下子就悟到了点上。不过，你想要爱情，找毕阿姨谈可没用，得和一个你爱他，他也爱你的男子谈，才是正途。

若樨脸上的笑容风卷残云般地逝去了，一派茫然，说，这就是我找您的本意。我不知道他爱不爱我，我更不知道自己爱不爱他。

若樨说着，从皮夹子里，拿出了一张折叠得整整齐齐的纸，递给我。

我原以为是一个男子的照片，不想打开一看，是淡蓝色的笺纸，少男少女常用的那种，有奇怪的气息散出。字是虾红色的，好像是用毛笔写的，笔锋很涩。

这是一封给你的情书。我看了，合适吗？

读了开头火辣辣的称呼之后，我用手拂着笺纸说。

我要同您商量的就是这封情书。它是用血写成的。

我悚然惊了一下。手下的那些字，变得灼热而凸起，仿佛烧红的铁丝弯成。我屏气仔细看下去……

情书文采斐然，述说自己不幸的童年，从文中可以看出，他是若樨同校不同系的学友，在某个时辰遇到了若樨，感到这是天大的缘分。但他长久地不敢表露，怕自己配不上若樨，惨遭拒绝。毕业后他有了一份尊贵的工作，想来可以给若樨以安宁和体面，他们就熟识了。在若即若离的一段交往之后，他发现若樨在迟疑。他很不安，为了向若樨求婚，他特以血为墨，发誓一生珍爱这份姻缘。

“人的地位是可以变的，所以，我不以地位向你求婚。人的财富是可以变的，所以我也不以财富向你求婚。人的容貌也是可以变的，所以我也不以外表向你求婚。唯有人的血液是不变的，不变的红，不变的烫，从我出生，它就灌溉着我，这血里有我的尊严和勇气。所以，我以我血写下我的婚约。

“如果你不答应，你会看到更多的血涌出……如果你拒绝，我的血就在那一瞬永远凝结……”

我恍然刚才那股奇特的味道，原来是笺上的香气混合了血的铁腥。

你现在感觉如何？我问若樨。并将虾红色的情书依旧叠好，将那一颗骚动的男人之心，暂时地囚禁在薄薄的纸中。

我很害怕……我对这个人摸不着头脑，忽冷忽热的……可心里又很有几分感动。血写的情书，不是每个女孩子都有这份幸运的。看到一个很英俊的男孩，肯为你流出鲜血，心里还是蛮受用的。我把这份血书给好几个女朋友看了，她们都很羡慕我的。毕竟，这个年头，愿意以血求婚的男人，是太少了。

若樨说着，腮上出现了轻浅的红润。看来，她很有些动心了。

我沉吟了半晌。然后，字斟句酌地说，若樨，感谢你信任我，把这么私密的事告诉我。我想知道你看到血书后的第一个感觉。

若樨说，……是……恐惧……

我问，你怕的是什么？

若樨说，我怕的是一个男人，动不动就把自己的血喷溅出来，将来过日子，谁知会发生什么事？

我说，若樨，你想得长远，这很好。婚姻不是一朝一夕的事情。每个女孩披上嫁衣的时候，一定期冀和新郎白头偕老。为了离婚而结婚的女人，不是没有，但那是阴谋。另当别论。若樨，除了害怕，当你面对另一个人的鲜血的时候，还有什么情绪？

若樨沉入到当时的情景当中，我看到她长长的睫毛在急速地眨动，那是心旌动荡的标识。

我感到一种逼迫，一种不安全。我无法平静，觉得他以自己的血要挟我……我想逃走……若樨喃喃地说。

我看着若樨，知道她在痛苦的思索和抉择当中。毕竟，那个男孩迫切地需要得到若樨的爱，我一点都不怀疑他的渴望。但是，爱情绝不是单一的狙击，爱是一种温润恒远。他用伤害自己的身体，来企图达到自己的目的，如果一朝得逞，我想他绝不会就此罢手。人，或者说高级的动物，是会形成条件反射的。当一个人知道用自残的方式，可以胁迫他人按照自己的意志行事的时候，他会受到鼓励。

很多人以为，一个人的缺点，会在他或她结婚之后，自动消失。我觉得如果不说这是自欺欺人，也是一厢情愿。依我的经验，所有的缺陷，都会在婚姻之后变本加厉地发作。婚姻是一面放大镜，既会放大我们的优点，也毫不留情地放大我们的缺点。因为婚姻是那样的赤裸和无所顾忌，所有的遮挡和礼貌，都会在长久的厮磨中褪色，露出天性粗糙的本色。……也许，我可以帮助他……若榫悄声说，声音很不确定，如同冷秋的蝉鸣。

我说，当然，可以。不过，你可有这份力量？他在操纵你，你可有反操纵的信心？我们不妨设想得极端一些，假如你们终成眷属，有一天，你受不了，想结束这段婚姻。他不再以血相逼，升级了，干脆说，如果你要离开我，我就把一只胳膊卸下来，或者自戕……到那时，你又该如何应对呢？如果你说，你有足够的准备承接危局，我以为你可以前行。如若不是……

若榫打断了我的话，说，毕阿姨，您不要再说下去了。我外表虽然反叛，但内心里却很柔弱。我没有办法改变他，和他在一起的时候，我很不安全。我不知道在下一分钟他会怎样，我是他手中的玩偶。

那天我们又谈了很久，直到沏出的茶如同白水。分手的时候，若榫说，您还没有评说我的头发？

我抚摸着她的头，在樱粉和姜黄色的底部，发根已长出漆黑的新发。我说，你的发质很好，我喜欢所有本色的东西。如果你觉得这样五花八门的颜色好，自然也无妨。这是你的自由。

若榫说，这种头发，可以显示我的个性和自由。

我说，头发就是头发，它们不负责承担思想。真正的个性和自由，是头发里面的大脑的事。你能够把神经染上颜色吗？

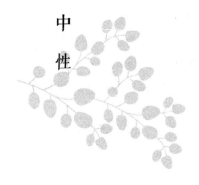

中性

街上走着一个扎小抓髻穿花衬衣的大个子，身材窈窕。我想个子这么高的女孩该去当模特。那人猛一回头，我看到一簇茂盛若草坪的胡子。

屋里进来个年轻人，蓝短裤，白Ｔ恤，一双运动鞋，头发短得像刺猬。只有波浪起伏的胸部，使我确知她是一个女孩。

我看见一位女经理端坐在皮椅上，面前几部电话机像救火车似的此起彼伏鸣叫。她牵着话筒简短地吐出："是"或"不是""好"或"不好"的单音节，清脆得像一枚枚闪亮的图钉，把自己的思维像地图一样明晰地挂在对方的脑海里。间或有几位须眉男子来向她请示工作，虽不敢说他们是唯唯诺诺，形容为毕恭毕敬是一点也不过分的。

看到过一位男子汉的眼泪。那是一处豪华的酒店，周围熙熙攘攘，砖红色的果茶黏得像血。他在讲他的抱负——以后做一个议员。这不是一个悲痛的话题，这也不是一个哭泣的环境。我以为女人是很讲究哭的气氛的。在我完全意料不到的时候，男人的泪水像冰雹一般陨落。有棱角的水滴砸在宝蓝色的金利来领带上，发出沉闷的声响。

五十知天命。他已到达了这条智慧的界限。

很久以来我就知道，当买不到合适的女衬衣的时候，不妨到男服柜台转一转。那里是超出想象的花团锦簇呢！

我的一位男性熟人脚小，以前总听他抱怨不得不买童鞋。有一次他神秘地告诉我，现在可好了，可以买女鞋了。我吓了一大跳，说你要穿高跟鞋了，是吗？他说，你一定是好久没到女鞋柜台去了。现如今的女鞋平跟有鞋带，简直跟男鞋一模一样。

男人和女人都穿夹克。男人和女人都围丝巾。运动鞋早就不分男女，紫红色墨绿色甚至明黄——这些以前女人的专用色彩，老爷爷也敢招摇过市。男人能爬上的山，女人也能爬；男人能飞上的天，女人也能飞。除了体育比赛还分男女，性别的界线被一块巨大的橡皮擦涂抹着，越来越模糊。

于是，我想到了"中性"。

中性是一种物质的属性。碱是一种沉重的苦涩，酸是一种尖锐的疼痛。唯有中性，豁达明朗温和平静。当男人和女人各自强调着自己的性别角色，在混沌之中摸索了许多世纪以后，不约而同地走向了中性。

中性是一种视角。男人和女人就像两只不同的眼睛，隔着鼻子观察这个世界。特定的视角既帮助了他们，又妨碍了他们。在社会这所立体影院里，男人和女人戴着破碎的一只镜片的眼镜，影像模糊，头昏脑涨。中性是一副完整漂亮的新眼镜，它使男人和女人看到的景象真实而统一。

中性是一种语言。男人和女人是各自孤独的国度，要么老死不相往来，要么剑拔弩张兵戎相见。当然这与边界的纠纷、风俗的迥异有关，但言语的不通，实在也是一个极重要的原因。男族操粗犷语，女族操婉细语，就有了许多难以翻译的词汇。中性是性别联合国的世界语，大家再不致发生误会。

中性是一种位置。赤道上太炎热，南极里太寒凉。唯有温带最惬意。太靠左了是悬崖，太靠右了是绝壁，唯有大路中间最安全。太阳底下晃眼，雷雨之中暗淡。唯有月朗风清的傍晚，我们既可眺望遥远的征程，又可欣赏路边的风景。这是一种良好的生存状态。

中性是一种智慧。在有关自身和社会的命题上，男人和女人总是古怪地争论不止。女人耿耿于怀自己是肋骨变的，拼了命要证明自己是脊梁。于是就有了铁姑娘队，以求得同男人的一模一样为荣。丢了肋骨的男人，就成了严格意义上的残疾人（我认为那根肋骨一定是取自左胸——就是心脏的前方），心房裸露着，格外易受伤害。为了防止创伤，男人就装得此处坚强无比，希望对手糊涂，自动不来攻击。而每一个中性的人都是完整的个体，不偏颇不傲慢，不逞一时之勇，不计一地得失。他们的神经像强韧的钢索，弹拨得出美妙的音符，悬挂得起如晦的黑暗。

中性是一种勇气。从远古时代，男人和女人就不断强化着服饰上的区别。如今忽视了外在的标志，就像撕去了货物的商标，更要靠内在的质量说话。性征不再是附丽于颜色、发式的皮毛，而是一种像灯笼一样由内向外渗透的光芒。中性像一片苍茫的背景，使性别的感觉珍珠一般凸现出来，成为魅力的源泉。

中性是一种删削和简化。整个人类返璞归真，男人和女人大踏步地逼近终极的窗口，缩写为大写的人，抽象的人，纯粹的人。

中性并不同于男人能办到的事女人也能办到。后者是风暴中一条小船向另一条巨轮的单方面靠拢。中性是海洋中的灯塔，我们都向那温暖的光明游去，戮力同心，遥相呼应。

中性的实质是对体力差异的忽视。曾几何时，筋骨的强健是无数事物的度量衡标准。生理的差异是男性和女性永不泯灭的性沟。但历史并不是体育纪录的翻版，把男子和女子单独立项。居里夫人名垂史册，不是因为"夫人"，而是因为"镭"。李清照流传千古，不是因为美丽，而是因为"凄凄惨惨戚戚"的哀婉和"死亦为鬼雄"的壮怀。熔炉般的历史是按照宇宙的含金量来品味矿石的价值，而不在意它是圆是方。

高科技把体力的堤坝冲毁，机械加长了女人的手。只要按几个电钮，庞然大物会轰然倒塌。电脑不会计较撳压它的那只手是粗糙多毛还是纤细如柳。甚至战争也早不是刀光剑影的格斗，而在千里之外的觥筹交错中。

意志的竞技场，不存在女士优先的法则。造物主不是绅士，而是猛士。他只青睐把它打败的赢家，才不管你是穿花袄还是长袍。

我们站在中性的横杆前。女性不再受到歧视，也不接受优待。

中性使世界明了，中性使世界严峻。不管你喜欢不喜欢，这个世界越来越趋向大一统的中性，显示的是每个个体独特的力量。

依然写情书的女孩

在电波充斥整个宇宙的时代，情书已成为温馨的古典。

拿到黄殿琴精美的《昨日情书》，心里洋溢起蔚蓝的云霓，一如那美丽封面上飞翔的鸥鸟。

在下雪的日子，读诗人迷蒙的语言，纷繁的意象如雪片扑面而来。仿佛看到诗人炙热的心在水波中漫浸，一圈圈泛起的涟漪，记录着生命的震颤。

我们已经许久许久没有写情书了。高科技扼杀了窃窃私语的嗫嚅，快节奏熄灭了柔情蜜意的低吟。人们越来越简明迅捷，生活像速冻食品，新鲜但是丧失了必要的汁液。纯洁善良的人们拒绝谈论情书，觉得那是虚幻的传说。先锋前卫的青年甚至藐视情书，觉得迟缓的笔尖跟不上跳荡的思绪，是一种迂腐。

情书似乎同鹅毛笔一道，插在历史的墨水瓶里，凝固成湛蓝的一坨。

在寂寞中，这个女孩不倦地歌唱情书，像一朵遗失在苍原上的花。

她歌唱童贞。"一个女人可以投入许多男人的怀抱，一个男人可以同时拥抱许多女人，但我怀疑那是为了真爱……命运套在一起才是爱的最高境界……爱的时候，生活会变得躁动不安，像怀孕的少妇。寻欢作乐会将最美丽的语言弄皱。"

她歌唱爱情。"连着几个夜晚没有月亮，连着几个白日没有太阳雨。若再没有你，我就没有了日子。""相信你的爱没有错。相信每一个苦难的日子！你的生命已为我作了坚实的岸，那上面铭刻的文字只有一个共同的内容：爱。"

她歌唱自己。"我没有人生的经验。唯有自爱。我永远自爱，永远佩服自己的顽强。""当我感到我的爱并不能给你幸福反而是痛苦时，我会撤回我的爱，用我的痛苦换回别人的自由。"

她也有痛苦的时候。"心上落着没有水的小雨"，诗人发出朴素的怨怼，"你也太欺负人了……你的一个字就那么珍贵？是怕我免费学了你的文采？还是怀疑我会把你的字句拿来当字帖？……我崇尚普通劳动者淳朴耿直的感情……为了要做普罗米修斯，也难免让那颗心蹦上了高加索的山顶。"

她有时又会向着一个我们所不知的对象发泄凛然怒气。"我不是代用品！我不能代替任何人。我就是我。我也不想代替谁。你更不必把谁当成谁的工具。"

面对这本厚厚的情书，阅读的时候我常常陷入迷惘。我为诗人的才气所惊讶，坦白地讲有许多地方我不大懂。它引起我强烈地探索奥秘的兴奋。

我平日主要是写小说的，缠绕在故事情节和对话之中。这使我常常用一个小说家的眼睛去读诗，犹如戴着不会变色的眼镜走进幽静的峡谷。

我极力想探索这一纸诗笺后面的故事，但是我知道这个不仅徒劳而且无益。诗人只是将一盏盏清茶递予我们，让我们感受其中的芬芳。并不曾有义务告诉我们她是从哪座险峻的山崖上采得神韵。

于是我淡淡地啜这茶。遇到不大懂的地方就默默地感受那气氛。在如此喧嚣的城市，有人纯真地歌唱爱情和友情，是难得的真诚。在童话般的岚气里，我看到垂着一条独辫的女孩，用红靴子走出灵巧的脚印。

关于女人和男人的
吉光片羽

有些女人以为自由就是可以任意模仿男人的弱点，比如玩弄异性。这实在是对自身的侮辱和对自由的亵渎。

女人经常宣称自己在感受他人的直觉方面，如何敏锐，其实很多时候是她们注意到了种种难以觉察的细节。

比如掉了的纽扣说明不严谨，过分花哨的领带说明对方不懂得协调，脸上某种竖行的纹路，说明他总是在人所不知的背后诡秘地耷拉着嘴巴……

每个人的性格都是一幅全息图像，女人不过更善于解读罢了。

很多人把对异性的征服，当作自己的业绩和成功。

其实性的本质永远是双方的给予与获取，就是从纯生物的角度看，它也是对等的交换。

把原本正常的事件，当作罕见的胜利大肆吹嘘，是心智愚昧和体能虚弱的体现。

对于女人来讲，选择拒绝的流程就是选择生活的走向。

天下无数繁杂的道路，你只能走一条。你若是条条都走，那就等于在原地转圈子，俗称"鬼打墙"。

女人使用拒绝的频率格外高，是因为女人面对的诱惑格外多。

拒绝是女人贴身的软甲，拒绝是女人进攻的宝剑。

拒绝卑微，走向崇高。拒绝不平，争取公道。

拒绝无端的蔑视和可疑的恩惠，凭自己的双手和头颅挺身立于性别之林。

不懂得拒绝的女人，如果不是无可救药的弱智，就是倚门卖笑的流莺。

因为拒绝，我们将伤害一些人。这就像春风必将吹尽落红一样，是一种进行中的必然。

女人永远是最爱怀疑又是最易轻信的动物。

她们什么都渴望得到，又什么都敢于付出。

没有人知道让女人十全十美的秘诀。

聪明的女人终生都在摸索，怎样使自己更幸福，使世界更美好。

倘若是男人嘛，还有一个放松的机会，那就是三五知己喝醉了酒，吐出几分真言。女人就只好憋在肚里，让那些心里话横冲直撞，直到把自己的神经撞出洞来。

有一种男人，冷漠后面有热情，平淡过后是高潮。就像一本开头不很精彩的书，动人心魄的章节在后半部。一定要耐着性子读下去，你就会被深深地感动。

有的女人只是男人的一件行李。

有的男人只是女人的一件首饰。

男人和女人都做事业。男人是为了改造这个世界，女人是为了向世界证明自己。

男人的自由多，男人的领域大。男人被人杀戮也被人原谅，男人编造谎言又自己戳穿它。男人可以抽烟可以酗酒可以大声地骂人可以随意倾泻自己的感情。历史是男人书写的，虽然在关键的时刻往往被一只涂了蔻丹的指甲扭转。那也是因为在那只手的后面，有一个男人微笑地凝视着她。

男人的内心像一颗核桃。外表是那样坚硬，一旦砸烂了壳，里面有纵横曲折的闪回，细腻得超乎想象。

男人会喜欢很多的女人，在他一生的任何时候。女人会怀念唯一的男人，在她行将离开这个世界的瞬间。

婚后的男人，太累太累。好像追赶太阳的夸父，一头担着事业，一头担着家庭。

我们的记忆，同自己的伴侣紧密地缠绕在一处，像两种混淆于一碟的颜色，已无法分开。你原先是黄，我原先是蓝，我们共同的颜色是绿，绿得生机勃勃，绿得苍翠欲滴。失去了妻子的男人，胸口就缺少了生死攸关的肋骨，心房裸露着，随着每一阵轻风滴血。失去了丈夫的女人，就是齐斩斩折断的琴弦，每一根都在雨夜长久地自鸣……

面对相濡以沫的同道，我们忍心说我不重要吗？

女人常常在细微之处精细，在博大之处朦胧。显微镜和望远镜都是能把眼力达不到的地方看清楚，但两者绝不相同。男人瞩目宇宙，却常常忽略了脚下的石子。于是男人多谴责女人琐碎，女人多抱怨男人粗疏。改变几乎是不可能的，最好的变法是结合。将男人的大度与女人的纤巧融于一身，锻造新的人类。

假如我们被强暴，在做完了惩治凶犯的一切工作之后，拭干泪水，让我们重新开始吧。

丢掉有关那一刻所有的记忆，让我们像新生的婴儿一般坦荡。烧毁目睹我们灾难的旧衣服，让痛苦的往事一同化为飞烟。取清凉的山泉自头顶浇下，洗涤我们每一根如丝的长发。挑选一件更美丽的裙衫，穿上它快步行走在如织的人流中。

对生活中美好的事物，被强暴过的女人依旧可以发出真诚的微笑。

对生活中黑暗的角落，被强暴过的女人依旧可以发出强烈的谴责。

女人被强暴，是生命的记录上一处被他人涂抹的墨迹。轻轻擦去就是了，我们的生命依然晶莹如玉，洁白无瑕。强暴是发生于刹那的地震，我们需要久久的修复。但女性生命的绿色，必将覆盖惨淡的废墟。

让我们振作起来，面对强暴以及所有人为的灾难。这世上没有任何一种力量，可以强暴女性不屈的精神。

他人的评判固然重要，但最重要的是我们对自己的评判，这是任何人也无法剥夺的权利。只要女人自己不嘲笑自己，只要女人不自认为自己不重要，谁又能让你低下高贵的头？

假若一个村子的领导人里，有百分之四十的妇女，她们就很难做出为争夺水源去同另外村落械斗的决议。她们会说，还有没有新的水源？我们再挖一口井或是再开一条河……要不然，我们一个村子用一天水源吧。

即使一定要打仗，她们一定会更仔细地计算可能会牺牲多少人？会有多少母亲失去儿子？多少妻子失去丈夫？多少孩子失去父亲？……

假如战争不可避免，她们也会更细致地安排怎样抢救伤员，保存更多的生命。

这一切不是因为女人的懦弱，而是因为她们担负着繁育生命的重担。

在人类所有重大决策上，一定要倾听女性的声音。不但因为她们的人数占了人类的一半，更因为她们是人类自身的生产者。

　　在金字塔的最高点，屹立着自我价值的体现和追求。当你完成了自己人生的台阶之后，你就要向上攀登。你只有在这种不倦的探索中，才能丰富自己的人生，才能得到生命的欢愉，才感到自己内在的充实和价值。

遮颜男子

一位做执业心理医生的朋友，对我讲过这样一个故事。

某个下午，也许是因为突如其来的豪雨，预约的咨客访过之后，没有新的咨询者来谈。我收拾好文件夹，预备下班，突然走进来一位年轻的男子。他西服笔挺，很有身份的样子。头上戴着一顶礼帽，帽檐压得很低，几乎看不清他的眉眼。我直觉到，这人有很深的隐秘，不愿让人知晓。他来找心理医生，想必是遇到了实在难以排解的苦闷。

他坐下来以后，对着我需要他填写的表格说，就不填了吧。因为，如果你一定要我填写，我就会编一些假资料在上面，无论是对我还是对您，都是一个尴尬和可笑的过程。

我点点头说，谢谢你这样坦诚地告诉我。不过，有一些资料，你是可以如实告诉我的。你对你的名字职务地址联系方式……都可以保密。但是，既然你是来和我讨论你的问题，那么关于你的婚姻情况，你的文化水准等等，应是可以回答的。如果我们连这种基本的信任都没有，那么，请原谅，即使你很愿意讨论问题，我也无法接受你的要求。

他若有所思，想了想之后，在空白的名字之后，写下了职业：国家公务员。教育水准：硕士。

我说，好吧，你可以不告知我你的姓名，但是，我怎么称呼你呢？

他说，你就叫我老路好了。

你一点都不老。看起来很年轻啊。我把感想告知他。

他说，你就把我当成一个老年人吧。

这是一个奇怪的要求，但我的来访者有很多令人诧异的想法，我已见怪不怪了。

我说，咱们聊些什么呢？

他清清嗓子说，你能告诉我，女人和食物有什么区别吗？

一个怪异的问题。但他的眼睛，看得出认真和十分渴望得到答案。甚至，他还掏出了一个很精美的笔记本，想把我的话记录下来。

我说，女人和食物，当然是有非常重大的区别的。我看你是受过良好教育的人，一定晓得这两样东西，是完全不同的了。我想了解，你为何想到了这样一个问题？这其中发生了什么？我觉察到了你的迷惘和混乱。

他好像被我点中了穴位，久久地不吭声。停了半天，才说，是这样的。我在政府机构里任职，现在做到了很高的位置。我的办公室里有一个秘书，是那种很优雅很干练的女孩，当然，外表也是非常漂亮的。你要知道，在当代大学生寻找工作的排行顺序里，公务员是高列榜首的。对于女孩子来说，更是一份优厚和体面的工作。这个女孩，就叫她蔻吧。蔻是我从大学生求职招聘会上特招来的，我需要一个善解人意练达能干的女秘书，当然，还要赏心悦目。我是一个讲求品位的人，我使用的所有物件，都是高质量的。我对我的秘书要求高，也是情理中的事。蔻来了以后，很快就适应了工作，比我以往的任何一任秘书，都更让我得心应手。我很高兴，觉得自己多了一条胳膊一条腿。我不是开玩笑这样说，是真心的。当你有了一个比你自己想得更周到的秘书之时，你觉得自己的生命被延长了，力量和智慧都加强了。那是很美好的感觉。事情停留在这个地步就好了，但是，关系这种东西，不是你想让它发展到哪一步就可以凝结住的东西，它一旦诞生了，就有了自己的规律。因为我和蔻在一起工作的时间很长，每天都要讨论一些问题，交代一些事情，对于我是一个怎样的人，她很快就了如指掌。她说，她喜爱我的一切，从我的学识风度到细小的习惯和动作，连我的老伴非常不喜欢的我的呼噜，她都戏称为是一个安详的老猫在休养生息，预备着更长久的坚守和一跃而起……你知道，一个中年接近老年的人，被一名年轻女孩这样地观察和评价，是很受用的……

我听得很认真，我相信这些叙述的可靠性，不过，巨大的疑惑涌起。我说，对不起，打断一下，你一再地提到自己的年龄，还有老伴什么的说法……但是，我觉得这与实际不很吻合。

老路右手很权威地一挥，说，您先别急，且听我说。

我默不作声，迷惘越重了。

老路说，钱钟书说过，老年人的爱情就像是老房子着了火，没得救的。我和蔻的关系，燃烧起来了。是蔻点起的火，还不停地往上泼汽油。我一生操守严格，本以为自己年纪已经这样大了，从生理到心理，对于女色都会淡然，没想到，在蔻的大举进攻下，我的城堡不堪一击，连我们发生性关系的时间和地点，都被蔻以公务会面，堂而皇之地写在了我一周的计划中，那么天衣无缝。我被这个小女子安排进了一个圈套。当然，我还存有最后的理智，我对她说，这是你自愿的，咱们可要说清楚。蔻说，这都什么时候了，你这样控制？我给你吃一个药片，你就不会如此矜持了。说着，她拿出了淡蓝色的菱形药片……

我插话道，是伟哥？

老路说，是，正是。

我说，你吃了。

老路说，吃了，但是在吃之前，我还是清醒地同她约法三章。第一，我没有强迫你。第二，我不会和你结婚。第三，你不要以此来要挟我。

蔻冷笑着说，你可真是上个世纪遗留下来的人了。性是什么呢？食色性也，就是说，它是正常的，是常见的，是没什么附加条件的。当你看到了一盘美食，你肚子正好饿了，很想吃，那盘美食也很想入了它所喜爱的人的肚子，这不是一拍即合两全其美的好事吗？你还犹豫什么呢？

话说到这份儿上，我真的被这种大胆和新颖的说法所俘获，我想，我可能真是老了吧？也许是伟哥的效力来了，也许是我内心里潜伏着一股不服老的冲劲，我巴不得被这么年轻的女孩接受和称赞，我就当仁不让了……

小小的咨询室里出现了长久的停顿。空气沉得如同水银泻地。

后来呢？我问。

后来，蔻就怀孕了。老路垂头丧气。

蔻不再说那些女人和食物是等同的话了，蔻向我要求很多东西。她要钱，这倒还好办，我是个清官，虽然不是很有钱，但给蔻的补偿还是够的。但蔻不仅是要这些，她还要官职，她要我列出一个表，在什么时间内，将她提为副处级，什么期限内将她提为正处级。还有，何时提副局级……我说，那个时候，也许我已经调走或是退休了，蔻说，那我不管。你可以和你的老部下交代，我有学历有水平，只要有人为我说话，提拔我是顺理成章的事情，只要你愿意，你是一定办得到的。我为难地说，国家的机构，也不是我的家族公司，就算我愿意为你两肋插刀，要是办不成，我也没办法。

蔻说，如果办不成，就是你的心不诚。

我有点恼火了，就算我在伟哥的作用下乱了性，也不能把这样一个小野心家送进重要的职务里啊。我说，如果我办不成，你能怎么样呢？

蔻说，你知道克林顿吧？你知道莱温斯基的裙子吧？你的职务没有克林顿高，可我的身上有的东西，比莱温斯基的裙子，可要力道大得多啊！

蔻现在还没有到医院去做手术，我急得不得了。我不知道向谁讨教，我就到你这里来了。当然，蔻对我也是软硬兼施，有的时候，也是非常温存。我真的不知道该怎么办了，那个孩子在一天天地长大，到了我这个年纪的人，对孩子还是非常喜爱的，但我更珍惜的是我一生的清誉，不能毁于一旦啊……

我赶紧做了一个强有力的手势，截断老路的话，把我心中盘旋的疑团抛出——老路，不好意思，我一定要问清楚你的年纪，因为这是你的叙述中一个非常重要的线索，你不断地提到它，并感叹自己的经历，我想知道，你究竟有多大年纪？

老路目光犹疑而沉重地盯着我，说，既然你问得这样肯定，我也没办法隐瞒了，我 56 岁了。

我虽有预感，还是讶然失声道，这……实在是太不像了。你有什么秘密吗？

这是一句语带双关的话。我不能随便怀疑我的来访者，但我也没有必要隐瞒我的疑窦丛生。

老路长叹了一口气说，你眼睛毒。我当然是没有那么大的年纪了，这是我的首长的年龄。除了年龄以外，我所谈的都是真的。只是首长德高望重，他没有办法亲自到你这里来咨询，我是他的助手，我代他来听听专家的意见，也可让他在处理如此纷繁和陌生的问题上，多点参考。

说到这里，老路长吁了一口气，看来这种李代桃僵的事，对他也是不堪重负。

轮到我沉默了。说实话，在我长久的心理辅导生涯中，不敢说阅人无数，像这样的遭遇还是生平第一次。我能够体会到那位首长的悔恨懊恼一筹莫展的困境，也深深地被蔻所震惊。这个美丽和充满心计的女子身上，有一种邪恶的力量和谋略，她真要投身政治，也许若干年之后，会升至相当的位置。至于这位为首长冒名咨询的男子，更是罕见的案例。

我说，终于明白你开始问的那个问题的意义了。女人和食物，是完全不同的。男女之间的性关系，绝不像人和物之间的关系那样简单和明朗。它是人类有史以来最亲密的关系之一。两个不同的人，彼此深刻地走入了对方的心理和生理，这是关乎生命和尊严的大事情，绝非电光石火的一拍两清。倘若有什么人把它说得轻描淡写或是一钱不值，如果他不是极端的愚蠢那就一定是有险恶的用心了。

至于你的首长，我能理解他此刻复杂惨痛的情绪，他陷在一个大的危机当中。他要做出全面的选择，万不要被蔻所操纵……

那天还谈了很多，临走的时候，老路说，谢谢你。

我说，如果你的首长还想咨询的话，希望他能亲自来。老路把礼帽往下压了压说，好吧，我会转达这个信息。

朋友讲完了他的故事。我说，那位上当的老人，来了吗？

朋友说，我从他的助手临走时压帽子的动作，就知道首长不会来的。

我说，这件事究竟怎样了结？

朋友说，不知道。世上的人，究竟有多少能分清食和色的区别呢？只要这事分不清，此类的事就永不会终结。

婚姻建筑

　　所有建造家庭的人，都不会希望在这所百年大计的房屋中埋藏灾难的因子。但是，你从热闹的婚礼归来，过一段时间再去瞧瞧，你会惊奇地发现，占相当一个百分比的婚姻建筑，不再是举行婚礼时美丽风光的模样。当初油饰一新的外表开始衰败，地基被蝼蚁蛀了密集的窝孔，承重梁根本就没有打进钢筋，甚至古怪到没有玻璃没有门所用砖瓦都是伪劣产品……这些可叹可怜的小屋，在风雨中摇摇欲坠，不时传来断裂和毁坏的噪声。再过几年看看，有的已夷为平地，主体结构渺无踪影，遗下一片废墟。有的被谎言的爬山虎密密匝匝地封锁，你再也窥不到内部的真实。有的门户大开，监守自盗歹人出没，爱情的珍藏已荡然无存。有的徒有虚名地支撑着，坑灰灶冷了无生机……更可怕的是在这样衰败的婚姻陋室中，你或许会听到婴儿的哭声，生命的规律在令人不安地运行着。

　　我想，有朋友会说——你是一只乌鸦嘴啊。所有处在热恋和谈论婚嫁的阶段和已经披上婚纱的女子，都直觉地反感我以上所描述的种种情形。以为那只是小说和电视连续剧中才会出现的情节，是令人茶余饭后听着解闷的，是绝不会发生在自己身上的。我能理解这种心情，自己也不愿在大喜的日子里，做令人不快的预言。但是，原谅我，我听过太多的女孩子谈过粉红色的梦想，我看到过太多的女子感伤哀怨的目光。我想说，性格就是命运，你有怎样的观念，你就会有一份怎样的婚姻。

非血之爱

爱，有无数种分类法。我以为最简明的是——以血为界。

一种是血缘之爱，比如母亲之爱亲子，儿子之爱父亲，扩展至子孙爱姥姥姥爷爷爷奶奶，亲属爱表兄表弟堂姐堂妹……甚至爱先人爱祖宗，都属于这个范畴。

还有一种爱在血外，姑且称为——非血之爱。比如爱朋友，爱长官，爱下属，爱动物……最典型的是爱自己的配偶。

血缘之爱是无法选择的，你可以不爱，却不可能把某个成员从这条红链中剜除。一脉血缘在你诞生之前许久，已经苍老地盘绕在那里，贯穿悠悠岁月。血缘之爱既至高无上又无与伦比的沉重，也充满天然的机缘和命定的随意。它的基础十分简单，一种名叫"基因"的小密码，按照数学的规律递减着，稀释着，组合着，叠加着，遂成为世界上最神圣最博大的爱的基石。

非血之爱则要奇诡神秘得多。你我原本河海隔绝，天各一方，在某一个瞬间，突然结成一体，从此生死相依，难道不是人世间最司空见惯又最不可思议的偶然吗？无数神鬼莫测的巧合混杂其中，爱与恨泥沙俱下无以澄清。激情在其中孕育，伟大与卑微交织错落。精神与人格，在血之外的湖泊中遨游，搅起滔天雪浪，演出无数悲欢离合的故事……爱恋的光谱，比最复杂的银河外星系轨道，还难以预计。

血缘之爱使我们感知人间最初的温暖与光明，督我们成长，教我们成人。它是孤独人生与大千世界的脐带，攀援着它，我们一步步长大，最终挣脱它的羁绊，投入血外之爱。然后我们又回归，开始血缘之爱新的轮回。

血缘之爱是水天一色的淳厚绵长，非血之爱更多一见钟情的碰撞和千折百回的激荡。

血缘之爱有红色缆绳指引，有惊无险，经历误会顿挫，多能化险为夷，曲径通幽。非血之爱全凭暗中摸索，更需心灵与胆魄烛照，在苍莽荒原中，辟出人生携手共进的小径。非血的爱，使每个人思考与成长，比之循规蹈矩的血缘，更考验一个人的心智。

爱一个和你有血缘关系的人，是一种本能，一种幸福，一种责任，一种对天地造化的缠绵呼应。

爱一个和你没有血缘关系的人，是一种需要，一种渴望，一种智慧，一种对美与永恒的无倦追索。

我们一生，屡屡在血与非血的爱中沐浴，因此而成长。

为什么总是遇人不淑

她到心理诊室来的那天，天气很冷。她穿着很短的裙子，腿长得并不好看，透过薄薄的丝袜，可以看到曲张的静脉。鞋跟很高，大脚趾紧绷着，几乎和小腿扳成一条直线。

她坐下后第一句话是——我为什么总是遇人不淑？

我说，为什么要用"总是"这个词？

她叹了一口气说，我已经离过两次婚了。这一回，马上也要离了。

我也叹了一口气说，我听出你很难过，很想改变。你不知道自己什么地方出了毛病，你需要稳定和温暖，是这样的吗？

她一下子握住我的手，柔若无骨，连声说，是的是的！我不是爱离婚的女人，世界上有一些女人，不把离婚当回事，我要真是那样，也就不痛苦了。我是想好好过日子的女人，我在这方面下的功夫，比一般女人大多了。可我为什么就找不到爱我的男人？好男人都到哪里去了呢？

看着她绝望的神色，我说，你能告诉我你是怎样遇到你曾经的三位丈夫？

她滔滔不绝地打开了话匣子。

我从小是一个害羞的女孩，我总怕别人欺负我，个子小又胆小的女孩，多半都会这样的吧。当我知道男女之事以后，我想，一定要找个子高大的男生，这样，谁欺负我，他就会站出来保护我。第一位丈夫是我同学，个子高高的，好似篮球运动员。我们俩的学习成绩都不怎么样，谁也用不着瞧不起谁。知根知底的，优缺点都一目了然，按说应该特踏实吧？所以，一有了工作，我们就结婚了。他当上了老板的保镖，一天跟着出入那些不三不四的场所，认识了一位洗头的小姐。我现在特恨"小姐"这个词。那算什么小姐啊？简直就是一个只能看小人书的打工妹。要是有点身份的小姐，起码傍一个"大款""中款"吧，这小姐，苍蝇也是肉，连个保镖也不放过。后来，他俩被我在自己的家里，逮了个正着……我当时害怕极了，比那对狗男女吓得还厉害。他们倒是比我镇静，我丈夫撂下一句话——你既然看见了，就看着办吧！我呆呆地坐在家里，特别可惜我那精心布置的床，被糟蹋得乱七八糟的……别看我这个人个子小，可受不了这种窝囊气，我二话没说，离婚！

　　离了以后，我很快就从打击中恢复过来了，非要争一口气，要让我的前夫看看，你算个什么东西？你只能往底层里找，我呢？哼！这回找的不但个子要高过你，身份钱财都要比你强！

　　话虽是这样说，但有人才有身份的男人，大姑娘随便挑，干吗非得娶我这么一个一没学历二没个头三没好工作的二婚女子啊！我分析了一下自己的优势劣势，我长得不错，还因为从小就胆小，所以，刚跟我接触的人，都以为我挺温柔。许多男人啊，最看重的就是女人温柔。不信，你到报纸上的征婚广告看看，有一个算一个，都是寻求温柔贤淑女子的。扬长避短吧，我就在这方面下功夫。学着做一个贤妻良母呗，没什么难的。只要说话声音轻一点动作慢一点，对小孩子特别疼爱就大功告成了。当然了，还得练着记住一些童话故事……

　　因为我要找的那种身份的男人，基本上都是带一个小孩的，你要是能对他的孩子好，他自然会给你加分。我报了社会上的各种学习班，比如"家长学校""烹饪班"什么的。小姐妹都笑我，说你连个月娃子都没养下呢，自己连整虾都舍不得买，只吃虾皮，上这种班，不是跳级吗？我不理她们，也不告诉她们我的真实想法。要是万一失败了，多丢人啊。把这些都操练得差不多了以后，我就开始物色对象了。

　　从哪儿物色？当然是从征婚广告上了。这法子说起来挺笨的，其实多快好省。你买一堆报纸刊物，仔细研究，条件一目了然，一上午测览个百八十男人的基本情况，不是难事。看得多了，也能增长经验，什么人是真心的，什么人是闹着玩的，甚至想占便宜的，估计个差不多。虽说里面有骗人的，但我也不是傻子，能分辨出个大致。感觉不好的，再不理他就是了。我特别重视身高这个条件，一米七九以下的，免谈。

你猜得不错，我前夫就是一米七九。怎么我也得找一个比他高的，高一厘米也是高。按说我这些条件加在一起，也挺苛刻的。可我还真是找到了一个愿意见面的。个高，有钱，有一份体面的工作，有一个很可爱的孩子……一切的一切，都同我预计的一模一样。我给他做可口的饭菜，亲吻他的孩子……

你问我这样做，是不是很勉强？说实话，有一点儿。但我知道这是为自己以后的幸福投资，也就一一地做了。这样接触了几次之后，是他催着结婚的。他说他太累了，需要一个安静的港湾。我说，我各方面的条件都不如你，你怎么会看上我呢？他说，前妻跟着别人走了，他下决心要找一个各方面都不如自己的人，只要对他好，对孩子好，就成了。钱挣多少是多呢？他挣的钱够用的了，我的钱不多，这没关系……这些理由挺充分的，是不是？我信服了，觉得苍天有眼，我的准备派上用场了，熬出头了。

我们很快就结了婚。婚礼是到国外旅行了一趟，几乎没通知朋友。我的第二任丈夫说，他不想大肆铺张，只想安安稳稳地过日子。我倒是很想风光一把，特别是让我的前夫知道知道，他离开了我，我却过得更好了。但新丈夫说低调处理好，我也就依了他。我还要保持一个贤惠的形象嘛。也许，我当时强烈要求大肆操办一番，事情就会是另外的结局了？毕竟他是一个好面子的人……

结婚以后，我的本色就慢慢露出来了，我不可能老忍着吧？他的孩子做得不对的，我也不能老哄着，是不是？爆发是因为我替他去开孩子的家长会。老师劈头盖脑地一顿训，我回来当然要转述给他的父亲。也许我的表情不够沉痛，也许我的忧虑不够发自内心，本来嘛，又不是我的亲生孩子，我能做到如此，已经很不错了。说着说着，我的第二任丈夫就开始生气，说我不是真心爱孩子，有点幸灾乐祸……最后说我是一只披着羊皮的狼……

我太冤枉了，我怎么会是狼？我是打算当一只忠诚的看家狗啊。我们开始争吵了。夫妻吵架这事，是不能开头的。开了头，就有瘾，会越吵越来劲。正在这时候，他的前妻回来了。他们是怎么开始来往的，我不知道。有一天吵架之后他对我说，我们还是离婚吧，我要和前妻复婚，她表示悔改，我原谅她了。我已经不相信女人了，但对孩子来讲，毕竟还是他的亲妈。至于你，可以给你一部分钱作为补偿……

我走了，没要他的钱。我不是为了钱才和他结合的。我努力做了，可他是把我作为一个替代品，我上当了。他结婚的时候不肯通知朋友，说明他自己就对这次婚姻没信心，不看重。

这一次，我真的垮了。后来，我很快有了第三次婚姻。要说我的第二任丈夫，什么都没给我留下，这不对。他把一个观念留给了我，就是找一个条件不如自己的人。这样，你就操持着主动，你可以不要他，他却要巴结着你……我再找丈夫的时候，什么条件都放弃了，只问一条，个儿要超过一米八二。

是的。我也长了价码了。您可以想到，在这种倒霉的时候，我能有什么好运气？他是一个好吃懒做的人，就靠我的那点收入养活他。等把我吃光了，他就出去找别的女人。我说那就离婚，他腆着脸说，离婚干什么？凑合着过吧。我这是为你着想。像你这种女人，再离婚，谁还敢要你？丧门星！

我真的蒙了。不知道哪里出了问题。我不是一个坏女人，我也没有害过人，可命运为什么对我如此不公？俗话说，事不过三。我为什么三次婚姻都如此不幸？有时我想，好人和坏人总是有一定比例的吧？这世界上总还是好人多吧？我就是在马路上随便拦住一个人，嫁给他，也不至于次次都输得这么惨吧？到底是什么地方出了毛病？

她一口气说了这么久，目光始终不对着我的脸，只是紧张忧郁地注视着我的手。好像我的手里，捏着根还阳救逆的仙草。

我缓缓地说，出毛病的地方，其实你自己是知道的啊。

她大吃一惊，说，您别开玩笑。我要是知道，还能一次次地陷得这么惨吗？我不会跟自己作对的！

我说，你的三任丈夫，都有一个共同点。你也反复多次提到，你找丈夫有一个雷打不动的条件……

她真是个聪明女子，马上说道，您是说我对身高的要求吗？这有什么错的呢？您到征婚广告上看看，基本上都有这一条。人之常情啊。

我说，我很理解你。但我想问，你在对男人身高的要求后面，寄托的是什么呢？

她想想说，我想……如果男方的个子高，以后生个孩子，个子也会高的。这不是优生优育的规律吗！

我说，你想得挺长远。这很好。可我一直没听到你有要孩子的打算。再者，对一桩婚姻来说，孩子并不是先决条件啊。请再想想，高个子后面的期望——是什么？

她低下头，想。当她再抬起头的时候，我看到了泪水。她说，我想要的是一份家庭的安全感。

我说，对极了。婚姻是要给人以安全感的。但最主要的安全感是从哪里来呢？从男人的头发？从男人的眼睛？从男人的籍贯？从男人的誓言？

她沉思了半晌，说，要从男人对爱情的忠诚来看，和个子无关。小个子的男人，也一样能做个好丈夫的。

我握着她的手说，好。你讲对了一小半，还有一大半。

我说，婚姻的安全感更要从自己来。相信自己，不要把命运寄托在别人身上。这样，即便出了差错，也不会乱了分寸，病急乱投医。不会一错再错了。只要自己安全了，婚姻就安全了。

我送她出门的时候，紧紧地握着她的手。她的指尖依旧很凉，但已经有一种坚定的力量，蕴含在指掌之中了。

男
妇
产
科
医
生

　　他坐在我对面，十分庄重。他是一位男妇产科医生，在这个岗位上已经度过了三十多个春秋，从翩翩少年到德高望重的医学权威。

　　全中国大约有九万名妇产科医生，其中男医生不到10%。也就是说，在我们广阔的国土上，只有几千名男妇产科医生在这一特殊领域，专心致志地为女性工作着。也许比搞原子弹和航天飞机的人还少吧？

　　我只能用庄重这个词形容他，虽然我刚开始想用"慈祥"或是"温和"。不，慈祥太衰迈乏力了，而他不但叫人感觉到无惧、可亲，还有一种很内敛的力量蕴含其中，预备着任何危难中给你以期望和能够兑现的光明。

　　至于"温和"。他毫无疑问是和蔼的，但"温和"似乎太单纯平淡了一些，面对这样一位深谙生死和女性秘密的科学家，你断定自己将得到哲学和生命的启迪。

　　对话。我的问题时有冷僻和挑战，但他始终是从容不迫和安详的。于是我想，在鲜血淋漓的手术台上，面对泛滥的癌肿，他一定也这般神闲气定。

　　问：作为一名男性，您为什么挑中了妇产科？好奇还是组织决定？

　　答：那时我是刚刚毕业的大学生，当实习医生。当征求去向的时候，我填写了外科和妇产科。我比较喜欢外科的手起刀落，更爽快和当机立断，有间不容发治病救人的成就感。

我在国外研究的时候，看到过麦多先生的一句话。"有两种男人做了妇产科医生。一种是对妇女有一种特殊的敏感和关心的人。而另一种则是十分谨慎的人。因为要判断病人是很困难的。换言之，他们处理的每个病例和操作，都不会发生在他们自身。当他帮助病人渡过分娩阵痛、卵巢癌、乳腺癌的时候，他可能存在一定的隔距，因为他知道，他是绝不会蹈此覆辙的。"

我想我是属于非常谨慎的那一类人。但我并不认为医生治病的经验仅仅来自感受。你没有得艾滋病，但你要摸索出治疗它的方法。要是只有得过很多病的人才可以当医生，那么医生早就死光了。

问：随着社会的进步，越来越多的女人要求在手术时，保留她们的子宫。您怎么看？

答：以前的病人很惧怕医生，基本上是医生说什么，她们就服从。但是现在不一样了，病人常常提出她们特别的想法。子宫是一个很不平凡的器官，它既关乎到本人的机体，也关乎到后代。有没有孩子这件事，会影响女人、男人，甚至上下几代人，娘家婆家……所以这是一个很慎重的问题。我认为，医生不是修理机器的管道工，面对的不仅仅是一个生了病的器官，而是一个完整的、有血有肉、和周围有着千丝万缕联系的活生生的人……摘不摘除子宫，我主要是依据病情，综合家庭、生育情况、年龄等因素。昨天一个病人强烈要求保留子宫，对我说要是切掉了子宫，她就得崩溃……我说，你留下它，就是在身体里埋一颗定时炸弹。作为医生，我无法答应这种请求。但是你可以到其他医院再看看，听听别的医生的建议。

我的实际意思是——如果你要坚持保留，可以另请高明。因为这也关系到我作为一个医生的原则问题。但话不能那样说，不委婉，对病人太刺激了。当医生的，也应该是语言大师。后来她思索再三，还是接受切除子宫的手术。我不是一个手术狂。切除是破坏，当可以避免或是能缩小它的危害时，我必尽力而为。曾经为一个病人在子宫里切除了二百多个肌瘤，剔出那些大大小小的颗粒，当然比一揽子切除子宫费时费力。操作很麻烦，像在一团海绵状的橡胶里抠除豌豆。这个项目的世界纪录，由英国医生保持着，从子宫里一下切除了三百多个肌瘤，我们还不曾打破它。

问：在医院，谁是中心？病人还是医生？或者护士？

答：现在提倡在医院里，病人是中心。我以为这是一种奇怪的说法。据说医务人员态度不好，可以到消协投诉。这很可笑。医生不能等同于饭店服务员、汽车售票员。他所提供的服务，不是普通的商品，而是一种极为特殊的、和鲜血生命联系在一起的宝贵物质。我在报纸上看到，有的医院开始手术明码标价，这非常可笑。手术是千变万化的，在手术前怎么可能完全预计到呢？

医生作为一个行业，是十分崇高的。当然这并不是看不起普通劳动者。以前那个卖糖的张秉贵老人活着的时候，我常到他的柜台前站着，并不买糖，只是远远地看他举手投足。微笑着向顾客问好，优美地一抄手，把顾客要的糖，一块不多一块不少地抓到秤盘里。那种严丝合缝劲儿，叫你涌出许多感慨。精致地包扎，微笑着送给你……动作的连贯流畅，叫你痛悟工作是一种享受，敬业的美丽和庄严。

问：当您在台上做手术的时候，是什么感觉？

答：我渴望手术。那种充满血腥和药气的氛围，极端安静。没有电话、聊天、无关的话题。没有敲门声。不会有人无端地闯进来，用莫名其妙的事干扰你。你全神贯注，被一种神圣感涨满，很纯净，没有丝毫犹疑，就是全力以赴地救治手术单下覆盖着的这条生命。主刀的时候，妙不可言。所有的人以你为核心，完全服从你的指挥，没有讨论和敷衍，不扯皮。你甚至是很武断的，像至高无上的船长，其余的人，只是水兵。遇到危险，你必须当机立断，操纵着潜艇，在血泊里航行，威武豪迈，有一种"得气"的感觉。

我觉得给医生送红包，医生就好好手术，反之，就不负责任的说法，很难想象，在技术上几乎不成立，因为无法操作。别的行业可能会有一个尺寸，一个波动的范围。给了钱，我就尽心尽意给你办，不给钱，就拖着不办。医生只要一上了手术台，是没有选择的。起码在技术上无法掌握这个幅度。不可能故意不给病人好好做手术，给他点厉害瞧瞧，恰到好处地增添某种痛苦，并不危及他的生命……不，手术无法那么精确地控制，吉凶未卜，台上什么事都可能发生。

问：对于毫无背景的病人，您能否一视同仁？

答：你说的是关系户吧？在我们的登记卡片上，有一行小小的注释，标明这个病人是某某介绍来的，那个是谁谁的门路。我有的时候很奇怪，怎么几乎所有住院的病人，都能通过各种关系找到内部的人呢？例外也是有的，有时我会在卡片上看到一位老太太，名字下有一片空白，就是说，没有任何人打过招呼，完全是因为病情笃重，自己住进来的。我就说，现在我同你们打招呼，她没有关系，我给她一个关系——就是我。请特别关照。

当然，我也碰到过给首长的夫人做手术，被人反复叮嘱的时候。我只能回答说我会特别当心，不要出什么技术事故。我能做到的就是这些。

问：您当了这么多年的医生，经历了无数的生死。对人生怎么看？

答：我是一个宿命论者。几乎是生死由命的响应者。死和病，都不是可以预防、可以选择的。有的时候，一切人力都无效，生命自有它的轨道。我经常写一些科普著作，当然我在书里不会这样说。我会告诫大家减肥，不要养成某些不良习惯，比如酗酒抽烟等等。但我自己从来不吃什么补品，病人送给我的补品，多转送他人。因为自己不喜欢补，所以也不愿用它送人，时间长了，就生出蚂蚁。我也没有特殊的保健措施，不抽烟，是因为不喜欢那气味。如果接受那味，也许会抽的。我喜欢紧张的活动，白天很忙，几乎没有思索的工夫。我的格言是——紧张有力量。晚上下班回家的路上，是我一天最惬意的时候，骑一辆 26 型女车，气不足……

问：是特意不把气打足，还是车胎慢撒气？

答：故意不把气打足。这样骑不快，有利于想事。我的很多文章，都是在路上慢慢酝酿出来的。

问：您提到病人送礼品，您是否经常需要病人的感激？当然我指的不是纯物质上的。

答：我通常不接受病人的礼品，但不绝对。比如一个病人出院几个月后，请我吃一顿便饭，我会接受。从医这么多年，从病人的一个眼神，一个动作，能看出他是否真心诚意感谢你。医生的劳动需要别人的承认和肯定，需要病人由衷的感激。我不喜欢那些表层的感谢之词，哪怕是很贵重的礼物，如果里面没有蕴含真挚的情感，我也不看重。医生在高强度的生死搏斗中，和病人是战友，他需要病人对花费在他身上的心血和劳动予以理解和敬重。

问：如果有来世，您还会再做医生吗？

答：会。我的两个孩子都不做医生，他们说，不要说自己干，就是从小到大，看着你这般辛苦，看也看得累了。医生每天看到的是痛苦和呻吟，听到的是烦人的主诉，承担的是责任和压力，医生的工作是很枯燥的。但我会继续做医生，我从这个行业里，学到了很多哲学，懂得了如何尊重人。科学家也许更多地诉诸理智，艺术家也许更多地倾注感情，医生则必须把冷静的理智和热烈的感情寄予一身。

问：我想提一个比较敏感的问题，做妇产科医生，接触的是女性特殊部位。作为男性，是否经受特别的考验？

答：这个问题还从未有人问过我。

在生活中，我是一个和常人一样的男子。当我穿上白衣，就进入了特殊的角色。我是一名医生，我会忘记我的性别，或者说，我成了中性人。白衣有效地屏蔽了世俗的观念，使我专心致志地面对病人。白衣对我有象征的意义，是一身进入工作状态的盔甲。当然，还有一些特别需要注意的规矩，比如，为病人检查的时候，必须有其他女医务人员在场。从来不同病人开玩笑，哪怕彼此再熟，也要矜持把握。

对于女性的生殖系统，当我工作的时候，只把它看作是一个器官，仅此而已。这对一个敬业的、训练有素的医生来说，不是很困难的事。就像一个口腔科医生，让女病人张开嘴，想看的只是她的牙齿，而不是要和她接吻。这些年来，我看过无数的病人，年轻的年老的，好看的丑陋的，妙龄少女或是白发苍苍的老妪……在我眼里，她们都是一样的，都是我的病人。

问：妇产科的男医生，会不会碰到障碍？

答：有些女病人不愿找男医生，这在我年轻的时候，感觉比较明显。现在年纪大了，在大城市里，不成为很大的问题了。我刚当医生的时候，战战兢兢，因为没有经验。但病人把希望寄托在医生身上，使人压力很大。你比她年纪小，初出茅庐，但她依旧毫不犹豫地把你当成上帝。病人把年轻的医生当成长者，把平庸的医生当成圣人。后来有几年，有了一些经验，胆子大一些了。但医生当得年头多了，又战战兢兢起来，感到生命脆弱，责任重大，医生被赋予上帝的角色，但我知道自己不是。好像一个怪圈，又回到了原地。

问：您治疗了多少病人？做过多少手术？

答：不知道。没计算过。有人会精确地计算，有人大略地估计，比如一天大致做了几例手术，一年大约多少天，算出数。我从来没有计算过。

问：您见过那么多女人，您以为对女人来说，最高贵的品质是什么？

（毫不迟疑地）答：善良。其次是美丽。

问：最后有一个纯属私人的问题，请教于您。我有一位关系密切的女友，各方面条件都很好，大龄未婚。有人给她介绍了一个男友，也是处处优异，工作为妇产科医生。她无法接受，理由是他对女人懂得太多了，没有神秘，就没有幸福。我觉得这有些先入为主，劝她，她说，你又不是那种男医生，你如何知道他们的心？

答：幸福和神秘画等号吗？什么东西最神秘？是肉体吗？我以为最神秘的是人的思想，身体没有什么可神秘的。女人只靠身体的神秘吸引男人吗？当身体不再神秘以后，幸福存在何方？人的感情是最神秘的，有感情才有幸福。

我所喜爱的女性

我喜欢爱花的女性。花是我们日常能随手得到的最美好的景色。从昂贵的玫瑰到卑微的野菊。花不论出处，朵不分大小，只要生机勃勃地开放着，就是令人心怡的美丽。不喜欢花的女性，她的心多半已化为寸草不生的黑戈壁。

我喜欢眼神乐于直视他人的女人。她会眼帘低垂余光袅袅，也会怒目相向入木三分，更多的时间她是平和安静甚至是悠然地注视着面前的一切，犹如笼罩风云的星空。看人躲躲闪闪目光如蚂蚱般跳动的女性，我总疑她受过太多的侵害。这或许不是她的错，但她已丢了安然向人的能力。

我喜欢到了时候就恋爱到了时候就生子的女人，恰似一株按照节气拔苗分蘖结粒的麦子。我能理解一切的晚恋晚育和独身，可我总顽固认为逆时辰而动，需储存偌大的勇气，才能上路。如果是平凡的女子，还是珍爱上苍赋予的天然节律，徐步向前。

我喜欢会做饭的女人，这是从远古传下来的手艺。博物馆描述猿人生活的图画，都绘着腰间绑着兽皮的女人，低垂着乳房，拨弄篝火，准备食物。可见烹饪对于女子，先于时装和一切其他行业。汤不一定鲜美，却要热。饼不一定酥软，却要圆。无论从爱自己还是爱他人的角度想，"食"都是一件大事。一个不爱做饭的女人，像风干的葡萄干，可能更甜，却失了珠圆玉润的本相。

173

　　我喜欢爱读书的女人。书不是胭脂，却会使女人心颜常驻。书不是棍棒，却会使女人铿锵有力。书不是羽毛，却会使女人飞翔。书不是万能的，却会使女人千变万化。不读书的女人，无论她怎样冰雪聪明，只有一世才情，可书中收藏着百代精华。

　　我喜欢深存感恩之心又独自远行的女人。知道谢父母，却不盲从。知道谢大地，却不畏惧。知道谢自己，却不自恋。知道谢朋友，却不依赖。知道谢每一粒种子每一缕清风，也知道要早起播种和御风而行。

心灵处方 : 造心

世纪末家庭

世纪像一棵老树，在秋风里摇曳着最后一片叶子。于是，有的人惶然，有的人紧张，有的人困惑，有的人期望……

世纪末的家庭，如同一颗孤独的果子，面对夕阳。

不管人们何种心态，20世纪一如既往地迈着沧桑的脚步，走向营地。

梳理思绪，会想到遥远的银河，对于星星来说，一个世纪，只是一次睫毛的眨动。会想到生命的原初，对于细胞来说，一个世纪，就是亿万次的分裂与重生。会想到，当本世纪降临的时候，组成你的家庭成员，还是一粒飘扬的灰尘。会想到，当下一个世纪末到来的时候，你的家庭已是一抔沉默的黄土……

世纪更迭，家庭兴衰。家庭也如世纪一般，有它的寿命。想到这些，不哀伤，也不焦急，只是更感到生命的宝贵，时光的空灵。要干的事很多，脚步匆匆，更要抓紧去做。真挚的情感要万分珍惜，那是天地间的重中之重。

在这颗星球上，也许将来会有一天阶级不存在了，国家不存在了，民族不存在了，但家庭中男人和女人的分歧，依然存在——像北斗七星组成的问号，悬挂苍穹。家庭就是这永恒之谜浓缩的疆场。

女人和男人，都是相同意义的人。在人格上，在权利上，在参与世界的重要性上，平等是毫无疑义的。但在具体的区分上，又有那么多的不同。从生理到心理，从行为方式到思维逻辑，女人都有独特而神秘的地方。

男人和女人，好像时针与分针，围绕轴心。女人曾经是弱者和简单的代名词，这是历史的不公正。要实现男女在社会上的平等，首先要在家庭中平等。

女性不单是厨房里的性别，也是社会强有力的角色。当一个女性迎着太阳，发出自己的声音的时候，如同一只鸟在歌唱，是正常和自然的流露，群山将为之倾听。

我的许多女友，结下了各式各样的婚姻。多年来，我们在被雨水淋湿的日子，在不很明亮的灯影下，在飘雪的傍晚，喝着茶，拧着渐渐湿漉的手帕，交谈着婚姻中的重重感受。如同工艺大师在讨论，如何烧制一件精妙绝伦易损易炸的薄胎瓷碗。我们充满惆怅和思索，觉得世上任何一国的战火，都未曾如家庭这方寸之地硝烟弥漫。世上任何一方仙境，都未曾若家庭这般温馨芬芳。世纪末的家庭是那样单纯又那样复杂多变，无法穷尽奥妙。

有许多从爱开始的故事，没有婚姻更没有家庭。像一个没有下落的破折号，惆怅地横指着空虚的远方。

有许多不得不结束的故事，有婚姻有家庭但是没有爱。像一串删节号，陷灭在令人窒息的泥沼中。

世纪末的时候，我们该为自己的家庭开列一张感情的账单，看看我们的收支是否平衡，有无触目惊心的红字。

人一生，不断地和自己的孤独感做斗争，至死方休。在幼年的时候，陪伴我们暗夜的篝火，是无边无际的母爱。成年以后，在家庭的温暖帏帐里，织进了更稠密的亲情。

在亲人面前，我们已经干枯的赤子之心，重新滋润膨胀。在亲人面前，我们敞开胸膛，坦荡自己的弱点和缺憾。在亲人面前，我们流泪不流血，伤口已被亲情包扎，泪水是一种相知的快慰。在亲人面前，我们比任何时候都更不堪一击也更刀枪不入。

世纪末的人们，格外渴望亲情，是因为知道自己臂力单薄。家是世纪末的方舟，每个人都惧怕孤立无援。世纪末怀念亲情，是因为现代人确知自己无法完全战胜怯懦。世纪末珍视亲情，是因为科技再发达，也无法复印家庭中弥漫温馨的气氛。

没有亲情的人，在世纪末的冷风中，是一匹荒狼，内心阴霾面色狰狞。淡漠亲情的人，在世纪末的旷野中，是一块顽石，冷硬而粗糙。滥施亲情的人，如同世纪末肆虐的洪峰，波光诡谲为害一方。珍视亲情的人，如同世纪末探查太阳系的三级火箭，不断地获得加速度，翱翔寰宇。

世纪末，母爱从未如此淳厚。母爱如丝如帛，母爱如石如铁，母爱如醉如痴，母爱如日如月……

这是一种简洁强韧的生命之爱，它使一切在利益面前的锱铢计较，黯然失色。如果危难袭来，母亲一定会把生的机遇留给孩子，自身无畏地走向死亡。

如何在平和的时代，养育孩子，也是母亲们永恒的话题。

对母亲来说，孩子是峡谷和飞瀑，是山坡和果园，是渴望和未来，是霓虹和宇宙飞船。

我们勤恳地劳动，是为了家园更美丽。我们不断地发现，是为了让明天更卓越。我们勇敢地探索，是为了手中的火炬越燃越明亮。我们无畏地追求，是为了远方闪烁的希冀……

这一切的核心，都是为了人，为了我们的孩子，为了一个真实的明天。

不可能设想，我们的一切硬件都更美好了，但我们丢失了最优秀的孩子，人类还会享有幸福？

我们需要用充满慈心和理智的爱，丝绸一般填充在我们的孩子周围，如同保护那些最精密的仪器。因为——下个世纪，是在孩子的手中延长。

幸福的镜片

现今家庭，有些简直成了情绪火葬扬。一位女友说，先生在外面笑眯眯，人都赞脾气好，可回到家里，满脸晦气，令人沮丧。女友恼火地抗议，你不要金玉其外，轮到自家人时，却像八大山人笔下的鱼鹰，白眼球多，黑眼球少。先生立即反驳道，人又不是仪器，不可能总调整在最佳状态。发愁的时候，懊恼的时候，垂头丧气的时候，你让我到哪里撒火？和领导吵吗？不敢抗上；和同事争吗？来日方长，得罪不起；在公共汽车上和不相干的人口角吗？人家招你惹你了？那不是伤及无辜，太不"五讲四美"了吗？女友说，我是你亲人，却经常看你黑脸，你这不是残害忠良吗？先生说，家是最隐蔽最放松的场所，一个人若是在家里都不能扒下面具，赤裸裸做人，那才是大悲哀。我阴沉着脸，并非对你恶意，只是情绪病了。你装聋作哑好了，不必同我一般见识。有什么不中听的话，并非针对你，只是宣泄独自的郁闷。如果你爱我，就请原谅我的种种真实……

女友困惑地说，人怎么能把家庭当作消化情绪的垃圾场？这样下去，谈何幸福？

我倒以为幸福的家庭，不妨成为回收情绪垃圾的炼炉。将成员的种种不快以致愤慨忧愁苦恼悲凉……都虚怀若谷地包容下来，然后紧闭炉门，不再泄漏。让那炉中真火慢慢熬炼，直到怨气焚化成白色无害的灰烬，如烟散去，不见踪影。

这事说起来简便，实施的时候，却很易失控。人在家居，心不设防，就像没打过麻疹疫苗的小儿，对情绪缺少抵抗力。一旦心境恶劣，极易传染他人。又因至爱亲朋，血脉相通，结果一人发火，污染全体，大家受难。很多原本是外界的小风波，最后演成家庭的全武行。

　　好的家庭要有丝网般的过滤功能。快乐的幸福的消息，如高屋建瓴，肥水外流，多拉快跑，让佳音火速进入所有成员的耳鼓。忧郁的不幸的消息，只要不关急务，便遮掩它蹒跚它，让时间冲刷它的苦涩，让风霜漂白它触目惊心的严酷。

　　好的家庭是会变形的镜片，能发生奇妙的折射。凸透使视物变大，凹透让东西变小。如果是愉快的源泉，哪怕只是夫妻间的一个手势，孩子捧出的一杯清水，远方朋友的一个问候，陌生人的一个祝福……这都应透过放大镜，使它纤毫毕现，华光四射。让一朵杜鹃，蔓延出一片火红的山谷。让一个口哨，轰响成一部辉煌的乐章。从一片面包，憧憬出今后日子的和美丰足。携一缕春光，扩展成融融暖意，铺满整个家庭空间。

　　如果是苦难和灾异，比如亲朋远逝，祸起萧墙，泰山压顶，骤雨狂风……降临的种种天灾人祸，经了家庭镜片的折射，都应竭力缩小它的规模——淡化压力的范围，控制哀痛的伤害，截短作用的时间……让家人在家的庇护下，惊魂甫定，休养生息，疗治创口，积聚新力，重新鼓起生活的勇气。

　　这是否澳洲鸵鸟的战术，一厢情愿？我想，明晰的镜片和浑黄的沙砾有原则区别。无论喜讯还是噩耗，通过家庭镜片的折射，它们未曾消失，依然存在，改变的只是外界事物作用于我们的感觉。

　　放大欢乐，缩小痛苦，这就是幸福家庭的奇妙镜片功能。

幸福和不幸永在

　　我不认为幸福与科学有什么成比例的关系。也就是说，它们分属于两个系统。一个是情感的范畴，属于精神的领域。一个是物质的范畴，属于无生命的领域（这样划分不严谨，对生命科学有点不敬，请原谅。我说的生命指的是变幻万千的活体感觉）。在科学产生之前很久，幸福就存在于我们的感知之中。后来科学出现了，但幸福感并没有出现相应的增长，它们是两股道上跑的车，虽然有的时候，轨道会发生小小的交叉。

　　我相信在原始人那里，远在科学的胚胎还裹于子夜的黑暗襁褓之中，幸福就顽强地莅临刀耕火种的山洞。证据之一就是那个时候的人，快乐地唱歌和跳舞，还创造出玄妙的神话和精美的文字。你不能说在通红的篝火旁手舞足蹈的那些裸人，不知道什么是幸福。如果谁硬要这么说，以为只有现代人方知晓和能够享受幸福，因而看不起我们的祖先，那倘若不是出于无知，就是赤裸的现代沙文主义。

　　在某种物质十分匮乏的时候，当它一旦出现，可能会在短暂的时间内帮助引发幸福的感觉。比如，一名男子十分思念热恋中的女友，如果在古代，他只有骑上一匹马，在草原上驰骋三天三夜，才能一睹女友的芳颜，当他看到女友眸子的那一瞬，我相信荡漾在他内心的感觉，就是幸福。如今，当同样的思念袭来的时候，他可以买上一张机票，两个小时之后就平安到达上海，当看到女友眸子的那一瞬，我相

182

信他的幸福感同样强烈和震撼。

我们可以简单地说，飞机是和科学有重要关联的物件。因此，好像科学帮助了幸福。但接下来的问题是，这种幸福感是来源于马匹还是飞机？抑或是草原上的风还是空中的白云？我想，可能众说纷纭。即便问当事人，也会有不同的答案。会有人说，幸福当然和马匹和飞机有关了。如果没有马匹和飞机，这对相爱的恋人如何聚到一起？从马匹到飞机，这就是科技的进步和力量，使幸福的感觉提前出现，并变得比以前要省事容易。

我不同意这种意见。理由很简单，马匹和飞机只是这个人通往幸福的工具，而非幸福的理由和必然。在那架飞机上有很多乘客，有的人是例行公事，有的人还可能是奔丧。幸福和飞机的翅膀无关，只和当事人的心情有关。幸福是一种心灵深层的感觉，在最初的温饱和生殖的快感解决之后，它主要来源于人的精神体系的满足。

我知道我的观点可能会遭到很多人的质疑。比如有人会说，当你患病的时候，突然有了特效的药品，难道你和你的亲人不浮现出幸福的感觉吗？这死里逃生的光芒难道不是直接来源于科学的太阳吗？

我当过很多年的医生，我知道科技的进步对生命的延续是怎样的重要和宝贵。但生命延续的本身，并不一定达至幸福的彼岸。生命只是幸福感得以附丽的温床，生命本身是一个中性的存在。它是既可以涂写痛苦也可以泼洒快乐的一幅白绢。当病人和他的家属为某种特效药喜极而泣的时候，那种幸福的感觉主要源自骨肉间的深情。如果没有这种生死相依的情感，任何药物都无法发动快乐和幸福的过山车。

科学使粮食的产量增高，但这个世界上依然有吃不饱的穷人。既然引发贫困的源头不是科学，那么由贫穷所导致的痛苦，也不是科学的创可贴所能抚平。科学使交通工具的速度更快，人们可以更迅捷地从甲地到乙地。但时间的缩短和幸福的产出，并不成正相关。君不见朝夕相处近在咫尺的夫妻，往往并不充溢幸福，而是满怀深仇？科学使人类升上太空，得以了解遥远的宇宙发生的变化。但我看到一位宇航员的回忆录说，他在太空中最深刻的想念是——回到地球。科学发现了原子能巨大的力量，但核武器的堆积，把人类推到了亘古未有的悬祸之中。科学延长了老年人的生命，但如果没有亲情的滋润和生存的尊严，这份延长的时间便与幸福毫不相干。

科学提供了产生幸福的新的机遇，但科学并不导致幸福的必然出现。我看到国外的一份心理学家的报告，说在地铁卖唱为生的流浪者和千万富翁对于幸福的感知频率与强度，几乎是一样的。当一个人晚饭没有着落的时候，一个好心人给的汉堡就能给他带来幸福的感觉。但千万富翁就丧失了得到这份幸福的缘分。幸福是不嫌贫爱富的，我们至今没有办法确知某一种情况将必然导致幸福，同样，也无法确认某一种情况将必然导致不幸。

妈妈看到婴儿的出生，想来是天下的大幸福。但对于一个未婚母亲或是遭夫遗弃的妻子来说，这幸福的强度就可能要打折扣。生命消失之际按说和幸福不搭界，但我确实听到过一个人在他生命垂危之际，说他——很幸福——这个人就是我的父亲。这是他所给予我的最宝贵的精神财富之一，令我知道即使是面对永恒的消失，人也可以满怀幸福地沉稳走去。

说到这儿，离科学就有些远了，而是和人性有了更多的链接。科学要发展，人性要完善，幸福和不幸永在。

　　女人比男人更需要智慧，因为她们是更柔软的动物。智慧是优秀女人贴身的黄金软甲，救了自身才可救旁人。没有智慧的女人，是一种通体透明的藻类，既无反击外界侵袭的能力，又无适应自身变异的对策。

蚕是被自己的丝裹住的

蚕是被自己的丝裹住的，这是一个真理。每一个养过蚕的人和没有养过蚕的人，都知道这件事。蚕丝是一寸一寸吐出来的，在吐的时候，蚕昂着头，很快乐专注的样子。蚕并没有意识到，正是自己的努力劳动，才将自己的身体束缚得紧紧的。直到被人一股脑丢进开水锅里，煮死，然后那些美丽的丝，成了没有生命的嫁衣。

这是蚕的悲剧。当我们说到悲剧的时候，不由自主地持了一种观望的态度。也许，是"剧"这个词，将我们引入歧途。以为他人是演员，而我们只是包厢里遥远的安全的看客。其实，作茧自缚的情况，绝不如想象的那样罕见，它们广泛地存在于我们周围，空气中到处都飘荡着纷飞的乱丝。

钱的丝飞舞着。很多人在选择以钱为生命指标的时候，看到的是钱所带来的便利和荣耀的光环。钱是单纯的，但攫取钱的手段却不是那样单纯。把一样物作为自己奋斗的目标，它的危险，不在于这桩物品的本身，而在于你是怎样获取它并消费它。或许可以说，收入钱的能力还比较地容易掌握，支出它的能力则和人的综合素质有极大的关系。在这个意义上讲，有些人是不配享有大量的金钱的。如同一个头脑不健全的人，如果碰巧有了很大的蛮力，那么，无论是对于他本人还是对于他人，都不是一件幸事。在一个社会财富和个人财富飞速增长的时代，钱是温柔绚丽的，钱也是飘浮迷茫的，钱的乱丝令没有能力驾驭它的人窒息，直至被它绞杀。

爱的丝也如四月的柳絮一般飞舞着，迷乱着我们的眼，雪一般覆盖着视线。这句话严格说起来，是有语病的。真正的爱，不是诱惑，是温暖，只会使我们更勇敢和智慧，但的确有很多人被爱包围着，时有狂躁。那就是爱的没有节制了。没有节制的爱，如同没有节制的水和火一样，甚至包括氧气，同样是灾难性的。

水火无情，大家都是知道的。但是谈到氧气，那是一种多么好的东西啊。围棋高手下棋的时候，吸氧之后，妙招迭出，让人疑心气袋之中是否藏有古今棋谱？记得我学习医科的时候，教授讲过这样一个故事。一名新护士值班，看到衰竭的病人呼吸十分困难，用目光无声地哀求她——请把氧气瓶的流量开得大些。出于对病人的悲悯，加上新护士特有的胆大，当然，还有时值夜半，医生已然休息。几种情形叠加在一起，于是她想，对病人有好处的事，想来医生也该同意的，就在不曾请示医生的情况下，私自把氧气流量表拧大。气体通过湿化瓶，汩汩地流出，病人顿感舒服，眼中满是感激的神色，护士就放心地离开了。那夜，不巧来了其他的重病人。当护士忙完之后，捋着一头的汗水再一次巡视病房的时候，发现那位衰竭的病人，已然死亡。究其原因，关键的杀手竟是——氧气中毒。高浓度的氧气抑制了病人的呼吸中枢，让他在安然的享受中丧失了自主呼吸的能力，悄无声息地逝去了……

很可怕，是不是？丧失节制，就是如此恐怖的魔杖。它令优美变成狰狞，使怜爱演变为杀机。

谈到爱的缠裹带给我们的灾难，更是俯拾即是。放眼观察，会发现很多。多少人为爱所累，沉迷其中，深受其苦。在所有的蚕丝里面，我以为爱的丝，可能是最无形而又最柔韧的一种。挣脱它，也需要最高的能力和技巧。这当中的奥秘，需每一个人细细揣摩练习。

还有工作的丝，友情的丝，陋习的丝，嗜好的丝……或松或紧地包绕着我们，令我们在习惯的窠臼当中难以自拔。

逢到这种时候，我们常常表现得很无奈很无助，甚至还有一点点敝帚自珍的狡辩。常常可以听到有人说，我也知道自己的毛病，也不是不想改，可就是改不掉。我就是这样一个人了……当他说完这些话的时候，就好像对自己和对众人都有了一个交待，然后脸上就显出安坦无辜的样子，仿佛合上了牛皮纸封面的卷宗。

每当这种时候，我在悲哀的同时，也升起怒火。你明知你的茧，是你自己吐的丝凝成的，你挣扎在茧中，你想突围而出。你遇到了困难，这是一种必然。但你却为自己找了种种的借口，你向你的丝退却了。你一面吃力地咬断包围你的丝，一面更汹涌地吐出你的丝，你是一个作茧自缚的高手，你比推石头的西西弗斯还惨。他的石头只是滚下又滚下，起码并没有变得更大更沉重。你的丝却在这种突围和分泌的交替中，吸取了你的气力，蚕食了你的信心，它令你变得越来越不喜爱自己，退缩着，在茧中藏得更深更严密更闭锁更干瘪了。

我们每个人都有一些茧。这些茧背负在我们的身上，吸取着我们的热量，让我们寒冷，令前进的速度受限。撕碎这茧，没有外力和机械可供支援，只有靠自己的心和爪。

茧破裂的时候，是痛苦的。茧是我们亲手营造的小世界。茧的空间虽是狭窄的，也是相对安全的。甚至一些不良的嗜好，当我们沉浸其中的时候，感受到的也是习惯成自然的熟络。打破了茧的蚕，被鲜冷的空气，闪亮的阳光，新锐的声音，陌生的场景……刺激着，扰动着，紧张的挑战接踵而来。这种时刻的不安，极易诱发退缩。但它是正常和难以避免的，是有益和富于建设性的。你会在这种变化当中感受到生命充满爆发的张力，你知道你活着痛着并且成长着。

有很多人终身困顿在他们自己的茧里。这是他们自己的选择，当生命结束的时候，他们也许会恍然发觉，世界只是一个茧，而自己未曾真正地生活过。

抵制"但是"

但是——是我们常常用到的一个词。我们原来有一个领导，就因为太爱使唤这个词了，外号就叫"老但"。

"但是"的意思，主要是作连词，好像那把皮坎肩的碎皮子缀在一处的彩色丝线。多用在一句话的后半截，表示转折语气。

比方说：你这次的考试成绩不错，但是——不能骄傲自满。

比方说：这地方的风景挺优美的，但是——离城里太远了点。

比方说，这女孩身材相当好，但是皮肤太黑了些。

等等。

我不知道"但是"这个词，刚发明的时候，是不是对于在它的前半部和后半部的分量，一视同仁？也就是说，它只是一个公平的纽带，并不偏着谁向着谁。可惜在长期的运用过程中，"但是"这个词，成了类似音乐简谱中"符点"的标记，把后面半拍的节奏，挪到前面去了。当人们看到这个词的时候，无论在"但是"的前面，堆积了多少美好的说明，都像碰上盐酸的污垢，冒了些泡沫，就没了踪影。人们记住的总是"但是"后面的转折，如同毫不容易爬上高坡，还没来得及喘口匀气，"但是"这个陡峭的下坡，不由分说把你搂住，一下就滑到了谷底。

于是，"但是"就几乎成了贬义的先兆。只要一出现，气氛就大变。它成了把人心捆成炸药包的细麻绳，成了马上有冷水泼面的前奏曲。"但是"让你打了个激灵，立马把"但是"前面的温暖忘了，只有抖擞起精神，准备迎击扑面而来的顿挫。

"但是"便在这种频频警戒的气氛中，削减了平凡的联结之意，增添了沮丧的灰色意味。

其实，所有的光明都有暗影，"但是"的本意不过是强调事情还有另一方面。可惜日积月累的负面暗示，使得"但是"这个预报一出现，就抹去了喜色，忽略了成绩，轻慢了进步，贬斥了攀升。

一位心理学专家讲学时说，她主张大家从此不用"但是"，而改用"同时"。

比如我们形容天气的时候，早先是这样说：今天的太阳很好，但是风很大。

今后可以改成：今天的太阳很好，同时风很大。

当你最初看这两句话的时候，好像没有多大的区别。你不要急，轻声地多念几遍，那分量和语气的差异，就体味出来了。

但是风很大——会把人的情绪向糟糕那一面倾斜，注意力凝固在不利的因素上。觉着太阳好是件不值得太高兴的事情，风大才是关键。借助了"但是"的威力，风就把阳光打败了。

同时风很大——它更中性和客观，好似一个导游小姐，在指点我们注意了某一种情形之后，又把她手中的金属棒，向另一个方向示去。前言余音袅袅，后语也言之凿凿。不偏不倚，公允而平整。它使我们的心神安定，目光精准，两侧都观察得到，头脑中自有定夺。

一词之差，它的背后，是怎样看待世界和自身。

我们绝不文过饰非，也不夸大其词。好比是花和虫子，一并存在。我们的眼光降落在哪里？

降落在花丛中？降落在虫背上？

"但是"，是一副偏光镜，把我们的目光聚焦在虫子上。花园里花朵很美丽，"但是"把虫子的影子放大。

"同时"，是一个透明的水晶球，把我们均衡地分散在两方面。花园里花朵很美丽，"同时"，它也提示尚有虫子。

"但是"和"同时"，谁更持重和完整，更有利于我们对客观事物的评价和对主观判断的把持，想必会有公论。

如此讨论，仿佛和一个简单的连词过不去，有悖恕道。不过，这不单是如何连接上下两句话的问题，在词的背后隐伏着思维方式。

当我用尝试着"同时"代替"但是"以后，一天两天，似也看不出多大的变化。可时间长了，我发现自己比较地多了勇气，因为我的精神得到了补给和呵护。我发现自己比较地对人友善，因为我更明确地发现了他人的长处和优异。我发现自己较为敏捷地从跌倒的地上爬起，因为我看到了沟坎也看到了辙印。我发现自己多了宽容和慈悲，因为我每当意识到不足的时刻，都同时给自己鼓励。

地铁客的风格

挤车可见风格。陌生人与陌生人亲密接触,好像丰收的一颗葡萄与另一颗葡萄,彼此挤得有些变形。也似从一个民族刺出的一滴血,可验出一个民族的习惯。

那一年刚到日本,出行某地,正是清晨,地铁站里人们无声地拥挤着。大和民族有一种暗哑的习惯,嘴巴钳得紧紧的,绝不轻易流露哀喜。地铁开过来了,从窗户看过去,厢内全是黄皮肤,如等待化成纸浆的芦苇垛,僵立着,纹丝不动。我们因集体行动,怕大家无法同入一节车厢,走散了添麻烦,显出难色。巴望着下列车会松些,等了一辆又一辆。翻译急了,告知日本地铁就是这种挤法,再等下去,必全体迟到。大伙说就算我们想上,也上不去啊。翻译说,一定上得去的,只要你想上。有专门的"推手",会负责把人群压入车门。于是在他的率领下,破釜沉舟地挤车。嘿,真叫翻译说着了,当我们像一个肿瘤,凸鼓在车厢门口之时,突觉后背有强大的助力涌来,猛地把我们抵入门内。真想回过头去看看这些职业推手如何操作,并致敬意。可惜人头相撞,颈子根本打不了弯。

肉躯是很有弹性的物件,看似针插不进水泼不进的车厢,呼啦啦一下又顶进若干人。地铁中灯光明亮,在如此近的距离内,观察周围的脸庞,让我有一种惊骇之感。日本人如同干旱了整个夏秋的土地,板结着,默不作声。躯体被夹得扁扁的,神色依然平静,对极端的拥

191

挤毫无抱怨神色，坚忍着。我终于对他们享誉世界的团队精神，有了更贴近的了解。那是在强大的外力之下，凝固成铁板一块。个体消失了，只剩下凌驾其上的森冷意志。

真正的苦难才开始。一路直着脖子仰着脸，以便把喘出的热气流尽量吹向天花板，别喷入旁人鼻孔。下车时没有了职业推手的协助，抽身无望。车厢内层层叠叠如同页岩，嵌顿着。只能从人们的肩头掠过。众人分散在几站才全下了车，拢在一起。从此我一想到东京的地铁，汗就立即从全身透出。

美国芝加哥的地铁，有一种重浊冰凉的味道，到处延展着赤裸裸的钢铁，没有丝毫柔情和装饰，仿佛生怕人忘了这是早期工业时代的产物。

又是上班时间。一辆地铁开过来了，看窗口，先是很乐观，厢内相当空旷，甚至可以说疏可走马，必能松松快快地上车了。可是，且慢，厢门口怎么那样挤？仿佛秘结了一个星期的大肠。想来这些人是要在此站下车的，怕出入不方便，所以早早聚在出口吧。待车停稳，才发现那些人根本没有下车的打算，个个如金发秦叔宝，扼守门口，绝不闪让。车下的人也都心领神会地退避着，乖乖缩在一旁，并不硬闯。我拉着美国翻译就想窜入，她说再等一辆吧。眼看着能上去的车，就这样懒散地开走了，真让人于心不忍。我说，上吧。翻译说，你硬挤，就干涉了他人的空间。正说着，一位硕大身膀的黑人妇女，冲决门口的阻挠挺了上去，侧身一扎就撞到中部敞亮地域，朝窗外等车者肆意微笑，甚是欢快。我说，你看你看，人家这般就上去了。翻译说，你看你看，多少人在侧目而视。我这才注意到，周围的人们，无论车上的和车下的，都是满脸的不屑，好似在说，请看这个女人，多么没有教养啊！

我不解，明明挤一挤就可以上去的，为何如此？翻译说，美国的习俗就是这样。对于势力范围格外看重，我的就是我的，神圣不可侵犯。来得早，站在门口，这就是我的辖地。我愿意让出来，是我的自由。我不愿让，你就没有权利穿越……

北京地铁的拥挤程度，似介于日本和美国之间。我们没有职业的

"推手"（但愿以后也不会有，如果太挤了，政府就应修建更多的交通设施，想更人道的主意，而不是把人压榨成渣滓），是不幸也是幸事。

会不会挤车，是北京人地道与否的重要标志之一。单单挤得上去，不是本事。上去了，要能给后面的人也闪出空隙，与人为善才是正宗。只有民工才大包小包地挤在门口处。他们是胆怯和谦和的，守门不是什么领地占有欲，而是初来乍到，心中无底，怕自己下不去车。他们毫无怨言地任凭人流的撞击，顽强地为自己保有一点安全感。在城里待久了，他们就老练起来，一上车就机灵地往里走，用半生不熟的普通话说着：劳驾借光……车厢内膛相对松快，真是利人利己。北京的地铁客在拥挤中，被人挤了撞了，都当作寻常事，自认倒霉，并不剑拔弩张。比如脚被人踩了，上等的反应是幽默一把，说一句"对不起，我硌着您的脚了。"中等的也许说："倒是当心点啊，我这脚是肉长的，您以为是不锈钢的吧？"即便是下等的反响，也不过是嘟囔一句："坐没坐过车啊，悠着点，我这踝子骨没准折了，你就得陪我上医院CT去！"之后一瘸一拐地独自下车了。

人与人的界限这个东西，不可太清，水至清则无鱼，到了冷漠的边缘。当然也不可太近，没有了界限也就没有了个性没有了独立。适当的"度"，是一种文化的约定俗成。

还是喜欢中庸平和之道。将来有了环球地铁，该推行的可能正是北京这种东方式的弹性距离感。

某机构驻北京办事处的首席代表，是一位外籍女华人。

一次聊天，她说，本公司待遇优厚，事业发展很有前途，因此每次招聘白领，硕士博士云集，真像一句北京土话形容的——可用簸箕论堆撮。好中选优，我的用人标准，非常简单。开始阶段，完全唯文凭是举，而且一定是名牌大学的高才生。

我说，这样做，是否有遗珠之憾？自学成才的也大有人在，俗话说包子有肉不在褶上，路遥知马力，日久见人心啊。

首席代表点头道，你讲得也有几分道理，但现代社会如此快节奏，哪有时间像个老农似的，慢慢考察马的能力？我没有火眼金睛能看穿人的心肺，只有凭借他的历史。如果是匹千里马，早该穿云破雾战功赫赫。馅里藏着很多肉的包子，必会油汪汪香气扑鼻，不能等咬了一口才知道。

名牌大学的学生，当然也非个个金刚不坏，但杰出人才的保险系数大一些。你想啊，重点大学的学生，一般来自重点中学，重点中学来自重点小学……据说一个小学生，大约要考500次试。念到博士毕业，便经历了成千上万次考试，都说现在学生压力大，精神负担重，能在大负荷下，成绩优等，不曾考试昏倒，没有长期失眠，精神无分裂，身体未崩溃……不正说明了他毅力顽强，心理素质稳定，是可堪造就的人才吗？

再者，我喜欢名牌大学生的自信和优越感，那是一种从小积攒起来的雄厚功力，和接受了某种训练，培育出的虚张声势型自信，内在质量不一样。后头这种东西，一般的场合下还可凑合，但到关键时刻，需要大胆魄大气概时，就易溃败崩解。现代商战很残酷，谁能在气势上压倒对方，进退有度，坚持到最后一分钟，才能成为长远的赢家。当然，衡量人的整体素质，是综合指标，但我哪有那么多时间一一鉴定？只有忙中取巧，简化约分，把复杂的问题程式化。打仗时，大家挑选勇敢的人。和平年代，人们便用名牌大学这孔筛子，做用人的初步甄别。

我说，您这套观点，和现在的素质教育不符啊。人格应该是一个更广博的概念。

首席代表说，我也是无奈。除了分数，中国现在还有哪种比较公平公开而又负责任的评定指标，可供用人单位参考？国外是有这种标准的。

我女儿和她伙伴，都特别踊跃参加志愿者服务队伍。工作是义务的，没有报酬，但登记处表格摞得天高。孩子们要是得知申请获得接受，被指派了为公众服务的机会，会非常高兴。动机并不完全出于无私的爱心，关键在于活动结束后，用人部门会出示对义务者能力和责任感的评语。此种经历和得分，对于就业极为重要。

女儿领受任务回家，对着镜子不停咧着嘴笑，她平常性格内向，不大动表情。那一天，直笑得腮帮上的肌肉哆嗦起来，好像白天跑了太多的路，睡觉时小腿抽筋一样。我说，艾尼卡，你这是怎么啦？按照中国话说，是吃了笑婆婆的尿了吗？女儿说，妈妈，我被分到一家像迪斯尼乐园样的游乐城，将穿着员工的制服，站在一个岔路口，为游人指路。经过测算，游人从进园，玩到我所站立的地方，有三分之一的人，会有需要方便的念头。虽然标有显著的卫生间指示牌，但仍有很多人会四处张望，向服务人员打听——洗手间在哪里？这个时候，我的工作，喏，就是一边打手势，一边笑容满面地回答：请往这边走。

工作基本就是如此，很简单，很单调，但是必不可少。今天，公园服务总管问我，你知道每天要说多少遍"请往这边走"吗？我说，不知道。总管说，要回答 6000 遍。这句话，我相信你在说第一遍的时候，会亲切可人，温柔有加。说到 1000 次的时候，也还算彬彬有礼。但你能保证在每天第 6000 次重复它时，依旧脸上是真切的笑意，口气中没有一丝厌倦的情绪吗？如果你做不到，现在离开还来得及。

我心中一抽，女儿个性强，能承担如此乏味的工作和持续地善待他人吗？没有把握啊。忙问，艾尼卡，你怎样回答？女儿说，我想这是一个培养爱心，锻炼耐力的好机会，再说为了得到一个就业参考的好分数，就咬牙答应下来了。您没看我正在练习微笑吗？

艾尼卡真的说到做到了。我曾在游乐园快下班的时候偷窥过她，那大概已经是她当天的第 5000 多次微笑了，依旧纯真善良，举止到位，无一敷衍，以致义务劳动结束时，她说，妈妈，我已经忘记如何表示愤怒了。当然，她得到了很好的评语。

听完首席代表的话，我说，您这样一讲，我是又明白又糊涂了。明白的是，艾尼卡是一个好孩子。糊涂的是，既然人的优良品质是培养出来的，这不又和您的天生自信学说矛盾了吗？

首席代表笑起来说，不要钻我的空子啊。天生素质当然最好，如果不具备，就只好退而求其次。好比天然的大虾捕捞光了，人工养殖的也行啊。天才加上训练，就更棒啦！

第二志愿

　　人们常常把所有的注意力都集中在第一志愿上。这些年，随着考试严酷性的不断升级，关于填报志愿的说法，也越来越霸道了——那就是，全力以赴关注你的第一志愿。某些大学的录取人员公开宣布，我们是不会录取第二志愿的学生的。因为你的热爱不够专一，录来也学不好的。

　　高考形势特殊，僧多粥少，对于学校的取舍，旁人不好议论是非。但我以为，如果把高考报志愿的经验推而广之，把第一志愿至上，扩散成人生选择的一大信条，就有商榷的必要了。

　　人生的选择绝少是唯一的。

　　听一位美国心理学家讲座，谈到男女青年挑选恋爱对象时，他说，如果你在读大学的时候，一眼扫去，本班级上的异性，有三分之一以上可以成为你的配偶候选人，那么……

　　讲到这里，说是悬念也好，说是征询民意也好，他成心留出一个长长的停顿，用苍蓝色的眼珠扫视全场。台下发出汹涌的低语声，均说："那他就是一个神经病！"

　　异国的心理学家抖抖肩膀说："喏！那他或她，就是一个心理健康的人。"

　　这观点有点好玩，也有点耸人听闻，是不是？当然，他指的寻找伴侣，是在大学校园内，智商和背景有大的相仿，并不能波及到整个社会，说某个男人觉得与世上三分之一的女人都可成眷属，才属正常。

但这一论点也可以说明，既然结为夫妻这样严重的问题，都不妨有一手或是几手打算，那么，在其他场合的选择，当有更大的弹性。

当孤注一掷地把自己的命运押在某个"唯一"头上的时候，我们实际上处于自我封闭和焦灼无序的状态。内心流淌的是自卑和虚弱。以为只有这狭窄的途径，才是抵达目的地的独木桥，无法设想在另外的情形下，还有道路尚可通行。某些人的信念虽执着但脆弱，难以容忍自己的不成功。由于太惧怕失败的阴影了，拒绝想象除胜利以外，事态还同时存有 1000 种以上暗淡的可能。他们能够采取的自卫措施，就是放下眼帘。以为只要不去想，不良的结果就可能像鬼魅，只能在暗夜中游走，不会真的在太阳下现身。

于是每当选择的关头，我们可以看到那么多鸵鸟似的奋不顾身，色厉内荏地跑跳着。到了没有退路的时候，就把小小的脑袋埋入沙荒。他们并不仅仅骗别人，首先的和更重要的，是用这种虚张的气势，为自己打气加力。他们拒不考虑第二志愿，觉着给自己留了退路，就是懦夫和逃兵。甚至以为那是一个不祥的兆头，好像夜啼的猫头鹰，早早赶走方平安。他们竭力不去前瞻那潜伏着的败笔和危险，好像不带粮草就杀入沙漠的孤军。即使为了应付局面多做准备，也是马马虎虎潦潦草草，虚与委蛇地写下第二、第三志愿……不走脑子，秋水无痕。不敢一针见血地问自己，假若第一志愿失守，能否依旧从容微笑？

可惜世上的事情，不如愿者十之八九。当冰冷的结局出现时，很多人就像遇到雪崩的攀援者，一堕千丈。

此刻，你以前不经意间随手填写的第二志愿，就像保险绳一样，在你下坠的过程中，有力地拽住了你，还你一方风景。

惊魂未定的你，此时心中百感交集。被第一志愿抛弃的巨大失落，使百骸俱软，无暇顾及和珍视第二志愿的援手。你垂头丧气地望着崖下，第一志愿的游魂还在碎石中闪着虚光。有人恨不能纵身一跳，以七尺之躯殉了那未竟的理想。即便被亲人和世俗的利害，劝得暂且委曲求全，那心中的苦郁悲凉，也经久不散。

第二志愿如同灰姑娘，蜷缩在角落里，打扫尘埃，收拾残局，等待那不知何日才能莅临的金马车。

其实人的才能是多方面的，守节般的效忠第一志愿，愚蠢不说，更是浪费。候鸟是在不断的迁徙当中，寻找自己的最佳栖息地，并在长途艰苦的跋涉中，锻炼了羽翼。在屋檐下盘旋的鸟，除了麻雀，还能想出谁？

寻找第二志愿的过程，实质上是对自己的一次再发现。除了那最突出最显著的特点之外，我还有什么优长之处？第一志愿和第二志愿之间，可否像两位相得益彰的前锋，交互支援？我还有哪些潜藏着的特质，有待发掘和培养？平日疏忽的爱好，也许可在失落中渐渐显影？

第二志愿的考虑和填写，也许比第一志愿更取舍艰难。惟妙惟肖地预想失败，直面败后的残局和补救的措施，决非乐事，却必需。尝试着在出征前就布置退却和迂回的路线，并在这种惨淡经营的设计当中，规划自己再一次崛起的蓝图，是一种经验，更是勇气。

也许是因为害怕面对这种挫折的演习，有人惊鸿一瞥般地拟下第二志愿，并不曾经历大脑深远的思考。他们以为这是勇往直前背水一战的魄力，殊不知暴露的只是自己乏于紧韧和气血两虚。

不可搪塞第二志愿。它依旧是人生重要的选择，是你面对逆境的备份文件。它是进可以攻退可以守的支撑点，它是无惧无悔的屏障，它是一个终结和起跑的双重底线。

或许有人以为，有了第二志愿第三志愿……人就易颓败，多疏乐。这是一个谬论。亡命之徒不可取，它使人铤而走险，一旦失利，便是绝望与死寂。不妨想想杂技演员。有了保险绳的时候，他们的表演会无后顾之忧，更精妙绝伦。

在填写第二志愿的时候，把其后的每一份志愿也都认真地考虑，这是人生不屈不挠的法门之一。

冻顶百合

世界上有没有冻顶百合这种花呢？在我写这篇文章之前是没有的，虽然它很容易勾起一种关于晶莹香花的联想，其实是一个拼凑起来的蹩脚词语。

那一年到台湾访问，因为没有直航，在香港转机一路颠沛。清晨出发，抵达台湾土地时，已是深夜。待办完了手续真正踩到街面，为第二天黎明前最黑暗的时刻。

那是我第一次见到活生生的青天白日旗，低垂在挂着"市党部"招牌的房檐下。一时很有些恍惚，感觉自己闯入了讲述过去年代某个地下工作者宁死不屈的电影场景里。

这种不真实感，被时间一丝丝消弭在同宗同族同文化的血缘归属中。台湾作家为我们安排了丰富多彩的观光旅游项目，其中当然少不了阿里山日月潭这些经典的风光。

记得那天去台湾岛内第一高峰的玉山。随着公路盘旋，山势渐渐增高。随行的一位当地女作家不断向我介绍沿路风景，时不时插入"玉山可真美啊"的感叹。

玉山诚然美，我却无法附和。对于山，实在是"曾经沧海难为水"啊！十几岁时，当我还未曾见过中国五岳当中的任何一岳，爬过的山峰只限于北京近郊 500 米高的香山时，就在猝不及防中，被甩到了世界最宏大山系的祖籍——青藏高原，一住十几年，直到红颜老去。

青藏高原是万山之父啊，它在给予我无数磨炼的同时，也附赠一个怪毛病——对山的麻木。从此，不单五岳无法令我惊奇，就连漓江的秀美独柱，阿尔卑斯的皑皑雪岭，对不起，一概坐怀不乱。我已经在少女时代就把惊骇和称誉献给了藏北，我就无法赞美世界上除了冈底斯山、喀喇昆仑山、喜马拉雅山以外的任何一座峰峦。朋友，请原谅我心如止水。由于没有恰如其分的回应，女作家也悄了声。山势越来越高了，蜿蜒公路旁突然出现了密集的房屋和人群。也许是为了挽救刚才的索然，我夸张地显示好奇：这些人要干什么？

　　这回轮到当地女作家淡然了，说：卖茶。

　　我来了兴趣，继续问：什么茶？

　　女作家更淡然了，说：冻顶乌龙。

　　我猜疑她的淡然可能是对我的小小惩罚，很想弥补刚才对玉山的不恭，马上兴致勃勃地说：冻顶乌龙可是台湾的名产啊，前些年，大陆很有些人以能喝到台湾正宗的冻顶乌龙为时髦呢！说着，我拿出手袋，预备下车去买冻顶乌龙。

　　女作家看着我，叹了一口气说：就是爱喝冻顶乌龙的人，才给玉山带来了莫大的危险。她面色忧郁，目光黯淡，和刚才夸赞玉山风景时判若两人。

　　为什么呀？我大不解。

　　她拉住我的手说，拜托了，你不要去买冻顶乌龙。你喜欢台湾茶，下了山，我会送你别的品种。

　　冻顶乌龙为何这般神秘？我疑窦丛生。

　　女作家说，台湾的纬度低，通常不下雪也不结霜。玉山峰顶，由于海拔高，有时会落雪挂霜，台湾话就称其"冻顶"。乌龙本是寻常半发酵茶的一种，整个台湾都有出产，但标上了"冻顶"，就说明这茶来自高山。云雾缭绕，人迹罕至，泉水清冽，日照时短，茶品自然上乘。

　　冻顶乌龙可卖高价，很多农民就毁了森林改种茶苗。天然的植被遭到破坏，水土流失。茶苗需要灭虫和施肥，高山之巅的清清水源也受到了污染。人们知道这些改变对于玉山是灾难性的，但在利益和金钱的驱动下，冻顶茶园的栽培面积还是越来越大。我没有别的法子爱护玉山，只有从此拒喝冻顶乌龙。

女作家忧心忡忡的一席话，不但让我当时没有买一两茶，时到今日，我再也没有喝过一口冻顶乌龙。在茶楼，如果哪位朋友要喝这茶，我就把台湾女作家的话学给他听，他也就改换门庭了。

又一年，我到西北公差，主人设宴招待。我得知身边坐着的先生是植物学博士，赶紧讨教。说我乡下的院子里有一棵苹果树，很多年了，却从不结苹果。

苹果树的树龄多大呢？他很认真地询问。

不知道。它是被我捡回家的，因为修公路，它就被人从果园连根刨起，几乎所有的枝丫都被人锯走当了柴火。我发现它的时候，它的根系干燥得只剩下拳头大的一小窝，完全是根烧火棒的模样。我把它栽到院子里浇上水，没想到几个月后它长出了绿色旗帜一般的新叶……我说。

植物的生命力比我们所有的想象都要顽强，只要你尊重它。植物学博士说。

可是，它为什么不结苹果呢？它会记人类的仇吗？它是否需要漫长的休养生息？我问。

植物是不会记仇的，它们比人类要宽宏大量得多。按照你说的时间计算，它该恢复过来了，可以挂果了。最大的失误可能是没有授粉，你的苹果树太孤独了……植物学博士谆谆教诲。

我说，明年春天，我是向老乡讨来另一树上的花枝，向我家的苹果树示爱？还是再栽一株新的苹果树呢？侍者端上了一道新菜，报出菜名"蜜盏金菊"。

纷披的金黄色菊花瓣婀娜多姿，奶油、蜂糖和矢车菊的混合芬芳，撩动着我们的眼睫毛和鼻翼，共同化作口中的津液。

吃吧吃吧，这道菜是要趁热吃的，凉了就拔不出丝了。主人力劝，大家纷纷举筷，遂赞不绝口。活灵活现的菊花，花瓣像千手观音，厨师好手艺啊！植物学博士面色冷峻，一口未尝。多年当医生的经验让我爱多管闲事，一看到谁有异常之举就怀疑病痛在身。菜很甜，我悄声问，您不爱吃糖？

没想到他大声回答，我不吃这道菜，并不是有糖尿病，我很健康。

我一时发窘，不知他为什么义愤填膺。植物学博士继续义正词严地宣布道，菊花瓣纤弱易脆，根本经不起烈火滚油。这些酷似菊花的花瓣，是用百合的根茎雕刻而成的。

大家说，想不到你在植物学之外，对厨艺还有这般研究，一定是常常下厨吧。

博士仍是一脸的冰霜，说，对，我是常常下厨房，请厨师们不要再用百合了，但是，没有人听我的。所以，我只有不吃百合。

餐桌上的气氛陡地肃穆起来。为什么？异口同声。

博士说，百合花非常美丽，特别是一种豹纹百合，更是花中极品，象征着安宁和谐幸福。

我失声道，难道我们今天吃的就是插在花瓶中无比灿烂的百合么？

博士道，豹纹百合和菜百合不是同一个品种，但属于一个大家庭，餐桌上吃的是百合的球茎。这几年，由于百合的食用和药用价值，对它的需求越来越大，越来越多的农民开始种百合。百合这种植物，是植物中的山羊。

大家实在没法把娇美的百合和攀爬的山羊统一起来，充满疑虑地看着博士。

博士说：山羊在山上走过，会啃光植被，连苔藓都不放过。所以，很多国家严格限制山羊的数量，因此羊绒在世界上才那样昂贵。百合也需生长在山坡疏松干燥的土壤里，要将其他植物锄净，周围没有大树遮挡……几年之后，土壤沙化，农民开辟新区种植百合。百合虽好，土地却飞沙走石。

那一天那一桌那盘美妙的蜜盏菊花，只被人动了几筷子，那是在植物学博士还没有讲百合就是山羊之前，嘴馋的人先下的手。

从此，我家的花瓶里，再没有插过百合，不管是西伯利亚的铁百合还是云南的豹纹百合。在餐馆吃饭，我再也没有点过"西芹夏果百合"这道菜。在菜市场，我再也没有买过西北出的保鲜百合，那些洗得白白净净的百合头挤压在真空袋子里，好像一些婴儿高举的拳头，在呼喊着什么。

　　一个人的力量何其微小啊。我甚至不相信，这几年中，由于我的不吃不喝不买，台湾玉山阿里山上会少种一寸茶苗，西北的坡地上会少开一朵百合，会少沙化一筐黄土。

　　然而很多人的努力聚集起来，情况也许会有不同。我在巴黎最繁华的服装商店闲逛，见到地下室里很多皮衣在打折贱卖，价格便宜到你以为商家少写了几个零。我因惊讶而驻步，同行的朋友以为我图便宜想买，赶紧扯我离开，小声说，千万别买！在这里，穿动物皮毛是野蛮人的代名词。

　　努力，也许就会有不可思议的力量出现。墙倒众人推一直是个贬义词，但一堵很厚重的墙要訇然倒下，是一定要借众人之手的。

　　我没有向我家的苹果树摇动另外的花枝，也没有栽下另外一棵苹果树，在长久的等待之后，它无声无息地结出了几个苹果，其味巨甜。

轰毁你心中的魔床

魔鬼有张床。它守候在路边，把每一个过路的人，揪到它的魔床上。魔床的尺寸是现成的，路人的身体比魔床长，它就把那人的头或是脚锯下来。那人的个子矮小，魔鬼就把路人的脖子和肚子像拉面一样抻长……只有极少的人天生符合魔床的尺寸，不长不短地躺在魔床上，其余的人总要被魔鬼折磨，身心俱残。

一个女生向我诉说：我被甩了，心中苦痛万分。他是我的学长，曾每天都捧着我的脸说，你是天下最可爱的女孩。可说不爱就不爱了，做的那么绝，一去不回头。我是很理性的女孩，当他说我是天下最可爱的女孩的时候，我知道我姿色平平，担不起这份美誉，但我知道那是出自他的真心。那些话像火，我的耳朵还在风中发烫，人却大变了。我久久追在他后面，不是要赖着他，只是希望他拿出响当当硬邦邦的说法，给我一个交代，也给他自己一个交代。

由于这个变故，我不再相信自己，也不相信他人。我怀疑我的智商，一定是自己的判断力出了问题。如此至亲至密，说翻脸就翻脸，让我还能信谁？

女生叫箫凉，箫凉说到这里，眼泪把围巾的颜色一片片变深。失恋的故事，我已听过成百上千，每一次，不敢丝毫等闲视之。我知道有殷红的血从她心中坠落。我对箫凉说，这问题对你，已不单单是失恋，而是最基本的信念被动摇了，所以你沮丧、孤独、自卑还有愤怒的莫名其妙……

萧凉说，对啊，他欠我太多的理由。

我说，人是追求理由的动物。其实，所有的理由都来自我们心底的魔床——那就是我们对一些问题的看法和观念。它潜移默化地时刻评价着我们的言行和世界万物。相符了，就皆大欢喜，以为正确合理。不相符，就郁郁寡欢怨天尤人。

这种魔床，有一个最通俗最简单的名字，就叫作"应该"。有的人心里摆的少些，有三个五个"应该"。有的人心里摆的多些，几十个上百个也说不准，如果能透视到他的内心，也许拥挤得像个卖床垫的家具城。

魔床上都刻着怎样的字呢？

萧凉的魔床上就写着"人应该是可爱的"。我知道很多女生特别喜欢这个"应该"。热恋中的情人，更是三句话不离"可爱"。这张魔床导致的直接后果，就是我们以为自己的存在价值，决定于他人的评价。如果别人觉得我们是可爱的，我们就欢欣鼓舞，如果什么人不爱我们了，就天地变色日月无光。很多失恋的青年，在这个问题上百思不得其解，苦苦搜索"给个理由"。如果没有理由，你不能不爱我。如果你说的理由不能说服我，那么就只有一个理由，就是我已不再可爱，一定是我有了什么过错……很多失恋的男女青年，不是被失恋本身，而是被他们自己心底的魔床，锯得七零八落。残缺的自尊心在魔床之上火烧火燎，好像街头的羊肉串。

要说这张魔床的生产日期，实在是年代久远，也许生命有多少年，它就相伴了多少年。最初着手制造这张魔床的人，也许正是我们的父母。当我们还是婴儿的时候，那样弱小，只能全然依赖亲人的抚育。如果父母不喜欢我们，不照料我们，在我们小小的心里，无法思索这复杂的变化，最简单的方式，我们就以为是自己的过错。必是我们不够可爱，才惹来了嫌弃和疏远。特别是大人们的口头禅"你怎么这么不乖？如果你再这样，我就不喜欢你了……"凡此种种，都会在我们幼小的心底，留下深深的印记。那张可怕的魔床蓝图，就这样一笔笔地勾画出来了。

有人会说，啊，原来这"应该如何如何"的责任不在我，而在我的父母。其实，床是谁造的，这问题固然重要，但还不是最重要的。心理学家弗洛伊德说过，一个孩子，就是在最慈爱的父母那里长大，他的内心也会留有很多创伤（大意。原谅我一时没有找到原文，但意思绝对不错）。我们长大之后，要搜索自己的内心，看看它藏有多少张这样的魔床，然后亲手将它轰毁。

　　一位男青年说，我很用功，我的成绩很好。可是我不善辞令，人多的场合，一说话就脸红。我用了很大的力量克服，奋勇竞选学生会的部长，结果惨遭败北。前景黑暗，这可不是个好兆头，看来我一生都会是失败者。于是，他变得落落寡合，自贬自怜，头发很长了也不梳理，邋遢着独往独来的，好似一个旧时的落魄文人。人家觉得他很怪，更少有人搭理他了。

　　他内心的魔床就是：我应该是全能的。我不单要学习好，而且样样都要好。我每次都应该成功，否则就一蹶不振。挫折被放在这张魔床上翻身反复比量，自己把自己裁剪得七零八落。一次的失败就成了永远的颓势，局部的不完美就泛滥成了整体的否定。

　　一个美丽的大学女生每天顾影自怜。上课不敢坐在阶梯教室的前排，心想老师一定只愿看到"养眼"的女孩。有个男生向她表示好感，她想我不美丽，他一定不是真心。如果我投入感情，肯定会被他欺骗，当作话柄流传。于是，她斩钉截铁地拒绝了他，以为这是决断和明智。找工作的时候，她的简历写得很好，每每被约见面试，但每一次都铩羽而归。她以为是自己的服饰不够新潮化妆不够到位，省吃俭用买了高级白领套装外带昂贵的化妆品，可惜还是屡遭淘汰……她耷拉着脸，嘴边已经出现了在饱经沧桑的失意女子脸上才可看到像小括弧般的竖形皱纹。如果允许我们走进她枯燥的内心，我想那里一定摆着一张逼仄的小床。床上写着"女孩应该倾国倾城。应该有白皙的皮肤，应该有挺秀的身躯，应该有玲珑的曲线，应该有精妙绝伦的五官……如果没有，她就注定得不到幸福，所有的努力都会白搭，就算碰巧有一个好的开头，也不会有好的结尾。如果有男生追求长相不漂亮的女孩，一定是个陷阱，背后必有狼子野心，切切不可上当……

很容易推算，当一个人内心有了这样的暗示，她的面容是愁苦和畏惧的，她的举止是局促和紧张的，她的声音是怯懦和微弱的，她的眼神是低垂和飘忽的……她在情感和事业上成功的概率极低，到了手的幸福不敢接纳，尚未到手的机遇不敢追求，她的整个形象都散射着这样的信息——我不美丽，所以，我不配有好运气！

讲完了黯淡的故事，擦拭了委屈的泪水，我希望她能找到那张魔床，用通红的火把将它焚毁。

谁说不美丽的女子就没有幸福？谁说不美丽的女子就没有事业？谁说命运是个好色的登徒子？谁说天下的男子都是以貌取人的低能儿？

心中的魔床有大有小，有的甚至金光闪闪，颇有迷惑人的能量。我见过一家证券公司的老总，真是守业有成、高大英俊，名牌大学洋文凭，还有志同道合的妻子，活泼聪颖的孩子……一句话，简直人所有的他都有，可他寝食无安，内心的忧郁焦虑非凡人所能想象，不知是什么灼烤着他的内心。

我总觉得这一切不长久。人无远虑，必有近忧。水至清则无鱼，谦受益满招损。我今天赚钱，日后可能赔钱。妻子可能背叛，孩子可能车祸。我也许会突患暴病，世界可能会地震火灾飓风，即使风调雨顺，也必会有人祸，比如911……我无法安心，恐惧追赶着我的脚后跟，惶恐将我包围。他眉头紧皱着说。

我说，你极度的不安全。你总在未雨绸缪，你总在防微杜渐。你觉得周围潜伏着很多危险，它们如同空气看不着摸不到却无所不在无所不能。

他说，是啊。你说的不错。

我说，在你内心，可有一张魔床？

他说，什么魔床？我内心只有深不可测的恐惧。

我说，那张魔床上写着：人不应该有幸福。只应该有灾难。幸福是不真实的，只有灾难才是永恒。人不应该只生活在今天，明天和将来才是最重要的。

他连连说，正是这样。今天的一切都不足信，唯有对将来的忧患才是真实的。

我说，每个人都有过去、现在和将来。对我们来讲，无论过去发生过什么，都已逝去。无论你对将来有多少设想，都还没有发生。我们活在当下。

　　由于幼年的遭遇，他是个缺乏安全感的人。惊惧射杀了他对于车祸的感知和欣赏。只有销毁了那魔床，他才能晒到金色的夕阳，听到妻儿的欢歌笑语，才能从容镇定地面对风云，即使风雨真的袭来，也依然轻裘缓带玉树临风。

　　说穿了，魔床并不可怕，当它不由分说就宰割着你的意志和行为之时，面对残缺，我们只有悲楚绝望。但当我们撕去了魔床上的铭文，打碎了那些陈腐的"应该"，魔力就在一瞬间倒塌。随着魔床轰塌，代之以我们清新明朗的心态。

　　魔由心生。时时检点自己的心灵宝库，可以储藏勇气，可以储藏智慧，可以储藏经验和教训，可以储藏期望和安慰，只是不要储藏"应该"。

坚持糊涂

　　我的一位远亲，住在老干部休养所内，那里林木森森，有一种暮霭沉沉的苍凉之感。隔几年，我会到那里暂住几天。我称她姑妈。

　　干休所很寂寞，只有到了周末，才有些儿孙辈的探望，带来轻微的喧闹。平日的白天，绿树掩映的一栋栋小楼，好似荒凉的农舍，悄无生息。每一栋小楼的故事，被门前的小径湮没。也有短暂的热闹时光，那是每天晚上《新闻联播》和《焦点访谈》之后，就有三三两两的老人，从各自温暖的家中走出来，好像一种史前生物浮出海面，沿着干休所的甬路缓缓散步。这时分很少车辆进出，所以老人们放心地排着不很规则的横列，差不多拥塞了整个道路的宽度，边议论边踱着，无所顾忌地传布着国家人事和邻里小事……大约一个小时之后，他们疲倦了，就稀落地散去。

　　我也有晚饭后散步的习惯，跟在老人们背后受限，超过他们又觉不敬，便把时间后移。姑妈怕我一个人寂寞，陪我。

　　这时老人们已基本结束晚练，甬路空旷寥寂。我和姑妈随意地走着，突然，看到前方拐角的昏暗处，有一个树墩状的物体移动着，之上有枝杈在不规则地招动……

　　我吓了一跳，想跑过去看个究竟，姑妈一把拽住我说，别去！我们离远些！

　　那个树墩渐渐挪远，我刚想问个明白，没想到姑妈还是紧闭着嘴，

210

并用眼光示我注意侧方。我又看到一个苗条的身影，像狸猫一样轻捷地跟随着树墩，若隐若现地尾追而去……

那一瞬，我真被搞糊涂了。在这很有与世隔绝感的干休所，好像有迷雾浮动。

拉开足够的距离，确信我们的谈话不会被任何人听到后，姑妈说：前面坐着的那个是苗部长，她偏瘫了，每天晚上发着狠锻炼。她特别要强，不愿旁人看到她一瘸一拐，手臂像弹弦子一样乱抓的模样，所以总是要等到别人都回家以后，才一个人出来走。大伙都不和她打招呼，假装没看见，体谅她。后面跟的那人，是她家的小保姆，暗地里照顾她，又不敢让她瞅见……

我插嘴道，那保姆看起来岁数可不小了。

姑妈说，平日说小保姆说顺嘴了，你眼力不错。苗部长以前是做组织工作的，身子瘫了，脑瓜一点不糊涂。她说保姆长期服侍病人，年龄太小，耐性恐成问题。所以她特地挑了个中年妇女，还一定要不识字的，因为她老伴老高是搞宣传的，家里藏书很多。要是挑来个识文断字的保姆，还不够她一天看故事读小说的。这个被左挑右选来的保姆，叫檀嫂，你这是晚上见她，看不清楚脸面。人长得好，也干净利落，身世挺可怜的，男人死了，也没个孩子，对老苗可好了……

第二年，我再去的时候，一切如旧，但和姑妈散步的时候，却没有看到树墩状的苗部长和狸猫样的檀嫂。我随口问道：苗部长好了？檀嫂走了？即使在微弱的路灯下，我也能看到姑妈脸上挂着含义叵测的沉思。不知道。她说，把嘴唇抿得紧紧，好似面对刑讯的女共产党员。我不便深问，此事轻轻带过。

再一年散步的时候，却猝不及防地看到了树墩。她摇晃得很厉害，手臂的划动也更加颤抖和无规则，艰难地挪着，每一个瞬间都可能整个扑到马路上，但她偏偏不可思议地挺进着。我马上去搜寻她的侧面，果然又看到了那狸猫样的身影，只是没了往日的灵动。待光线稍好，我看清檀嫂怀里还抱着一个婴儿。

苗部长病得好像更重了。我说。

是。姑妈说。

檀嫂结婚了？我说。

没。姑妈说。

那孩子是谁的？我问。

苗部长生的。姑妈说。

我差点摔个大马趴，虽然脚下的路很平。我说，姑妈，你不是开玩笑吧？且不说苗部长有重病，单说她多大年纪了？早就过了更年期了，怎么还会有孩子？

姑妈说，苗部长退休好几年了，你说她有多大年纪？孩子吗？老蚌含珠，古书上也是有记载的。去年，苗部长和檀嫂很长时间不出门，后来，他们家就传出了月娃子的哭声……

我说，是不是……

姑妈堵住我的嘴说，天下就你聪明吗？苗部长说那娃娃是自己生的，谁又能说不是？我们这的人，什么都不说。

我也什么都不说，等待着那一对奇异的散步搭档再次路过我们身旁。这一回，我站在半截冬青墙后，仔细地观察着。苗部长的面容是平静和坚忍的，她用全部身体仿佛在说着一句话——我要重新举步如飞！檀嫂是顺从和周到的，但从她抱着孩子的姿势中，也透出浅浅的幸福之意。

我什么也说不出来。

过了两年，再去姑妈那里，散步的时候，又不见了树墩和狸猫。我问姑妈，苗部长呢？

去世了。姑妈淡淡地说。

我猛地想起三言二拍中常说的一句：奸出人命赌出贼。紧张地问，请法医鉴定了吗？

姑妈好生奇怪地反问我，请法医干吗？苗部长在医院住了很长时间，檀嫂服侍得非常周到。去世的时候，她拉着老高的手，说自己非常满意了，并祝老高幸福。还拉着檀嫂的手说，谢谢。最后她是亲吻着那个小小的孩子离世的。我说，后来檀嫂就和老高结婚了，现在很幸福。对吗？姑妈说，是的。你怎么知道？我说，这件事再清楚不过了，只要有70分智商就能理出脉络。你们这里的人都不明白吗？姑妈微笑着说，我们这里的人戎马一生，几乎每个人都杀过人。可是我们都不想弄明白这件事。这事里没有人不乐意。对不对？老高要是不乐意，就没有那个孩子，苗部长要是不乐意，就不会承认那个孩子是自己生出的。檀嫂要是不乐意，就不会那么精心地服侍苗部长那么长的时间……坚持把一件事弄明白不容易，始终把一件事不弄明白，坚持糊涂也不容易。你说是不是？

我深深地点点头。

精神的三间小屋

　　面对那句——人的心灵，应该比大地、海洋和天空都更为博大的名言，自惭自秽。我们难以拥有那样雄浑的襟怀，不知累积至那种广袤，需如何积攒每一粒泥土？每一朵浪花？每一朵云霓？

　　甚至那句恨不能人人皆知的中国古话——宰相肚里能撑船，也让我们在敬仰之余，不知所措。也许因为我们不过是小小的草民，即便怀有效仿的渴望，也终是可望而不可即，便以位卑宽宥了自己。

　　两句关于人的心灵的描述，不约而同地使用了空间的概念。人的肢体活动，需要空间。人的心灵活动，也需要空间。那容心之所，该有怎样的面积和布置？

　　人们常常说，安居才能乐业。如今的城里人一见面，就问，你是住两居室还是三居室啊？……喔，两居室窄巴点，三居室虽说并不富余，也算小康了。

　　身体活动的空间是可以计量的，心灵活动的疆域，是否也可有个基本达标的数值？

　　有一颗大心，才盛得下喜怒，输得出力量。于是，宜选月冷风清竹木潇潇之处，为自己的精神修建三间小屋。

　　第一间，盛着我们的爱和恨。对父母的尊爱，对伴侣的情爱，对子女的疼爱，对朋友的关爱，对万物的慈爱，对生命的珍爱……对丑恶的仇恨，对污浊的厌烦，对虚伪的憎恶，对卑劣的蔑视……这些复杂而对立的情感，林林总总，会将这间小屋挤得满满，间不容发。你的一生，经历过的所有悲欢离合喜怒哀乐，仿佛以木石制作的古老乐器，铺陈在精神小屋的几案上，一任岁月飘逝。在某一个金戈铁血之夜，它们会无师自通，与天地呼应，铮铮作响。假若爱比恨多，小屋就光明温暖，像一座金色池塘，有红色的鲤鱼游弋，那是你的大福气。假如恨比爱多，小屋就阴风惨惨，厉鬼出没，你的精神悲戚压抑，形销骨立。如果想重温祥和，就得净手焚香，洒扫庭除。销毁你的精神垃圾，重塑你的精神天花板，让一束圣洁的阳光，从天窗洒入。

无论一生遭受多少困厄欺诈，请依然相信人类的光明大于暗影。哪怕是只多一个百分点呢，也是希望永恒在前。所以，在布置我们的精神空间时，给爱留下足够的容量。

第二间小屋，盛放我们的事业。

一个人从二十五岁开始做工，直到六十岁退休，他要在工作岗位上度过整整三十五年的时光。按一日工作八小时，一周工作五天，每年就要为你的职业付出两千个小时。倘若一直干到退休，那就是七万个小时。在这个庞大的数字面前，相信大多数人都会始于惊骇终于沉思。假如你所从事的工作，是你的爱好，这七万个小时，将是怎样快活和充满创意的时光！假如你不喜欢它，漫长的七万个小时，足以让花容磨损日月无光，每一天都如同穿着淋湿的衬衣，针芒在身。

我不晓得一下子就找对了行业的人，能占多大比例？从大多数人谈到工作时乏味麻木的表情推算，估计这样的幸运儿不多。不要轻觑了事业对精神的濡养或反之的腐蚀作用，它以深远的力度和广度，挟持着我们的精神，以成为它麾下持久的人质。

适合你的事业，不靠天赐，主要靠自我寻找。这不但是因为相宜的事业，并非像雨后白桦林中的菌子一样，俯拾即是，而且因为我们对自身的认识，也是抽丝剥茧，需要水落石出的流程。你很难预知，将在十八岁还是四十岁甚至更沧桑的时分，才真正触摸到倾心的爱好。当我们太年轻的时候，因为尚无法真正独立，受种种条件的制约，那附着在事业外壳上的金钱地位，或是其他显赫的光环，也许会灼晃了我们的眼睛。当我们有了足够的定力，将事业之外的赘生物一一剥除，露出它单纯可爱的本质时，可能已耗费半生。然费时弥久，精神的小屋，也定需住进你所爱好的事业。否则，鸠占鹊巢，李代桃僵，那屋内必是鸡飞狗跳，不得安宁。

我们的事业，是我们的田野。我们背负着它，播种着，耕耘着，收获着，欣喜地走向生命的远方。规划自己的事业生涯，使事业和人生，呈现缤纷和谐相得益彰的局面，是第二间精神小屋坚固优雅的要诀。

第三间，安放我们自身。

这好像是一个怪异的说法。我们自己的精神住所，不住着自己，又住着谁呢？

可它又确是我们常常犯下的重大失误——在我们的小屋里，住着所有我们认识的人，唯独没有我们自己。我们把自己的头脑，变成他人思想汽车驰骋的高速公路，却不给自己的思维，留下一条细细的羊肠小道。我们把自己的头脑，变成搜罗最新信息网络八面来风的集装箱，却不给自己的发现，留下一个小小的储藏盒。我们说出的话，无论声音多么嘹亮，都是别的喉咙嘟囔过的。我们发表的意见，无论多么周全，都是别人的手指圈画过的。我们把世界万物保管得很好，偏偏弄丢了开启自己的钥匙。在自己独居的房屋里，找不到自己曾经生存的证据。

如果真是那样，我们精神的小屋，不必等待地震和潮汐，在微风中就悄无声息地坍塌了。它纸糊的墙壁化为灰烬，白雪的顶棚变作泥泞，露水的地面成了沼泽，江米纸的窗棂破裂，露出惨淡而真实的世界。你的精神，孤独地在风雨中飘零。

三间小屋，说大不大，说小不小。非常世界，建立精神的栖息地，是智慧生灵的义务，每人都有如此的权利。我们可以不美丽，但我们健康。我们可以不伟大，但我们庄严。我们可以不完满，但我们努力。我们可以不永恒，但我们真诚。

当我们把自己的精神小屋建筑得美观结实，储物丰富之后，不妨扩大疆域，增修新舍。矗立我们的精神大厦，开拓我们的精神旷野。因为，精神的宇宙，是如此的辽阔啊。

216

　　外柔内刚的柔只是表象，只是技术，可以解决一时，却不能保证永远。这种皮毛的技巧，弄巧成拙也许会使积聚的情绪无法宣泄，引起某种场合的失控。外柔需要内刚做基础，而内刚不是从天上掉下来的，是靠自我的不断探索。

每天都冒一点险

"衰老很重要的标志，就是求稳怕变。所以，你想保持年轻吗？你希望自己有活力吗？你期待着清晨能在对新生活的憧憬中醒来吗？有一个好办法啊——每天都冒一点险。"

以上这段话，见于一本国外的心理学小册子。像给某种青春大力丸做广告。本待一笑了之，但结尾的那句话吸引了我——每天都冒一点险。

"险"有灾难狠毒之意。如果把它比成一种处境一种状态，你说是现代人碰到它的时候多呢，还是古代甚至原始时代碰到它的多呢？粗粗一想，好像是古代多吧？茹毛饮血刀耕火种的，危机四伏。细一想，不一定。那时的险多属自然灾害，虽然凶残，但比较单纯。现代了，天然险这种东西，也跟热带雨林似的，快速稀少，人工险增多，险种也丰富多了。以前可能被老虎毒蛇害掉，如今是坠机车祸失业污染所伤。以前是躲避危险，现代人多了越是艰险越向前的嗜好。住在城市里，反倒因为无险可冒而焦虑不安。一些商家，就制出"险"来售卖，明码标价。比如"蹦极"这事，实在挺惊险的，要花不少钱，算高消费了。且不是人人享用得了的，像我等体重超标，一旦那绳索不够结实，就不是冒一点险，而是从此再也用不着冒险了。

穷人的险多呢还是富人的险多呢？粗一想，肯定是穷人的险多，那爬高上低烟熏火燎的，恶劣的工作多是穷人在操作；就是明证。但富人钱多了，去买险来冒，比如投资或是赌博，输了跳楼饮弹，也扩大了风险的范畴。就不好说谁的险更多一些了。看来，险可以分大小，却是不宜分穷富的。

险是不是可以分好坏呢？什么是好的冒险呢？带来客观的利益吗？对人类的发展有潜在的好处吗？坏的冒险又是什么呢？损人利己夺命天涯？

嗨！说远了。我等凡人，还是回归到普通的日常小险上来吧。

每天都冒一点险，让人不由自主地兴奋和跃跃欲试，有一种新鲜的挑战性。我给自己立下的冒险范畴是：以前没干过的事，试一试。当然了，以不犯法为前提。以前没吃过的东西尝一尝，条件是不能太贵，且非国家保护动物。（有点自作多情。不出大价钱，吃到的定是平常物。）

即有蠢蠢欲动之感。可惜因眼下在北师大读书，冒险的半径范围较有限。清晨等车时，悲哀地想到，"险"像金戒指，招摇而靡费。比如到西藏，可算是大众认可的冒险之举，走一趟，费用可观。又一想，早年我去那儿，一文没花，还给每月 6 元的津贴，因是女兵，还外加 7 角 5 分钱的卫生费。真是占了大便宜。

车来了。在车门下挤得东倒西歪之时，突然想起另一路公共汽车，也可转乘到校，只是我从来不曾试过这种走法，今天就冒一次险吧。于是拧身退出，放弃这路车，换了一趟新路线。七绕八拐，挤得更甚，费时更多，气喘吁吁地在差一分钟就迟到的当儿，撞进了教室。

不悔。改变让我有了口渴般的紧迫感。一路连颠带跑的，心跳增速，碰了人不停地说对不起，嘴巴也多张合了若干次。

今天的冒险任务算是完成了。变换上学的路线，是一种物美价廉的冒险方式，但我决定仅用一次，原因是无趣。

第二天冒险生涯的尝试是在饭桌上。平常三五同学合伙吃午饭，AA 制，各点一菜，盘子们汇聚一堂，其乐融融。我通常点鱼香肉丝辣子鸡丁类，被同学们讥为"全中国的乡镇干部都是这种吃法"。这天凭着巧舌如簧的菜单，要了一盘"柳芽迎春"，端上来一看，是柳树叶炒鸡蛋。叶脉宽得如同观音净瓶里洒水的树枝，还叫柳芽，真够谦虚了。好在碟中绿黄杂糅，略带苦气，味道尚好。

第三天的冒险颇费思索。最后决定穿一件宝石蓝色的连衣裙去上课。要说这算什么冒险啊，也不是樱桃红或是帝王黄色，蓝色老少咸宜，有什么穿不出去的？怕的是这连衣裙有一条黑色的领带，好似起锚的水兵。衣服是朋友所送，始终不敢穿的症结正因领带。它是活扣，可以解下。为了实践冒险计划，铆足了勇气，我打着领带去远航。浑身的不自在啊，好像满街筒子的人都在端详议论。仿佛在说：这位大妈是不是有毛病啊，把礼仪小姐的职业装穿出来了？极想躲进路边公厕，一把揪下领带，然后气定神闲地走出来。为了自己的冒险计划，咬着牙坚持了下来。走进教室的时候，同学友好地喝彩，老师说，哦，毕淑敏，这是我自认识你以来，你穿的最美丽的一件衣裳。

三天过后，检点冒险生涯，感觉自己的胆子比以往大了一点。有很多的束缚，不在他人手里，而在自己心中。别人看来微不足道的一件事，在本人，也许已构成了茧鞘般的裹胁。突破是一个过程，首先经历心智的拘禁，继之是行动的惶惑，最后是成功的喜悦。

面具后面的脸

参观新墨西哥州乔治·奥卡夫博物馆附设的女子艺术辅导学校。乔治·奥卡夫是美国最杰出的女画家之一，她的那幅"头骨和白玫瑰"，表达着经典的凄美和让人战栗的死亡体验。在她去世后，遵照她的遗嘱，开办了女子艺术辅导学校。

指导教师杰茜娅白发黑衣，举止卓尔不群，目光熠熠生辉。一说话，开门见山。她说，我们开设的艺术指导课程，不仅仅是指导艺术，更是指导人的全面发展。比如，根据哈佛大学的研究，经过艺术训练的女生，她们的领导才能就有所加强。

我很感兴趣，问，这是为什么？艺术和领导，通常好像是不搭界的。

杰茜娅说，艺术让人的大脑全面发展，增强人的自信心。特别是女孩子，她们的艺术才能往往是比较突出的。如果受到重视，得到相应的训练，她们就会发现自己是有价值的。如果她的艺术作品出色，就会不断地获奖。这样，她们就有了成功的经验，对一个孩子来说，什么最重要呢？就是有成功的经验，感觉到自己的价值。在正常的学校里，让孩子能有成功经验的机会并不是很多的。学习文法和数理化，是很枯燥的过程。很多孩子不适应。只有少数的孩子能在常规的学习中感受到乐趣和成就感，大多数的孩子会觉得自己不够聪明。可以这样说，常规的学习，给予孩子们失败的经验比较多。但是，学习艺术就不是这样了。首先我们相信一个大前提，那就是——每一个孩子，都必定有所长。它们冬眠着潜伏着，等待人们的挖掘。不存在"有没有"的问题，是"一定有"，只是需要发现。再者，艺术是没有统一的标准的，允许广阔的想象，关于成功的概念，也是更为开放和宽松的。而且，孩子和成人，谁离艺术的真谛更近一些呢？是孩子。她们对世界，有直觉的把握，在创作的同时，也更清晰地感觉到了真实的世界。她们在艺术中学习，这种成功的经验，会蔓延开来，延展到她生活的各个领域。

这一番话，颇有醍醐灌顶之感。当我们的某些父母只是把艺术作为一种训练一种特长，甚至当成一块高考就业的敲门砖的时候，杰茜娅她们，已经巧妙地把它变成了赋予孩子最初成功体验的阶梯。

是啊，有什么比一个人，特别是一个孩子的体验和记忆更重要更珍贵的东西呢？回想我们的一生，所以会有种种的命运，虽不敢说全部，但其中偌大的一部分，是源自我们童年经验的烙印。精神分析派的师长甚至不无悲观地说，每个人一生将要上演的脚本，都已在我们6岁前的经历中秘密写定。如此说来，谁能改变一个孩子的童年体验，谁就能改变他眼中的世界和他人生的蓝图。

人的记忆是非常奇怪的东西。我们希望它记住的东西，它虚与委蛇，给你一个过眼烟云。我们希望它遗忘的东西，它执拗着，死心塌地地铭记。记忆的钢钉，就这样不由分说地楔入到灵魂最软弱偏僻的地方，却从那里发布一道道指令，陪伴你到永远，背负无法选择的记忆，挺进在人生的曲径上。记忆是有魔法的，它轻而易举地决定着我们的好恶，指导着我们的行动，规定着我们的决策，甚至操纵着我们的生涯……

中国有句俗话，叫作"三岁看老"，看来和弗洛伊德老先生的学说，有异曲同工之妙。这话有前瞻之明，但也有掩饰不住的悲观和宿命。三岁之前，孩子在无知无识中酿出了怎样咸苦的卤水，让他的一生在此凝固？或者反过来说，面对着一个孩子，成人世界有什么力量，可以润物细无声地沁入思维的草地，从此染绿他一生的春秋？

杰茜娅女士的话，正是在这个微妙的层面，给我启迪和震撼。如果说教育是一种外在的渗透，那么，让孩子们深入到艺术的创造之中去，就生出了发自内在的事半功倍的奇效。让蛰伏内心的翅膀舒展开来，让成功的霞光照亮漆黑的眸子，让最初的成功烙在心扉的玄关……童年的珍藏，就会在漫长的岁月里发酵，香飘一路。

面对着这样的理论和尝试，我肃然起敬。

我说，你这里走出多少艺术家？

杰茜娅说，我从来没有统计过。

我说，哦，她们还小。艺术的成功要很多年后才见分晓。我知道现在谈这些，一切都为时过早。

杰茜娅说，不仅因为统计操作上的困难。开办这个学校，并不是为了从小培养出几个艺术的天才，是为了更多的孩子在生活中多一些阳光和快乐，发展健全的人格。我把孩子们的艺术品都保存了起来。其实，对于她们来说，这些并不是艺术，是另外一种心灵的表达。她们并不是为了成为艺术家才进行创造的，她们把艺术当成了心灵的一部分。但是，这不正是艺术最原始最根本的标志吗！

我说，能否让我看看孩子们的艺术创造？

杰茜娅说，好吧。请跟我来。在仓库里。

那一天，是休息日。宽敞的校舍里没有一个人。我走在寂静的走廊，忽然生出心灵探险的感觉。想象不出我将看到的是怎样的作品，但我确知那是一扇扇年轻的珠贝分泌出的珍珠，不论它们圆还是不圆。

杰茜娅捧出一摞石膏面具。我说，这是什么？

杰茜娅说，这是我们做过的一次练习。题目是"面具后面的脸"。

我说，这个题目很有意思啊。

杰茜娅说，是这样的。孩子们渐渐长大的过程，也就是她们对成人世界渐渐认识的过程。她们脱去了最初的纯真，学会了戴上面具。没有面具是不可能和不现实的。但是，人不能总在面具后面生活，特别是人对自己的面具要有清醒的认识，要知道哪些是面具，哪些是真实的自我。明白自己的面具是怎么来的，如果有可能，要将面具减少到最少。要使真我和面具尽可能地统一起来。总之，就是对面具有一个明白的认识和把握，不能让面具主宰一切。

很深刻，也很玄妙。我说，能让我看一个具体的孩子的创作吗？

杰茜娅说，好啊。说完，她就从一摞面具中挑选出了一个，递给我。

这是一个美丽的面具。石膏模型的正面，是如花的笑脸。挑起的眉梢，长而上翘的睫毛，桃色的腮和银粉的唇。各种色彩涂得很到位很和谐，甚至可以说是性感的。

我说，很美。

杰茜娅说，是啊。这个女生的名字我不告知你，就叫她安娜吧。安娜在人前就是这个样子。可是，你看看面具的后面。

我把面具翻了过来。在面具的洼陷中，填满了石子和羽毛。石子是尖锐和粗糙的，棱角分明。羽毛肮脏残破，决非常见的蓬松温暖，支支像劣质的鹅毛笔，横七竖八地乱戳着。特别是在面具背后的眼眶下面，画着一串串黑色的水滴，每一滴都拖着细长的尾巴，仿佛蝌蚪正从一个黑色的湖泊源源不断地游出来……

这个没有一个字一句话的面具，如同医院做冷冻治疗的雾气，把一种彻骨的寒冷传递到我的指掌。

是的。这就是安娜内心，她的另一张面孔，更真实的面孔。她的母亲患癌症去世了。安娜目睹了她从患病到死亡的极端痛苦的过程，这使她深受刺激。她的父亲酗酒，夜夜醉得不省人事。她只有寄居在亲戚那里。她每天都在微笑，是一个人见人爱的孩子，她生怕别人不喜欢她。如果没有这种艺术的创造和表达，没有人知道她的痛苦。她被压抑的内心在这种创造中得到了舒缓，也使她认识到自己的分裂和冲突。她开始调整自己，认识到母亲的去世并不是自己的过错，她并不负有让别人都喜欢她的使命。她可以在人前流泪，也可以直率地表达自己，她有这个权利。

听到杰茜娅女士说到这里，我才深深地呼出了一口气。是的，你能说这是简单的艺术吗？不能。你能说这不是艺术吗？不能。孩子和艺术就这样天衣无缝地黏合在一起，艺术成了生活的一部分。这样的艺术直击心扉。

我说，还有吗？我非常喜欢你和孩子们的创意。

　　杰茜娅说，这里还有女孩子们画的画。是命题的画，题目就叫"80 岁的奶奶"。乔治·奥卡夫说过：颜色和语言的意义是不一样的。颜色和形状比文字更能下定义。

　　我说，是请一位老奶奶做模特，让孩子们画她吗？

　　杰茜娅说，没有老奶奶做模特。或者说，模特就是她们自己。

　　我说，此话怎讲？

　　杰茜娅说，我要求每个孩子对着镜子，想象自己 80 岁时候的模样。要画得像，让别人一看就知道那是你。要画出沧桑和年纪的痕迹，还要画出你的职业和家庭对你的影响。因为这些随着年龄的增长，都会在人的相貌上体现出来。当然了，在画画之前，你要为自己写出一个小传。80 岁的人，不是凭空变成的，是经历了很多过程的人。你要心中有数，她到底走过了怎样的人生，你才能画好她。

　　我说，真是有趣得很。您要达到的目的是什么呢？

　　杰茜娅说，除了画画的基本技巧以外，我想让女孩子们知道年纪和衰老，是正常的，不是可怕的。只要她们活着，就一定会变老。她们将在自己光滑的额头上，画出密密的皱纹，那是岁月赠送的不可拒绝的礼物。特别是她们将要思考自己的一生将怎样度过。做什么职业，成为什么样的人。包括希望成立怎样的家庭。

　　我说，我明白了。孩子们是在这幅画里，画出自己的理想和人生。我可以看看她们的画吗？杰茜娅拿出了厚厚的画稿。

　　飞快地翻动。于是，我看到一位位老妪，额头和嘴角，都有明确到显出夸张的皱纹。头发稀疏皮肤松弛，白发苍苍面带微笑……在这群苍老的女人画像下面，是她们各自的小传。有女滑冰运动员、女服装设计师、女汽车制造商、女医生、女律师……有一幅最有趣，一位老奶奶的膝下，绕着无数的孩子，我说，这位老奶奶是开幼儿园的吗？

　　杰茜娅说，不是。这位女生的理想就是要生这么多的孩子。

　　那一瞬，我好感动。试着想想这些画的创作过程吧。一些嫩绿的叶子，对着镜子，观察着自己的脸庞。然后迅速地画下脸部的轮廓，然后就是长久的沉默。她们一笔笔地在这张青春勃发的面庞上，刀刻般地画出嶙峋的皱纹，每一笔，都是挑战和承诺。在生命的这一头，眺望生命的那一头，万千感受，聚集一心。从郁郁葱葱到黄叶遍地。

"我看见被乌云藏起的月亮，我听见在水下游泳的风，我哭泣，因为我是古堡里的蚯蚓……"杰茜娅朗诵了一首女孩子创作的诗。

艺术不仅是技术，更是灵魂的栖息之地。配以一个有力优雅的手势，杰茜娅结束了她的谈话。

造心

蜜蜂会造蜂巢。蚂蚁会造蚁穴。人会造房屋、机器，造美丽的艺术品和动听的歌。但是，对于我们最重要最宝贵的东西——自己的心，谁是它的建造者？

孔雀绚丽的羽毛，是大自然物竞天择造出的。白杨笔直刺向碧宇，是密集的群体和高远的阳光造出的。清香的花草和缤纷的落英，是植物吸引异性繁衍后代的本能造出的。卓尔不群坚韧顽强的性格，是禀赋的优异和生活的历练造出的。

我们的心，是长久地不知不觉地以自己的双手，塑造而成的。

造心先得有材料。有的心是用钢铁造的，沉黑无比。有的心是用冰雪造的，高洁酷寒。有的心是用丝绸造的，柔滑飘逸。有的心是用玻璃造的，晶莹脆薄。有的心是用竹子造的，锋利多刺。有的心是用木头造的，安稳麻木。有的心是用红土造的，粗糙朴素。有的心是用黄连造的，苦楚不堪。有的心是用垃圾造的，面目可憎。有的心是用谎言造的，百孔千疮。有的心是用尸骸造的，腐恶熏天。有的心是用眼镜蛇唾液造的，剧毒凶残。造心要有手艺。一只灵巧的心，缝制得如同金丝荷包。一罐古朴的心，厚厚的好似百年老酒。一枚机敏的心，感应快捷电光石火。一颗潦草的心，门可罗雀疏可走马。一摊胡乱堆就的心，乏善可陈杂乱无章。一片编织荆棘的心，暗设机关处处陷阱。一道半是细腻半是马虎的心，好似白蚁蛀咬的断堤。一朵绣花枕头内里虚空的心，是假冒伪劣心界的水货。

造心需要时间。少则一分一秒，多则一世一生。片刻而成的大智大勇之心，未必就不玲珑。久拖不绝的谨小慎微之心，未必就很精致。有的人，小小年纪，就竣工一颗完整坚实之心。有的人，须发皆白，还在心的地基挖土打桩。有的人，半途而废不了了之，把半成品的心扔在荒野。有的人，成百里半九十，丢下不曾结尾的工程。有的人，精雕细刻一辈子，临终还在打磨心的剔透。有的人，粗制滥造一辈子，人未远行，心已灶冷坑灰。

心的边疆，可以造得很大很大。像延展性最好的金箔，铺设整个宇宙，把日月包含。没有一片乌云，可以覆盖心灵辽阔的疆域。没有哪次地震火山，可以彻底颠覆心灵的宏伟建筑。没有任何风暴，可以冻结心灵深处喷涌的温泉。没有某种天灾人祸，可以在秋天，让心的田野颗粒无收。

心的规模，也可能缩得很小很小，只能容纳一个家，一个人，一粒芝麻，一滴病毒。一丝雨，就把它淹没了。一缕风，就把它粉碎了。一句谎言，就让它痛不欲生。一个阴谋，就置它万劫不复。

心可以很硬，超过人世间已知的任何一款金属。心可以很软，如泣如诉如绢如帛。心可以很韧，千百次的折损委屈，依旧平整如初。心可以很脆，一个不小心，顿时香消玉碎。

造心的时候，可以有很多讲究和设计。

比如预埋下一处心灵的生长点，像一株植物，具有自动修复、自我养护的神奇功能。心受了创伤，它会挺身而出，引导心的休养生息，在最短的时间内，使心整旧如新。

比如高高竖起心灵的避雷针，以便在危急时刻，将毁灭性的灾难导入地下，耐心等待雨过天晴。

比如添加防震防爆的性能，在心灵遭受短时间高强度的残酷打击下，举重若轻，镇定地维持蓬勃稳定。比如……

优等的心，不必华丽，但必须坚固。因为人生有太多的压榨和当头一击，会与独行的心灵，在暗夜狭路相逢。如果没有精心的特别设计，简陋的心，很易横遭伤害一蹶不振，也许从此破罐破摔，再无生机。没有自我康复本领的心灵，是不设防的大门。一汪小伤，便漏尽全身膏血。一星火药，便烧毁绵延的城堡。

心为血之海，那里汇聚着每个人的品格智慧精力情操，心的质量就是人的质量。有一颗仁慈之心，会爱世界爱人爱生活，爱自身也爱大家。有一颗自强之心，会勤学苦练百折不挠，宠辱不惊大智若愚。有一颗尊严之心，会珍惜自然善待万物。有一颗流量充沛羽翼丰满的心，会乘上幻想的航天飞机，抚摸月亮的肩膀。

造心是一项艰难漫长的工程，工期也许耗时一生。通常是母亲的手，在最初心灵的模型上，留下永不消褪的指纹。所以普天下为人父母者，要珍视这一份特别庄重的义务与责任。

当以我手塑我心的时候，一定要找好样板，郑重设计，万不可草率行事。造心当然免不了失败，也很可能会推倒重来。不必气馁，但也不可过于大意。因为心灵的本质，是一种缓慢而精细的物体，太多的揉搓，会破坏它的灵性与感动。

造好的心，如同造好的船。当它下水远航时，蓝天在头上飘荡，海鸥在前面飞翔，那是一个神圣的时刻。会有台风，会有巨涛。但一颗美好的心，即使巨轮沉没，它的颗粒也会在海浪中，无畏而快乐地燃烧。

挖掘心灵第一图

一位睿智老人说，在每个人心灵深处，都珍藏着一幅对这个世界最初的印象。它储存在脑海的褶皱中，平时被繁杂的信息遮挡着，好像昏睡的幽灵，不理晨昏。但它是无往不在的，笼罩着我们，统领着每个人对世界的基本视点。好像一纸符咒，规定了我们探询世界的角度。

这话挺玄秘的，有点巫术的味道。我不服，挑战地问，可以当场试试吗？

老人很谦和地一笑，说，一家之言。你可以信，也可以不信。

我说，我恰好知道一个人的心底图像。您若说中了，我就信。

老人淡然回答，行啊。

我说，这个人啊，脑海里留下的最朦胧也就是最原始的印象是——一片无边的荒漠，尘沙漫天，苍黄渺茫。但他周围的小环境不错，好像是一个温暖的怀抱，有袅袅的香气回绕……

说完，我定定看着老人，且听他如何分解。

老人缓缓说，他的精神世界对立而单纯，沉重而简明。对世界本质的认识充满疑惧，觉得人力无法胜天。宇宙不可知。人是孤独渺小的生物，基调混沌而迷茫。但他还会快乐而努力地活着，时时感受到温情和带着暖意的希望，寻找一个光亮安静芬芳的所在……说完后，老人问我，他是这样一个人吗？

我抑制住自己的大惊异，说，对与不对，以后我再告诉您。现在，我最想知道的，就是您这种分析的基本方法。能教我一些吗？

老人说，少许心得，不值多说。有点占卜的意味，但并不是街头的摆摊算卦。首先，你让被试者静静地躺下，拼命想早先的事。意识好比柳絮，能飞多远飞多远。回忆的触角竭力向脑海深处钻，最后变得似睡非睡似醒非醒，一片混沌最好。让人由眼前的明明白白，泡入米汤样的童年。到了再也沉不下去的时候，他的心里就会猛地浮出一幅画。让他把这幅画讲给你听，然后……

老人一一道来，我全身心紧急动员，照单接收。老人说，喏，基本思路就这些。剩下的事，看你的悟性了。

我说，您可要传帮带啊。

其后的一段时间，我像个居心叵测的探子，不断启发诱导各色人等，把他们脑海中留下的生命原初印象，挖掘出来，一一告我，由我再转达老人。老人娓娓道出其中蕴含的深意，好似隔山买牛。至于那人真实生活中的脾气品行，老人完全不感兴趣，也绝不想知道。在他的眼里，每个人的图谱，就是性格之书打开的目录，他不过是读出来而已。

开头不顺利。第一位男人所谈，简陋得像撕下的小人书碎片。

那幅图像吗？好像是一个黑夜，不知是灯灭了，还是眼睛得了病，总之黑暗包绕……完了，就这些。他干巴巴地舔舔嘴唇说。

他那时黑暗，我此时也黑暗。到处像泼了墨汁，如何分析？只好拼命启发他再想深入些。搜肠刮肚半晌，他补充如下：我摸着黑，仿佛找到一碗粥，就把它喝下去了。我妈妈走过来，眼泪洒在我脸上。很凉……喔，就这些，再也没有了。他坚决地结束了回忆。

真是老虎吃天啊。我沮丧地请教老人，老人说，唔，足够了。他是个悲观主义者，一生都在寻找。他对自己终极寻找的东西，究竟是什么，本人也闹不清楚。在这寻找的途中，他会得到温暖和利益的回报，他会很珍视亲情。但这些并不能缓解他寻找的焦虑，冲淡他与生俱来的悲哀，稀释充满他周围的茫茫黑色。

我频频点头。最终也没有告诉老人，那是一位苦苦求索的哲学家的心底图像。反正老人并不需要他人的验证。

一个矮小的年轻人不好意思地说，我的第一图像，似乎没什么好说的，支离破碎。那是我和我弟弟在抢被窝。你知道，我小的时候，家里很穷，打通腿，就是两人合盖一个被筒。谁都想把自己盖得暖和些，就拼命把被子朝自己身上裹……就这些，整夜抢啊抢的。穷人家的被子，小，遮了这头捂不了那头。我比弟弟个大，总是占上风的时候多些。这就是全部了。

老人分析：这个年轻人竞争性很强，在他的眼里，弱肉强食是生存的基本状态。他信奉实力决定一切。因此他会不遗余力地为自己争夺尽可能多的物质利益和生存空间。但他一般不会害人，不会使用特别凶残的手段。在他的内心里，还残存着普天之下皆兄弟的道义。

实际情况：那年轻人个子不高，说苛刻点几乎要算其貌不扬了，加上家境贫寒，按照常理，该是比较自卑的。但他不，一点都不。整天意气风发精神抖擞的，上大学，考研究生，什么都不落空。每当竞争的时候，他总是毫不退却，奋勇向前。计谋算不上很光明正大，但手段也并不太卑劣，懂得趋利避害，适可而止。也许是天助加上人和，他的运气一直不错。

一位依旧美丽的中年女企业家告诉我，世界在她眼里，是盘根错节的森林，热带雨林，遮天蔽日的。她在摸索着走，有时是爬，到处都是陷阱和叫不出名字的昆虫，很华丽也很狰狞……下着雨，很冷，有大毛虫发育成的极冷艳的蝴蝶在脖子后面盘旋……

我对这幅图像的真实性，抱有深刻怀疑。她祖籍北方，从未踏到北回归线以南。再说一个幼小婴孩，想象得出热带雨林的具体模样吗？还有，毛虫和蝴蝶，这样复杂重叠的象征物，也是孩童鞭长莫及的。她的叙述，更像一场成人梦境，一个幻觉。但女企业家谈话时的郑重神态，使我无法贸然认定她在说谎。

老人听完我的转述与疑问，首先说，这是真实的。心灵的真实，不仅仅是亲眼所见，更多的时候，是一种浓缩升华后的感受。哪怕你说图像尽头，是一幅外星球人联欢的图画，我也确信无疑。人的感受有一种特质——无比忠诚。出于种种的利害关系，它可以欺骗别人，但它为自己保留下的图谱，却不会是赝品。这位女性对世界的看法，是荒诞奇诡而又不乏夺人心魄的诱惑与美丽，她应该擅长打拼，奋斗出了很好的成就。她好强，勇于挑战。但在不断的挣扎寻觅中，又感到巨大的孤独与人世的险恶。她臆造了一片热带雨林……

我无话可说。老人就像与那女人相识了 100 年，用电脑扫描了她的整个人生，留下一纸谶语。

随着积累人们心底第一幅图像数量的增多，我渐渐发觉探索源头的奥秘，对每个人是一次心灵的剖析和飞跃。知道了自己眺望世界的基本视角，便有了揭示自身很多特点的钥匙。我们也许不能改变它，却可以因此变得更加理智和从容。

老人有一天对我说，你第一次对我描述的那个人，就是在沙漠中睁开眼睛看世界的人，是谁啊？你还没有告诉我。

我说，那个人就是我。我母亲抱着我，行进在从新疆到北京天地一色的途中。

心是一只美丽的小箱子

　　小时候上学，很惊奇以"心"为偏旁的字，怎么那么多？比如："念、想、意、忘、慈、感、愁、恩、恶、慰、慧……"等等，哈！一个庞大的家族。

　　除了这些安然地卧在底下的"心"以外，还有更多迫不及待站着的"心"。这就是那些带"竖心"旁的字，比如："忆、怀、快、怕、怪、恼、恨、惭、悄、惯、惜……"等等。原谅我就此打住，因为再举下去，实在有卖弄学问和抄字典的嫌疑。

　　从这些例证，可以想见当年老祖宗造字的时候，是多么重视"心"的作用，横着用了一番还嫌不过瘾，又把它立起来，再用一遭。

　　其实，从医学解剖的观点来看，心虽然极其重要，但它的主要工作，是负责把血液输送到人的全身，好像一台水泵，干的是机械方面的活，并不主管思维。汉字里把那么多情绪和智慧的感受，都堆到它身上，有点张冠李戴。

　　真正统率我们思想的，是大脑。人脑是一个很奇妙的器官。比如学者用"脑海"来描述它，就很有意思。一个脑壳才有多大？假若把它比成一个陶罐，至多装上三四个大"可乐"瓶子的水，也就满满当当了，如果是儿童，容量更有限，没准刚倒光几个易拉罐，就沿着罐子四溢出水来了。可是，不管是成人还是小孩的大脑，人们都把它形容成一个"海"，一个能容纳百川波涛汹涌的大海。这是为什么？

　　大脑是我们情感和智慧的大本营，它主宰着我们的思维和决策。它能记住许多东西，也能忘了许多东西。记住什么忘却什么，并不完全听从意志的指挥。比方明天老师要检查背诵默写一篇课文，你反复念了好多遍，就是记不住。就算好不容易记住了，到了课堂上一紧张，得，又忘得差不多了。你就是急得面红耳赤抓耳挠腮，也毫无办法。若是几个月后再问你，那更是云山雾罩一塌糊涂。可有些当时只是无意间看到听到的事情，比如路旁老奶奶一句夸奖的话，秋天庭院里一片飘落的叶子，当时的印象很清淡，却不知被谁施了魔法，能像刀刻斧劈一般，永远留在我们记忆的年轮上。

　　我不知道科学家最近研究出了哪些关于记忆和遗忘的规则，反正以前是个谜。依我的大胆猜测，谜底其实也不太复杂。主管记住什么忘记什么的中枢，听从的是情感的指令。我们天生愿意保存那些美好、善良、友谊、勇敢的事件，不爱记着那些丑恶，虚伪、背叛、怯懦的片段。当然，这并不是说人应该篡改真相，文过饰非虚情假意瞎编一气，只是想说明我们的心，好像一只美丽的小箱子，容量有限。当它储存物品的时候，经过了严格的挑选，把那些引起我们忧愁和苦闷的往事，甩在了外面，保留的是亲情和友情。

　　我衷心希望每个人的小箱子里，都装满光明和友爱。

心境防割

　　旅游的时候认识了一对夫妻，职业是制作防割手套。我问，这手套坚硬到何种程度呢？他们笑而不答，说回到北京后你到我们那里参观一下就知道了。

　　第一眼晤见防割手套，平凡到令人垂头丧气。和普通车工钳工戴的白线手套没有任何区别，如果一定要找到不同，就是价钱要贵出很多。也许看出了我的不屑，男主人抽出一把寒光四射的匕首握在手中说，你戴上手套，然后，来夺我的刀。细端详，那刀尺把长，尖端像西班牙人的鞋子弯弯翘起，开了刃，血槽深深。我胆战心惊道，这刀可以杀死一头恐龙了，不敢。他又说，要么我戴上手套，请你来割我吧。我说，那干脆就滑到了犯罪边缘，本人奉公守法，恕我也不能从命。他无奈，只有亲自戴手套，自己来割自己了。

　　戴上防割手套的左手有些臃肿，右手执刀杀气腾腾。晶光闪烁长刃劈下的那一瞬，我骇得紧闭了眼睛。等到哆哆嗦嗦打开眼帘，以为看到的是皮开肉绽血花翻飞，不想雪白的左手套上，只有一道淡淡的痕。主人优雅地舒了几下掌，如同少妇的额头被抹上了速效去皱霜，痕迹很快就平复了。

　　大觉神奇，不由得一试。戴上手套，用刀锋在指掌上反复切割，先轻后狠。那真是一种奇妙的感受，你能感觉到薄刃的锋芒和杀伐的重量，然而它却如溪水掠过毫发无伤。主人告诉我，看似普通的棉纱里，捻进了 500 根高弹钢丝。临走的时候，主人送我一副防割手套，笑道，从此你可空手夺刃了。

感叹防割手套的神奇，不由得想到：倘加上十倍百倍之量，用千万根钢丝织就一件背心，披挂在身便心硬如铁了。再没有什么情感的剑戟能刺穿出血洞，再没有什么理智的矛斧能劈裂成沟壑。享有一颗风雨无摧刀枪不入的心，岂不万般惬意！

有一段时间，我出门书包里常带着防割手套，期望着碰上一个行凶的歹徒，冲出去见义勇为又保全须全尾。然世事虽纷杂运气却太平，梦想竟无法成真。坚固的防割手套渐渐蒙尘，如同骁勇的大将空白了少年头。终有一天，我在乡下干活的时候，想到委它以新任。花圃中月季正香艳，这是最渴望修剪的花卉。此花盛开之后如不从瓣下第三分叉处刈除，就会花渐小香渐远魅力大失。只是那些蔷薇的锐刺尽忠职守，如同美女的贴身保镖虎视眈眈。我手笨，每一回都被扎得十指痛痒。

连刀剑都能阻挡，还怕小小的荆棘吗？我戴上防割手套，所向披靡地抓起了月季花茎。顿时，双手像被蜂群包围，数不清的小刺同时扎入肌肤。慌乱摘下手套查看，七八处鲜血淋漓，实为我充任业余园丁以来损失最惨痛的一次。

原来，这特制手套能够防止长刀短剑的切割，却并不能阻止细小毛刺的楔入。钢丝绞结的缝隙是小针出入自由的高速公路。

那天，我贴着大约 10 张创可贴完成了剪枝工作，一边挥舞园艺剪一边想，悲哀啊，看来十万根钢丝也无法保证我们的心境不受损毁。更不消说，人是不能无时无刻都裹在钢丝里面的。那样我们将丧失对人间百态的灵敏触碰和对风花雪月赏心悦目的叹息。

你想葆有你对世界的好奇和快乐吗？你必须除去心的伪装，敞开你的心扉。心必将一生裸露着，狂风为她梳洗，暴雨为她沐浴。心没有蓑衣，也没有斗笠。心会受伤，心也会流血，这就是心的功能啊。

把心藏在钢铁中，且不说钢铁也是有缝隙的，就算心境防割，心也不能再活泼地游弋，那才是心最大的哀伤呢。关于这种悲惨的境况，古语中有一个恰如其分的词，叫作"心死"。

一个心理健康的人，心可以流血，自己就能撕下衣襟止血。心可以撕裂，自己能够飞针走线地缝合。他可以有累累的创伤，更会有创伤愈合之后如功勋章般的痕迹。

心理拒绝创可贴

　　我有过若干次讲演的经历，在北大和清华，在军营和监狱，在农村土坯搭建的课堂和美国最奢华的私立学校……面对从医学博士到纽约贫民窟的孩子等各色人群，我都会很直率地谈出对问题的想法。在我的记忆中，有一次的经历非常难忘。

　　那是一所很有名望的大学，约过我好几次了，说学生们期待和我进行讨论。我一直推辞，我从骨子里不喜欢演讲。每逢答应一桩这样的公差，就要莫名地紧张好几天。但学校方面很执着，在第 N 次邀请的时候说：该校的学生思想之活跃甚至超过了北大，会对演讲者提出极为尖锐的问题，常常让人下不了台，有时演讲者简直是灰溜溜地离开学校。

　　听他们这样一讲，我的好奇心就被激励起来，我说，我愿意接受挑战。于是，我们就商定了一个日子。

　　那天，大学礼堂挤得满满的，当我穿过密密的人群走向讲台的时候，心里涌起怪异的感觉，好像是"文革"期间的批斗会场，不知道今天将有怎样的场面出现。果然，从我一开始讲话，就不断地有条子递上来，不一会儿，就在手边积成了厚厚一堆，好像深秋时节被清洁工扫起的落叶。我一边讲课，一边充满了猜测，不知树叶中潜伏着赞扬的思想炸弹。讲演告一段落，进入回答问题阶段，我迫不及待地打开了堆积如山的纸条，一张张阅读。那一瞬，台下变得死寂，偌大的礼堂仿若空无一人。

238

我看完了纸条，说，有一些表扬我的话，我就不念了。除此之外，纸条上提的最多的问题是——"人生有什么意义？请你务必说真话，因为我们已经听过太多言不由衷的假话了。"

　　我念完这个纸条以后，台下响起了掌声。我说你们今天提出这个问题很好，我会讲真话。我在西藏阿里的雪山之上，面对着浩瀚的苍穹和壁立的冰川，如同一个茹毛饮血的原始人，反复地思索过这个问题。我相信，一个人在他年轻的时候，是会无数次地叩问自己——我的一生，到底要追索怎样的意义。

　　我想了无数个晚上和白天，我终于得到了一个答案。今天，在这里，我将非常负责地对大家说，我思索的结果是：人生是没有任何意义的！

　　我这句话说完，全场出现了短暂的寂静，如同旷野。但是，紧接着，就响起了暴风雨般的掌声。

　　那是我在讲演中获得的最热烈的掌声。在以前，我从来不相信有什么"暴风雨"般的掌声这种话，觉得那只是一个拙劣的比喻。但这一次，我相信了。我赶快用手做了一个"暂停"的手势，但掌声还是绵延了若干时间。

　　我说，大家先不要忙着给我鼓掌，我的话还没有说完。我说人生是没有意义的，这不错，但是——我们每一个人要为自己确立一个意义！

　　是的，关于人生的意义的讨论，充斥在我们的周围。很多说法，由于熟悉和重复，已让我们从熟视无睹滑到了厌烦。可是，这不是问题的真谛。真谛是，别人强加给你的意义，无论它多么正确，如果它不曾进入你的心理结构，它就永远是身外之物。比如我们从小就被家长灌输过人生意义的答案。在此后漫长的岁月里，谆谆告诫的老师和各种类型的教育，也都不断地向我们批发人生意义的补充版。但是，有多少人把这种外在的框架，当成了自己内在的标杆，并为之定下了奋斗终生的决心？

　　那一天结束演讲之后，我听到有同学说，他觉得最大的收获是听到有一个活生生的中年人亲口说，人生是没有意义的，你要为之确立一个意义。

其实，不单是中国的青年人在目标这个问题上飘忽不定，就是在美国的著名学府哈佛大学，也有很多人无法在青年时代就确立自己的目标。我看到一则材料，说某年哈佛的毕业生临出校门的时候，校方对他们做了一个有关人生目标的调查。结果是27%的人，完全没有目标。60%的人目标模糊。10%的人有近期目标。只有3%的人，有着清晰而长远的目标。25年过去了，那3%的人不懈地朝着一个目标坚忍努力，成了社会的精英，而其余的人，成就要相差很多。

我之所以提到这个例子，是想说明在人生目标的确立上面，无论中国还是外国的青年，都遭遇到了相当程度的朦胧或是混沌状态。有人会说，是啊，那又怎么样？我可以一边慢慢成长，一边寻找自己的人生意义啊。我平日也碰到很多青年朋友，诉说他们的种种苦难。我在耐心地听完那些折磨他们的烦心事之后，把他们渴求帮助的目光撇在一旁，我会问，你的人生目标是什么呢？

他们通常会很吃惊，好像怀疑我是否听懂了他们的愁苦，甚至恼怒我为什么对具体的问题视而不见，而盘问他们如此不着边际的空话。更有甚者，以为我根本就没有心思听他们说话，自己胡乱找了个话题来搪塞。

我会迎着他们疑虑的目光，说，请回答我的这个问题，你为什么而活着呢？

年轻人一般会很懊恼地说，这个问题太大了，和我现在遇到的事没有一点关联。我会说，你错了。世上的万物万事都有关联。有人常常以为心理上的事只和单一的外界刺激有关，就事论事，其实心理和人生的大目标有着纲举目张的紧密接触。很多心理问题，实际上都是人生的大目标出现了混乱和偏移。

举个例子。一个小伙子找到我，说他为自己说话很快而苦恼，他交了一个女朋友，感情很好。但女孩子不喜欢他说话太快。一听他口若悬河滔滔不绝地说个没完，女孩就说自己快变成大头娃娃了。还说如果他不改掉这毛病，就不能把他引荐给自己的妈妈，因为老人家最烦的就是说话爱吐唾沫星子的人。

你说我怎么才能改掉说话太快的毛病？他殷切地看着我，闹得我觉得如果不帮他这个忙，简直就成了毁掉他一生的爱情和事业的凶手。

　　我说，你为什么要讲话那么快呢？

　　他说，如果慢了，我怕人家没有耐心听完我的话。您知道，现今的社会，节奏那么快，你讲慢了，人家就跑了。

　　我说，如果按照你的这个观点发挥下去，社会节奏越来越快，你岂不是就得说绕口令了？你的准丈母娘就不是这样的人啊，她就喜欢说话速度慢一点并且注意礼仪的人啊。

　　他说，好吧，就算你说的这两种人都可以并存，但我还是觉得说话快一些，比较占便宜，可以在单位时间内传达更多的信息。

　　我说，那你的关键就是期待别人能准确地接受你的信息。你以为只有快速发射信息才是唯一的途径。你对自己的观点并不自信。

　　他说，正是这样。我生怕别人不听我的，我就快快地说，多多地说。

　　当他这样说完之后，连自己也笑起来。我说，其实别人能否接受我们的观点，语速并不是最重要的。而且，你能告诉我，你为什么这样在意别人是否能接受你的观点？

　　这个说话很快的男孩突然语塞起来，忸怩着说，我把理想告诉你，你可不要笑话我。

　　我连连保证绝不泄密，他说，我的理想是当一个政治家。所有的政治家都很雄辩，你说对吧？

　　我说，咱们这就比较接触到了问题的实质。要当一个政治家，第一要自信。他们的雄辩不是来自速度，而是来自信念。一个自信的人，不论说话快还是慢，他们对自我信念的坚守流露出来，会感染他人。我知道你有如此远大的理想，这很好。你要做的事，不是把话越说越快，而是积攒自己的力量，让自己的信念更加坚强。

　　那一天的谈话就到此为止，后来，这个男生告诉我，他讲话的速度就慢了下来，也被批准见到了自己的准丈母娘，听说很受欢迎。

　　这厢刚刚解决了一个说话快的问题，紧接着又来了一位女硕士，说自己的心理问题是讲话太慢，周围的人都认为她有很深的城府，不

敢和她交朋友，以为在她那些缓慢吐出的话语背后，隐藏着怎样的
阴谋。

　　我试了很多方法，却无法让自己说话快起来，烦死了。她慢吞吞
地对我这样说，语速的确有一种压抑人的迟缓，好像在话的背后还隐
藏着另一句话。

　　我看她急迫的神情，知道她非常焦虑。

　　我说，你讲每一句话是否都要经过慎重的考虑？

　　她说，是啊。如果不考虑，讲错了话，谁负得了这个责？

　　我说，你为什么特别怕讲错话？

　　女硕士说，因为我输不起。我家庭背景不好，家里有犯罪的人，
周围的人都看不起我们。很穷，从小就靠亲戚的施舍我才能坚持学业。
我生怕一句话说岔了，人家不高兴，就不给我学费了。所以，连问一
句："你吃了吗？"这样中国人最普通的话，我也要三思而后行。我怕
人家说，你连自己的饭都吃不饱，也配来问别人的吃饭问题。

　　听到这里，我说我明白了。你觉得自己的每一句话都可能引致他
人的误解，给自己造成不良影响。

　　女硕士连连说，对对，就是这样的。

　　我笑了，说，你这一句话说得并不慢啊。

　　她说，我那是相信你不会误会我。

　　我说，这就对了。你说话速度慢，不是一个技术性的问题，是你
不能相信别人。你是否准备一辈子都不相信任何人？如果是这样的话，
我断定你的讲话速度是不会改变的。如果你从此相信他人，讲话的速
度自然会比较适宜，既不会太慢，也不会太快，而是能收放自如。

　　那个女生后来果然有了很大的改变，她的人际关系也有了进步。

　　今天我们从一个很大的目标谈起，结果要在一个很小的地方结束。
我想说，一个人的心理是一座斗拱飞檐的宫殿，这座宫殿的基础就是
我们对自己人生目标的规划和对世界对他人的基本看法。一些看起来
是技术和表面的问题，其实内里都和我们的基本人生观有着千丝万缕
的联系。心理问题切不可头痛医头脚痛医脚，那样如同创可贴，只能
暂时封住小伤口，却无法从根本上让我们的精神强健起来。

心「是」

当我们预备讨论心事的时候，可能先要把"心"——到底"是"个什么东西想一想。记得我小时候第一次学到"心"这个字的时候，老师说，"心"是一把铁勺子，正在炒几颗豆。豆子会蹦啊，最后两颗豆子掉在了"心"外，只有一颗幸运豆留在了勺里。

我至今感谢这位老师，把个"心"字说得这般诱人，不单使当初蒙昧的我，一下子就学会了写这个字，终生不曾忘记和写错它，而且常常忆起铁勺这个有趣的意象。

铁勺的容量是有限的，即使寺庙饥年施粥的善举中，铁锅霸气十足气势磅礴，勺子却依然普通，循规蹈矩地蜷缩着，状若一拳（勺子若大了，粥就不够喝了）。人们常常举一句文豪的名言，说人的心比海洋比天空还要博大，窃以为是指宏伟幽深的冥想时刻，并非随时随地的状态。在万千纷常的日子里，人心就是一把锈迹斑斑的铁勺。

因为有锈，所以要常常擦拭。我们的心会被各式各样含酸带碱的风雨浸淫，会被蛀出缝隙和生长阴霾。天气晴朗时，在阳光下晒晒心情，锈就会悄然遁去。美丽的大自然和相知的朋友，就是紫外线了。

每个人只有一把铁勺，每个人一生却要遭遇到很多豆子。勺子承载的分量是有限的，不可以在勺子里灌注太多的水。哪怕水是掺了蜜糖的，也要有节制。中医有句箴言，叫作"大喜伤心"，说的就是过量的伤害。为了尊重这把勺子，我们要仔细地甄别放入勺子里的物件的数量。空无一物的勺子令人伤感，不堪重负被挤爆了的勺子也是悲剧。

然而再精明的甄选，也还是有一些我们不喜欢的豆子进入勺子。那可怎么办呢？有一个好法子，就是——炒。

炒我们的心事，把它们加热，把它们晾晒，在这个过程中，翻来覆去的斟酌，你是保存勺子还是姑息豆子？为了勺子的安宁，你要立决。思考不但指时间和力量，同时标志着抽刀断水的杀伐。结果就是只留下那些最重要的豆子，而把其他的豆子扬出我们的视线。

这个程序想来是快乐的，其实却充满了艰难和痛苦，每一颗豆子都不是无缘无故进入铁勺的，它们必和情感与理智有着千丝万缕的枝蔓。甚至那些我们十分嫌恶的瘪豆子，被虫蛀过的病豆子，也在长久的摩挲和掂量中，融入了我们的体温，产生了割舍不下的惯性和依恋。然而，还是要"放下"，此刻需要的不仅是聪明，还有一往无前的勇敢了。

把废豆子驱逐出铁勺，心就宽敞了，铁勺恢复了洁净与轻盈。新的豆子仿佛新的客人，姗姗来临。对于你的心事，你可不要忘了甄选和款待。

忧郁是一只近在咫尺的洋葱，散发着独特而辛辣的味道，剥开它紧密粘粘的鳞片时，我们会泪流满面。

一位为联合国工作的朋友告诉我，她到过战火中的难民营，抱起一个小小的孩子。她紧紧地搂着这幼小的身躯，亲吻她枯燥的脸颊。朋友是一位博爱的母亲，很喜爱儿童，温暖的怀抱曾揽过无数孩子，但这一次，她大大地惊骇了。那个婴孩软得像被火烤过的葱管，萎弱而空虚。完全不知道贴近抚育她的人，没有任何欢喜的回应，只是被动地僵直地向后反张着肢体，好似一块就要从墙上脱落的白瓷砖。

朋友很着急，找来难民营的负责人，询问这孩子是不是有病或是饥寒交迫，为什么表现得如此冷漠？那负责人回答说，因为有联合国的经费救助，孩子的吃和穿都没有问题，也没病。她是一个孤儿，父母双亡。孩子缺少的是爱，从小到大，从没有人抱过她。因她不知"抱"为何物，所以不会反应。

朋友谈起这段往事，感慨地说，不知这孩子长大之后，将如何走过人生？

不知道。没有人回答。寂静。但有一点可以预见，她的性格中必定藏有深深的忧郁。

我们都认识忧郁。每一个人，在一生的某个时刻，都曾和忧郁狭路相逢。

自然界的风花雪月，人生的悲欢离合，从宋玉的悲秋之赋到绿肥红瘦的喟叹，从游子的枯藤老树昏鸦到弱女的耿耿秋灯凄凉，忧郁如同一只老狗，忠实而疲倦地追着人们的脚后跟，挥之不去。随着现代社会的发达，忧郁更成了传染的通病。"忧郁症"已经如同感冒病毒一般，在都市悄悄蔓延流行。

忧郁像雾，难以形容。它是一种情感的陷落，是一种低潮的感觉状态。它的症状虽多，灰色是统一的韵调。冷漠，丧失兴趣，缺乏胃口，退缩，嗜睡，无法集中注意力，对自己不满，缺乏自信……不敢爱，不敢说，不敢愤怒，不敢决策……每一片落叶都敲碎心房，每一声鸟鸣都溅起泪滴，每一束眼光都蕴满孤独，每一朵脚步都狐疑不定……

一个女大学生给我写信，说她就要被无尽的忧郁淹没了。因为自己是杀人凶手，那个被杀的人就是她的妈妈。她说自己从三岁起双手就沾满了母亲的鲜血，因为在那一天，妈妈为了给她买一支过生日的糖葫芦，横穿马路，倒在车轮下……

"为此，我怎能不忧郁？忧郁必将伴我一生！"信的结尾处如此写着，每一个字，都被泪水洇得像风中摇曳的蓝菊。

说来这女孩子的忧郁，还属于忧郁中比较谈得清的那种，因为源于客观的、重要人物的失落而引起，在某种程度上，是我们不得不面对的痛苦反应。更有那说不清道不明的忧郁，树蚕一样噬咬着我们的心，并用重重叠叠的愁丝，将我们裹得筋骨蜷缩。

忧郁这种负面情感的源头，是个体对于失落的反应。由于丧失，所以我们忧郁。由于无法失而复得，所以我们忧郁。由于从此成为永诀，所以我们忧郁。由于生命的一去不返，所以我们忧郁。

从这种意义上讲，忧郁几乎是人类这种渺小的动物，面对宇宙苍穹时，与生俱来的恐惧，所以我们无法从根本上消除忧郁。我相信凡有人类生存的日子，我们就要和忧郁为朋，虽然我们不喜欢，但我们必须学会与忧郁共舞。

正因为这种本质上的忧郁，所以我们才要在有限的生存岁月中挑战忧郁，让我们自己生活得更自由，更欢愉，更勃勃生气。

失落引发忧郁。当我们分析忧郁的时候，首先面对的是失落。细细想来，失落似可分为不同性质的两大类。一是目前发生的真实与外在的失落，可以被我们确认并加以处理的。比如失去父母，失去朋友，失去恋人，失去工作，失去金钱，失去股票，失去名声，失去房产，失去自信……等等，惨虽惨矣，好歹失在明处，有目共睹。

二是源自自我发展的早期便被剥夺，或严重的失望经验，导致内在的深刻失落感觉。这话说起来很拗口，其实就是失在暗地，失得糊涂，失得迷惘，失在生命入口端的混沌处。你确切无疑地丢失了，却不知遗落在哪一地驿站？

这可怕的第二种失落，常常是潜意识的，表明在我们的儿童期，有着不同程度的缺憾和损失。因为我们未曾得到醇厚的爱，或因这爱的偏颇，使我们的内心发展受阻。因为幼小，我们无法辨析周围复杂的社会，导致丧失了对他人的信任，并在这失望中开始攻击自己。如同联合国那位朋友所抱起的女婴，她已不知人间有爱，她已不会回报爱与关切。在这种凄楚中长大的孩子，常常自我谴责与轻贱，认为自己不可爱，无价值，难以形成完整高尚的尊严感。

过度的被保护和溺爱，也是一种失落。这种孩子失落的是独立与思考，他们只有满足的经验，却丧失了被要求负责的勇气，丧失了学会接受考验和失败的能力，丧失了容纳失望的胸怀。一句话，他们在百般呵护下，残障了自我的成长性和控制力的发展。他们的脑海深处永远藏着一个软骨的啼哭的婴孩，因为愤怒自己的无力，并把这种无能感储入内心，因而导致无以名状的忧郁。

人的一生，必须忍受种种失落。就算你早年未曾失父失母失学失恋，就算你一帆风顺平步青云，你也必得遭遇青春逝去韶华不再的岁月流淌，你也必得纳入体力下降记忆衰退的健康轨道，你也必有红颜易老退休离职的那一天，你也必得遵循生老病死新陈代谢的铁律。到了那一刻，你是否有足够的弹性，抵御忧郁？

还有一种更潜在的忧郁，是因为我们为自己立下了不可达到的高标准，产生了难以满足的沮丧感。这种源自认定自我罪恶的忧郁症状，是与外界无关的，全需我们自我省察，挣脱束缚。

忧郁的人往往是孤独的，因为他们的自卑与自怜。忧郁的人往往互相吸引，因为他们的气味相投。忧郁的人往往结为夫妻，多半不得善终，因为无法自救亦无力救人。忧郁的人往往易于崩溃，因为他们哀伤更因为他们羸弱绝望。

难民营的婴儿，不知你长大后，能否正视自己的童年？失却的不可复来，接受历史就是智慧。记忆中双手沾着血迹的女大学生，你把那串猩红的糖葫芦永远抛掉吧，你的每一道指纹都是洁白的，你无罪。母亲在天国向你微笑。

不要嘲笑忧郁，忧郁是一种面对失落的正常。不要否认我们的忧郁，忧郁会使我们成长。不要长久地被忧郁围困，忧郁会使我们萎缩。不要被忧郁吓倒，摆脱了忧郁的我们，会更加柔韧刚强。

相交多年的密友，就如同沙漠中的古陶。摔碎一件就少一件，再也找不到一模一样的成品。

看着别人的眼睛

很小的时候，如果我有了过失，说了谎话，又不愿承认的时候，妈妈就会说：看着我的眼睛。如果我襟怀坦荡，我就敢看着她的眼睛，否则就只有羞愧地低头。

从此，我面对别人的时候，看着他的眼睛。

当我失败的时候，看着亲人的眼睛，我无地自容。但悲伤会使我的眼睛蒙满泪水，却不会使我闭上眼睛。看着批评我的目光，我会激起正视缺点的勇气与信念。我会仔细回顾我走过的路，看看自己是怎样跌倒的，今后避开同样的危险。

当我受到表扬的时候，我也快乐地注视着别人的眼睛。我不喜欢假装谦虚把睫毛深深地垂下，一个人回到僻静处悄悄地乐。我愿意把心中的喜悦像满桶的水一样溢出来，让我的朋友们分享。在我的亲人我的朋友的眼睛里，我读出他们的快活和对我更高的希冀。表扬不但没有使我忘乎所以，反倒更使我感到肩上的担子沉重。成功好比是一座小山，一个准备走很远的路的旅人，站得高了，才会看到目的地的灯火。他会加快自己的脚步。

当我面对陌生人的时候，我会格外注视他的眼睛。眼睛是心灵的窗户已经是被说腻了的古话，可我要说眼睛不仅仅是窗户，它是心灵的家。假如陌生人的目光坦诚而友好，我会向他伸出我的手。假如陌生人的目光犹疑而彷徨，我断定他是一个没有主见的人，不能成为朋友。假如陌生人的目光躲闪而阴暗，我会退避三舍，在心里敲起警钟。假如陌生人的目光孤苦无告，我愿意提供力所能及的帮助。

当我面对熟识的人的时候，我会观察他的眼睛有没有变化。岁月会改变一个人的眼光，就像油漆的家具会变色一样。但是有些老朋友的眼光是不会变的，像最清澈的水晶，晶莹一生。但他们的眼睛会随着思绪的喜怒哀乐变换颜色，作为朋友，我愿与他们分担。假如他们悲哀，我愿为他们宽心。假如他们喜悦，我愿与他们分享。假如他们焦虑，我愿出谋划策。假如他们忧郁，我愿陪着他们沿着静静的小河走很远很远。

当我独自一人面对镜子的时候，我严格地审视自己的眼睛。它是否还保持着童年人的纯真与善良？它是否还凝聚着少年人的敏锐与蓬勃？它在历尽沧桑以后，是否还向往人世间的真善美？面对今后岁月的风霜雨雪，它是否依旧满怀勇气与希望？

当我面对森林的时候，我注视着森林的眼睛。它就是树干上斑驳的年轮和随风摇曳的无数嫩叶。它们既苍老又年轻，流露出大自然无限的生机。

当我在月夜里面对星空的时候，我注视着宇宙的眼睛。那是苍穹无数的星辰。天是那样的幽蓝而辽阔，周围是那样的静寂而悠远。作为一个单独的人，我们是多么的渺小啊！但正是看似微不足道的人类，开始了征服宇宙的长征。在这个意义上，人类有时那样伟大而悲壮。每一个孤立的人，都像火星一样微弱，但集结起来，就可以给迷途的人指引方向，就可以在黑暗中放出光明。

我注视着滔滔的流水，浪花就是它的眼睛。生命在于运动，假如大海没有了波涛，就结束了它浩瀚博大的使命，大海就瞎了，成为死水一潭。再也不能负载舟楫远航，再也不能任海鸥翱翔，再也不能繁养无数的水族，再也不能驮着我们在海滩上嬉戏……

世界上所有的生灵都有它们的眼睛。就看你用不用心寻找，就看你有没有勇气和它对视。

当我刚刚开始学习注视别人的眼睛的时候，心中很有些不安。我觉得自己是个小小的孩童，我怎么敢看着别人的眼睛？那不是太不尊敬人了吗？我对妈妈讲了我的顾虑，她笑了，说，那你明天试着看看老师的眼睛。

第二天，在课堂上，我开始注视着老师的眼睛。好怪啊，老师好像专门给我一个人讲课似的。我的思考紧紧地跟随老师的讲解，在知识的密林里寻觅。当讲到重要的地方，我看到老师的眼睛里冒出精彩的火花，我知道自己一定要记住它。当老师的眼光像湖水一样平静的时候，我知道这只需要一般掌握。当我在读老师眼睛的时候，老师也在读我的眼睛。假如我显现出迷惘与困惑，老师就会停顿他讲解的步伐，在原地连兜几个圈子，直到我的目光重又明亮如洗。假如我调皮地向他眨眨眼睛，他会突然把讲了一半的话咽进嘴里，他知道我已心领神会，可以继续向下讲了。

我这才知道，眼睛对眼睛，是可以说话的。它们进行无声的交流，在这种通行的世界语里，容不得谎言，用不着翻译。它们比嘴巴更真实地反映着一个人隐秘的内心世界。

随着年龄的增长，我明白了注视着别人的眼睛，是一种郑重，是一种尊敬，是一种信任，是一种坦诚。

当然了，这种注视不是死瞪瞪地盯着人家看，那样可真有点傻乎乎并且不文雅了。注视的目光应该是宁静而安然的，好像是我们在晴朗的天气，眺望远处的青山。

如果我听懂了他的话，我会轻轻地点头。如果我需要他详细解说，我会用目光传达出这种请求。

注视着别人的眼睛，也给自己提出了更高的要求。

当我注视着别人的眼睛说谢谢你的时候，我必须发自内心的真诚。

当我注视着别人的眼睛说对不起的时候，我必须传递由衷的歉意。

当我注视着别人的眼睛说我能把这件事做好，我一定要下一个必胜的信心。当我注视着别人的眼睛说请相信我，我觉得自己陡然间增长了才干和胆魄。医学家证明，人在说谎的时候，无论他多么历练老辣，他的眼睛都会泄露他的秘密。他的瞳孔会散大，他的视线会游移，眼睑也会不由自主地下垂。为了我们能够勇敢地注视别人的眼睛并不怕被别人所注视，让我们做一个襟怀坦荡心灵如水晶般的人。

谈怕

    "怕"好像历来是个贬义词。怕什么？别怕！天不要怕，地不要怕……好像不怕才是人生的大境界。

    其实人的一生总要怕点什么，这就是中国古代说的"相克"。金木水火土，都是有所怕的东西。要是不相克，也就没有了相生，宇宙不就乱了套？

    人小的时候，怕父母。俗话说衣食父母，我的理解就是衣食来自父母。要是父母火了，不给你吃，不给你穿，你就丧失了基本的生存条件，饥寒交迫地活不下去了，还谈什么别的？所以父母叫你上学你就得上学，叫你成绩好你就得努力。要是一个人从小对慈爱他的父母没有畏惧之心（不是害怕他们本人，而是怕惹他们生气），没有讨他们欢喜之心，那这个人长大了，多半要成为不法之徒。

    渐渐大起来，就怕老师，怕上级，怕官怕权……总之是怕比自己更有力量的人。我想这不单是一种懦弱，而是弱小动物生存的本能。想我们人类的祖先，不过是些猴子，虽说脑子还算得上机敏，体力实属一般。在漫长的动物排行榜上，只能列在中档靠下的位置。假若什么都不怕，早就被老虎狮子大蟒蛇饕餮了。所以"怕"是一种集体无意识，怕是正常的，不怕却是需要锻炼的事。

    怕是一件有理的事，每个人都生活在立体空间，上下左右都有掣肘。人上有人，天外有天，总有东西笼罩在你的脑瓜顶。你可以完全不考虑下情，也可以咬着牙不理睬左邻右舍，但你得"惧上"，否则你的位置就保不住了。所以那个无所不在、无所不能的领袖叫作"上帝"。

人须怕法，那是众人行事的准则。人还须怕天，那是自然界运行的规律。怕是一个大的框架，在这个范畴里，我们可以自由活动。假如突破了它的边缘，就成了无法无天之徒，那是人类的废品。

人有最终的一怕，就是死。因为死去的人都不曾回来告诉我们那边的情形，所以我们并不确切地知道死亡是怎样一回事，我们只是盲目地怕着，我们怕的实际是一种未知的状态。人们怕死，很大的一部分是怕痛。要说死其实一点也不痛，就像在沙滩上晒太阳，暖烘烘地就过去了，怕的人一定少得多。再有怕也是怕比的，假如你活得苦不堪言，所有的感官都用来感受痛苦，在怕活和怕死之间，自然也两怕相权取其轻了。因此那极怕死之人，多是很富贵很安逸很猖獗很凌驾一切的显赫。不信你看历代的皇帝，都孜孜不倦地追寻长生不老的仙丹。

女人还有一怕，就是怕老。所以各色美容护肤的佳品层出不穷，种种秘不传人的方子被奉若神明。这一怕的核心是怕时间。世上有许多东西是可以对抗的，唯有时间你不可战胜。可怜女人的这个与生俱来的恐惧，注定无法消除。没有哪一种胭脂可以涂抹时间，女人只好永远地怕下去，除非你不在意衰老。

怕虽有理，却并非总是有利。怕的直接决策是躲，但躲不过的时候，就只有迎头而上。古人们所有教诲我们不要怕的语录，就发生在这一时刻。民不畏死，何以惧之？将对最大的未知的恐惧置之度外，所有已知的苦难都不在话下，这个人的战斗力实不可低估。

但不怕死的人，也仍有一怕，那就是怕自己。死和你做对，只有一次。自己要和你做对，会有无数次的机会。胜利的时候，它会让你骄傲。失败的时候，它诱你气馁。贫困的时候，它指使你堕落。饱暖的时候，它敦促你放荡……自己的实质是欲望。欲望使我们勇敢，欲望也使我们迷失。

人生的发展，一是因为爱好，一是因为惧怕。前者，比如音乐，它并没有更实际的用途，而只是使我们愉悦。那些更实用的发明创造，基本上缘于"怕"。因为害怕冷，人们发明了衣服、房屋、火炉；因为害怕热，人们发明了扇子、草帽、空调器；因为害怕走路，人们发明了汽车、火车、飞机；因为害怕病痛，人们发明了中药、西药、X光、B超；因为害怕地球的孤独，人们向茫茫宇宙进行探索；因为害怕自身的衰退，人们不断高扬精神的旗帜……害怕实在是人类文明进步的助产婆。今后谁知道因了害怕，人类还将诞育多少温馨的婴儿，人类还将补充多少伟大的发明！

　　我们每个人的心里，都有一个害怕的场。这个场，不要太大，那会使我们畏畏葸葸，就太委屈了自己的岁月。这个场，也不可太小，太小了就容易人在边缘，演出不该上演的节目。它需不大也不小，够我们驰骋如烟的想象，够我们度过无悔的人生。

姑娘，你最近还好吗

那天，一位姑娘走进我的心理诊室，文文静静地坐下了。她的登记表上咨询缘由一栏，渺无一字。也就是说，她不想留下任何信息表明自己的困境。

我打量着她。衣着黯淡却不失时髦，看得出价格不菲。脸色不好，但在精心粉饰之下，有一种凄清的美丽。眉头紧蹙，言语虽是缓缓的，却如同细碎的弹片四下迸射。

"我得了乳腺癌，你想不到吧？不但你想不到，我也想不到。直到我躺在手术台上，刀子滑进我胸前皮肤的时候，我还是根本不相信这个诊断。我想，做完了手术，医生们就会宣布这是一个天大的误会。病理检验确认了癌症，我彻底垮了。化疗，头发被连根拔起。刀疤横劈，我知道我的生活发生了毁灭性的改变。我原是辆红色的小火车，有名利有地位有钱有高学历，拉着汽笛风驰电掣隆隆向前，人们都羡慕地看着我，现在，火车脱轨了，颠覆了，零件摊落一地……"

"我辞了外企的高薪工作，目前在家休养。我想，我的生命很有限了，我要用这有限的生命来做三件事情。第一件，以我余生的所有时间来恨我的母亲……"

无论我怎样克制着自己的情绪，还是不由自主地把震惊之色写满一脸。重病之时，正是期待家人支持的关键时刻，怎能如此决绝地痛恨母亲呢？

　　她看出了我的大惑，说："我的母亲是一个医生，在得知我得了病以后，她没有给过我任何关于保乳治疗的建议，总是督促我赶快接受手术。我一个外行人，不知道还有保存乳房治疗乳腺癌的方法，可她是一个医生啊，为什么不替她唯一的女儿多多考虑一番，就让那残忍的一刀切下来了呢？所以我咬牙切齿地恨她。"

　　"我要做的第二件事是死死绑住一个男人。这个男人有家室，以前我们是情人关系，常在一起度周末，彼此愉悦。我知道这不符合毕老师你这一代人的道德标准，但对我来说是无所谓的事情。我从来没有要求他承诺什么，也不想拆散他的家庭，因为那时我还有对人生和幸福的通盘设计，和他交往不过是权宜之计。可是，如今情况大不同了，我已经失去了一只乳房，不再完整。我无法把残缺的身体展现在另外的男人面前，这个情人是见证过完整的我的最后一个男人了。我要他离婚娶我。如果他不同意，我就把他和我的关系公布于众。他是有身份好脸面的人，不敢惹翻我，我会继续逼他……"

　　"我要做的第三件事，是拼命买昂贵的首饰。只有这些金光闪闪晶莹剔透美妙绝伦的小物件，才能挽留住我的脚步。我常常沉浸在死亡的想象之中，找不到生存的意义。我平均每两周就有一次自杀的冲动，唯有想到这些精美的首饰，在我死后，不知要流落到什么样的人手里，才会生出一缕对生的眷恋。项圈套住了我的性命，耳环锁起我对人间最后的温情……"

　　她不停地说着，漠然而坦率。我的心随之颤抖，看出了这镇定之下的苦苦挣扎。后来她又向我摊开了所有的医疗文件，她的乳腺癌并非晚期，目前所有的检查结果也都很正常。

　　我确信她的生命受到了严重的威胁，但这不是来自那个被病理切片证实了的生理的癌症，而是她在癌症击打之下被粉碎了的自信和尊严。癌症本身并非不治之症，癌症之后的忧郁和愤怒，无奈和恐惧，孤独和放弃，锁闭和沉沦……才是最危险的杀手。

　　后来她接受了多次的心理咨询，并且口服了抗抑郁的药物。在双重治疗之下，她一天天坚强起来。她不再怨怼母亲，因为不是母亲让她得了癌症。尽管也许母亲没有尽到最好的参谋作用，但身患病痛是自己的事情，不必怨天尤人。她已长大，只能独立面对命运的残酷挑战并负起英勇还击的责任，而不是像个小妞妞赖妈妈没有把自己照顾好。她意识到虽然切除了一侧乳房，但她依然是完整的女人，依然有权利昂然追求自己的幸福。哪个男人能坦然地接受她，珍惜她，这才是爱情的坚实基础。建立在要挟和控制之上的情人关系，只能是一出浩大悲剧的幕布。至于美丽的首饰吗，她说，我想自己留下一部分，然后把一些送给朋友们。我还是很喜爱金光闪闪和玲珑剔透的小物件，但我不必把它们像铁锚一样紧紧地抓在手里，生怕一松手遗失了它们就等于丢掉了自己的性命……

疗程结束走出诊室的时候，她说，毕老师，我就不和您说再见了，因为我不想再见到您。这不等于说我不感谢你，今后的某一天，也许您的耳朵根子会突然发热，那就是我在远方深情地呼唤着您。我不见您，是相信我自己有能力对付癌症，不论是身体的癌症还是心理上的癌症，只要精神不屈，它们就会败退。

我微笑着和她道别，但愿自己永远不再见到她。但有时，会冷不丁想起这美丽的姑娘，最近还好吗？

情感按钮：
世界上最缓慢的微笑

家中的气节

我想说，家中无气节。这话，肯定不堪一击。中国人饿死事小，失节事大，哪里敢辱没气节的风姿呢？但我指的只是家中的琐碎，不过借用一下此词的英名。

世上举案齐眉的家庭一定是有的，不能以我等瓢勺相碰的日子，揣测人家的和睦是虚伪。但也一定不多，因为矛盾的普遍性制约着我们。

大多数家庭都时常爆发争执，像界碑不清的小国，边境冲突不断。要是演变成正式宣战，干脆离婚罢了，也不在范畴之内。那些先是苦恋苦爱，既争执不断，又处于冷战状态的家庭，似有讨论气节的余地。

有多少原则问题呢？真正的国计民生，大概并不构成分歧的核心。甚至对家庭的大政方针，比如孩子要上大学，父母要延年益寿，工作要努力，住房要增加……双方也是高度和谐统一的。问题往往出在一些很小的分工或是态度的优劣上，比如你是做饭还是洗衣？你为什么不和颜悦色而是颐指气使……有时，简直就不知是为了什么，双方把外界的怒气直接打包带回家，单刀直入地进入了对峙阶段，除了不扔原子弹，家庭阴冷的气氛同大战无异。

为了对付这种莫名其妙的僵持，时新杂志上登出了许多驭夫或是驭妻的"诀窍"，教你如何化干戈为玉帛，这些供人莞尔一笑的小诀窍，不知灵不灵。我看这其中的死结——就是如何对待家中的气节。

家是什么呢？是一对男女的永不毕业的大学，是适宜孩子居住的圣殿。是灵魂的广阔海滩，精神的太阳浴场。我们在尘世奔波，会见他人时的种种面膜，需在家中清洗复原。意志的疲软顿挫，需在亲情中柔软着陆。人们以为家中的人多温柔和蔼，真是错了。在涡轮般旋转的今天，家居的人也许比街市的人更脆弱，更敏感，更易冲动激愤。

常常听到因小事争吵的女人说，我从此不理丈夫，等他来同我说第一句话。男人就更是不肯低下高昂的头，好像家是宁死不屈的刑场。

冷漠后恢复交谈的第一句话真是那么重要吗？重于我们曾经有过的一生一世的寻找？第二句话真就那么卑下吗？低贱到后发制人，丧失了品格的尊严？第三句话真就那么平淡吗？淡到它如同抛弃我们以前拥有过的万语千言？

什么是家中的气节？既然我们相爱，爱就是我们共同的气节。你的失态，在我看来，是你的思绪溃败了。在这一个瞬间，我是你的强者。原谅，宽恕，包容和鼓励，就是家庭永远长青的气节。

有些人以沉默对待冷漠，消极地把缰交给时间。时间通常是一个中性的调解员，会使人们渐渐恢复冷静。但孤寂中只顾自家意气的男女不要忘了，时间也会跟我们开居心叵测的玩笑呢。当你缄默着不肯谅解时，家的瓶颈便出现第一道裂纹。继续对抗下去，锤子无聊地敲击着婚姻之瓶，随着时间的叠加，瓶子也许訇然破碎。

太看重一己气节的人，其实是一种枯燥的自卑。你以为在亲人面前挣得了面子，失去的却是尊重与宽容。片刻的满足带来长久的隐患，聪明的男人和女人，千万别因小失大。

分歧时，不必拍案而起。争执起，义正词可不严。有失误，莫要声色俱厉。灾临头，携手共赴家难。如果一定要有家中气节，我想这几条该在其中。

冰雪篱笆

一位男医生对我说，我有一个男病人，说他的妻子是世界上最冰冷的女人，我想请你同她谈谈，不知你能否答应？我一时没反应过来，开玩笑道，世上最冰冷的女人，大概要数《泰坦尼克号》中的罗斯小姐，那种冰海中的长时间浸泡，冻彻肺腑，真乃人间酷刑。

男医生说，喔，不是那种体温上的冰冷。是性的冷淡。经过多方面的探讨，我是束手无策了。转介给你，女性之间的对话，可能较为方便。

我严肃起来道，你先说说她丈夫是怎样求诊的。

医生道，那丈夫说，他和妻子是大学的同学，真是男才女才，男貌女貌啊……

我忙说，停停。请解释。什么意思？绕口令似的。

医生道，是啊，当时我也听得一头雾水，要他说得清楚一点。那丈夫道，这是同学们的评价，意思说我们两个，就是我和我妻子，都很有才华，相貌也同属上乘。古戏中说的是男才女貌，对我们来说，每个人都有才，也每个人都有貌。若我们两个结合起来，双才双貌，色艺俱佳，那就好事占绝，无往不胜。

我忍不住问道，喔，天下有这样的佳偶，真是难得。依你的眼光看，这做丈夫的说得可确实？

医生笑笑，我知你开始介入情况了，想了解一下这对夫妇对现实状态的感觉，是否在常规之内。是的，常常有这种人，自我感觉太好，对自己的评价和对他人的评价，走进了误区。把自己神化把他人妖魔化。如果来人是这种情况，倒比较简单。我仔细观察了这个男子，天庭饱满，地角方圆，谈吐有方，很有学养，合乎法度。只是神色忧郁。看来，他对现实的把握是正常的。

我说，那么，他的妻子，你见了吗？

男医生说，见了。正因为见了，才更觉糊涂，他的妻子仪容俏丽，是一个优雅智慧的知识女性，能很开放地同我谈论他们夫妻间的性生活不和谐问题，并说双方到医院做了各项检查，所有的指标都显示正常。

所以，我是没办法了，看你可有什么妙计一安天下。因为我不但从医生的角度，更从一个男人的角度出发，同情理解那个丈夫的苦恼，希望你能和他的妻子开诚布公地谈谈，看是什么症结在阻挠着这位生理上完全正常的女性，无法全身心地爱她的丈夫。

我说，试试吧，我也没有很大的把握。

和那位妻子见面的第一瞬间，我就承认男医生的判断完全正确。这是一位外表看起来无懈可击的正常女性，白领装束，风度翩然。

我说，从哪里开始谈呢？

她说，就从基因开始吧。（为了称呼的方便，我就叫她茵。）

我说，为什么从这里开始呢？好像一个生物实验室似的。

茵笑了，说，基因几乎就是我和丈夫结合的红娘啊。

我讶然，问道，这是怎么回事？

她说，您知道，大学是个谈恋爱的好地方。几乎所有杰出还是不怎么杰出的男生女生，都希望在大学的校园里，找到自己的另一半。人们不但自己辛辛苦苦地找着，还用自己的眼光，为别人操劳着。在这方面，人可以说是充满了搭配结合的欲望，甚至有一种游戏测验的味道。男宿舍和女宿舍经常议论班上谁和谁合适，是半夜三更时分永久的话题。

我和我的丈夫，就是在这种氛围内走到一起的。所有的人都说——我们是多么般配的一对啊。

是的，不是我自夸，我的容貌和智商，都在女人当中属于上乘。

我说这一点，没有炫耀的意思，只是实事求是。

茵说到这里，看着我。我知道需要给她一个回馈，我用力地点点头。不但是出于礼貌，更是出于赞同。

茵接着说下去。

我的先生，也很棒。有句俗话，众口铄金，意思是群众舆论的力量非常大。我相信这句话，人们都说你们合适，熟悉你的人这样说，刚刚认识不久的人也这样说。你的家人这样说，你的仇人也这样说，你就觉得这件事有点神秘，有点宿命，甚至有点在劫难逃。说的人多了，你就有一种顺从感，并在其中感觉安全，以为这是一桩保险的婚姻。

后来，我们果真结婚了。刚开始的时候，我们夫妻生活很幸福，那种滋润有流光溢彩的美容效果，是能够反映到皮肤上的。认识我的人都说，你越来越俏皮了，什么时候添宝宝啊？你们的孩子，一定结合了双方的优点，又聪明又漂亮……

说到这里，茵的目光突然暗淡了。她停顿了片刻，懒懒地说下去。

生了宝宝之后，有一段时间我忙着照料孩子，丈夫也很体谅我，夫妻生活那方面很少要求。后来，请了保姆，孩子有人照料，另居一室。当我们有机会开心地鸳梦重温时，我才突然发现，我所有的兴趣都丧失殆尽，整个人如同枯木死灰。这不是心理上的原因，我爱我的丈夫，我希望他快乐幸福，但是，我身体不听我的指挥，它抗拒厌恶这种活动，像石块一样毫无反应。当时我想，可能是生育的变化，强烈地改变了我的机能，随着时间的推移，就会慢慢恢复。我把这个感受同我丈夫讲了，他通情达理，很理解我，愿意等待我复原。我们就这样等着，试着……但是，至今已经整整七年了，女儿已经从襁褓走进了小学校，但我和丈夫的夫妻生活没有丝毫好转。我已尽了所有的力量，可是身体不是电脑，它不听你的命令，顽强地抵抗着。我身不由己，非常痛苦……

茵讲到这里，停下来，眼巴巴地看着我，希望我能批出一条秘诀。

我看着她，心想：看来，他们夫妻感情上很恩爱，生理上也经过反复测查，排除了器质性疾患，症结究竟在哪里呢？

突然，一个有关时间的概念强烈地提示了我——"生了宝宝之后"。

我说，生了宝宝之后，发生了什么事情呢？

我在心中飞快地假设了多种可能性，没想到茵回答我说，没发生任何事情。当然，有了宝宝，时间比以前紧张，身体操劳了，但是，这都不是决定的因素。你可以看出来，我的身体很好。

是的。我看得出来，她营养状态不错，既不臃肿也不细弱，正是少妇生机勃勃的年华。

我的直觉让我坚持"时间"这个变量。总觉得在这个时段，发生了什么。她的否认，让我感到按照通常的逻辑，似乎不能解释。我细细地回忆着她说过的每一个字，猛然，我想到了对话时，她那个少见的开头——基因。

我说，你相信基因吗？

她苦笑了一下说，又信又不信。

我追问，此话怎讲？她说，信，是因为那是科学，中国外国的报纸都在讲。龙生龙凤生凤，你不信行吗？要说不信，嗨……我和丈夫的基因都不错……算了算了，不谈了。她万分沮丧地低下了头。

我感到自己正在接近那个谜团的核心。虽然追问下去看起来是一种残忍，但也许正是要害所在。我说，我看你一下子变得垂头丧气的，能否告诉我，这和基因有什么关联吗？

她痛苦地低下了头。由于她的头低得很深，我无法知道她的面部表情。当她再次抬起头，我才看到满脸滂沱泪水。

我说，看到你非常难过，我也很不好受。能告诉我，你想到了什么？

她吃力地说，不是想到，是看到……第一次看到的时候，我几乎昏了过去。

说着，她从自己精巧的手提包夹层里，掏出一张照片，递给我。

我看到一个女孩，扁扁头，肿眼泡，塌鼻子，瘪嘴巴，稀疏的头发……天啊，几乎所有女孩子长相上的忌讳，这小姑娘都犯全了。

这是……我迟疑着没敢把话说完整。

是的，这是我的女儿。这就是基因的故事。我和我丈夫的基因都那么卓越，可是组合在一起，怎么就成了这个样子？我恨这种男女结合，它是一种魔鬼的戏法。它能把优秀化成腐朽，它耍弄人，它把一种灾难，一种命运的不可知性强加给我，它让我一看到这个孩子，就对性的活动产生了强烈的憎恶感。它是蛇蝎出没的烂泥潭，给你片刻的欢愉，然后是无尽的恐怖和烦恼。直到你沉没了，它却若无其事地站在一旁冷笑。它把瞬间的事情，化成严酷的绵延的后果。把无尽的灾难留给那对无辜男女，留给那对男女的天真孩子……所以，我要反抗它。我要禁绝它对我的再一次迫害。我用冰雪修建篱笆，严丝合缝，它再也休想钻入。我以所有的力量抵御它的诱惑，我不能承受当我第一次看到这个孩子的丑陋容貌时，所遭受的惨痛的挫败，那一刻，我是世上最绝望的母亲……

我忙插入说，不好意思打断一下，你对女儿怎样？

在这一刻，我真的非常关切那位让母亲大失所望的女儿。

还好。因为我知道这不是她的过错。我不该恨她。要说恨，该恨的是我，是她的父亲，是我和丈夫的这种结合，是制造生命的过程。茵说完紧紧咬着嘴唇。

谈到这里，真相大白了。这位母亲，因为无法接受女儿的容貌，追本溯源，她认为是性的活动导致了男女双方基因的重组，她就在潜意识里抵制夫妻间的性生活。用自己的推理，堆积成一座冰山，把自己冷冻成了"罗斯"。

我说，生命的诞生的确是一个非常复杂的过程。显性遗传隐性遗传，还有许许多多人类无法破解的题目。基因是无罪的，夫妻间的性生活是无罪的，你的女儿也是无罪的。况且，一个人的先天相貌和他后天的发展，也没有完全必然的关系。你的冷漠，归根结底，来源于一种不合理的期望的破灭。你希望有一个美轮美奂的孩子，这可以理解，却不能把它当成百分百的真实。一旦达不到理想，你就把愤怒透射到了夫妻生活。

茵看着我，若有所思的样子。久久，喃喃地说，喔喔，原来，是这样啊。其实，有了现代的避孕工具，悲剧就不会重演。再说，基因的组合，也是人类无法控制的概率……

我欣喜地看着她，知道冰雪已渐渐消融。

请您从老板椅上站起来

我是一名注册心理咨询师。

某次会议期间，聚餐时，一位老板得知我的职业之后，沉默地看了我一眼。依着职业敏感，我感觉到这一眼后面颇有些深意。饭后，大家沿着曲径散步。在一处可以避开他人视线的拐弯处，他走近我，字斟句酌地说：不知您……是否可以……为我做心理咨询？……我最近压力很大，内心充满了焦灼，有好几次，我想从我工作的写字楼的办公室跳下去……我甚至察看了楼下的地面设施，不是怕地面不够坚硬，我死不了……二十二层啊，我是物理系毕业的，我知道地心引力的不可抗拒……我怕的是地面上行人过往太多，我坠落的时候砸伤他人。也许，深夜时分比较合适？那时行人较少……

他的语速由慢到快，好像一列就要脱轨的火车。脸上布满浓重的迷茫和忧郁。他甚至没有注意到我的神色，包括是否准备答应他的请求。毕竟，这里不是我的诊所，他也不曾预约。

虽是萍水相逢，从这个短暂的开场白里，我也可深刻地感知他正被一场巨大的心理风暴所袭击。

我迟疑了片刻。此处没有合适的工作环境，且我也不是在生活的每时每刻，都以职业角色出现。但他的话，让我深深忧虑和不安，我可以从中确切地嗅到独属于死亡的黑色气息。

是的。我们常常听到人们说到"死"这个词——"累死了""吓死了""烦死了",甚至"高兴死了""快活死了""美死了"……死是一个日常生活中的高频词,它通常扮演一个夸张的形容角色,以致很多人在玩笑中轻淡了它本质的冷峻含义。

所以,作为一名心理咨询师,精确地判明当人们在提到死亡这一字眼的时候,心理相应的震动幅度,是一种基本能力。

如果他是一个年轻人,少年不识愁滋味,整天把死挂在嘴边,我会淡然处之。如果她是一名情场失意的女性,伴着号啕痛哭随口而出,我也可以在深表理解的同时,镇定自若。但他是一名中年男性,有着优雅的仪表和整洁的服饰,从他的谈吐中,可以看出他是一个自我指向强烈的人。他不会轻易地暴露自己的内心,一旦他开口了,向一个陌生人呼救,就从一个侧面明确地表明他濒临危机的边缘。

特别是他在谈话中,提到了他的办公室高度的具体数字——二十二层。提到了他的物理学背景,说明他是详尽地考虑了实施死亡的地点和成功的可能性。还有预定的时间——深夜行人稀少……可以说,他的死亡计划已经基本成形,所缺的只是最后的决断和那致命的凌空一跃。

我知道,很有几位叱咤风云、外表踌躇满怀的企业家,在人们毫无思想准备的情形下,断然结束了自己的生命。关于他们的死因,众说纷纭。有些也许成了永远的秘密。但我可以肯定,他们死前一定遭遇到巨大、深刻的心理矛盾,无以化解,这才陷入全面混乱之中,了断事业,抛弃家人,自戕了无比珍爱的生命。

心理咨询师通常是举重若轻的,但也有看急诊的时候。我以为面前就是这样的关头。当事件危及一个人最宝贵的生命之时,我们没有权利见死不救。

我对他说,好。我特别为你进行一次心理咨询。

他的眼里闪出稀薄的亮光,但是瞬忽之间就隐灭了。

我知道他不一定相信我。心理咨询在中国是新兴的学科,许多人不知道心理咨询师是如何工作的。他们或是觉得神秘,或是本能地排斥。在我们的文化里,如果一个人承认他的心理需要帮助,就是混乱和精神分裂的代名词,是要招人耻笑和非议的。长久以来,人们淡漠自己的精神，不呵护它，不关爱它。假如一个人伤风感冒，发烧拉肚子，他本人和他的家人朋友，或许会很敏感地察觉，有人关切地劝他到医院早些看医生。会督促他按时吃药，会安排他的休息和静养。但是，人们在精心保养自己的外部设施的同时，却往往忽略了心灵——这个我们所有高级活动的首脑机构。从这个意义上说，这位老总是勇敢和明智的。

他说，什么时间开始呢？

我说，待我找一个合适的地点。

他说，心理咨询对谈话地点有什么特殊的要求吗？

我说，有。但我们可以因陋就简。最基本的条件是，有一间隔音的不要很大的房间，温暖而洁净；有两把椅子即可。

他说，我和这家饭店的老板有交往，房间的事，我来准备吧。等我安排好了，和您联系。

我答应了。后来我发现这是一个小小的疏漏。以后，凡有此类安排，我都不再假手他人，而是事必躬亲。

看来他很着急，不长时间之后，就找到我，说已然做好准备。我随同他走到一栋办公楼，在某间房门口停下脚步。他掏出钥匙，打开房间，走了进去。我跟在他身后进屋。

房子不大，静谧雅致，有一张如航空母舰般巨大的写字台，一把黑色的真皮老板椅，给人威风凛凛的感觉。幸而靠墙处，有一对矮矮的皮沙发，宽软蓬松，柔化了屋内的严谨气氛。怎么样？还好吧？老总的语句虽说是问话，但结尾上扬的语调，说明他已认定自己的准备工作应属优良等级。不待我回答，他就走到老板椅跟前，一屁股坐了下去。在落座的同时，用手点了一下沙发，说，您也请坐，沙发舒服些。我坐这种椅子惯了。

我站在地中央，未按他的指示行动。

我重新环视了一下四周，对他说，房间的隔音效果看来还不错，可惜稍微大了一些。

他有些失望地说，这已是宾馆最小的房间了。再小就是清洁工放杂物的地方了。

我点点头说，看来只有在这里了，希望你不要在意。

他吃惊地说，我为什么会在意？只要您不在意就成了。

我说，关键是你啊。小小的隔音的房间，给人的安全感要胜过大的房间。对于一个准备倾诉自己最痛苦最焦虑的思绪的人来说，环境的安全和对咨询师的信任，是重要的前提啊。

他若有所思地沉默着。半晌，猛然悟到我还站着，连连说：我信任您，我不信任您就不会主动找您了，是不是？您为什么还不坐下？

我笑笑说，不但我不能坐下，而且，先生，请您也从老板椅上站起来。

为什么？他在莫名其妙当中，几乎有些恼怒了。我相信，在他成功的老板生涯中，恐怕还没有人这样要求过他。

他稍微愣怔了片刻。看得出，他是一个智商很高、反应机敏的人，似乎意识到了什么，说道，您的意思，是不是我坐在这把椅子上，您坐在沙发上，咱们之间的距离太远，不利于您的工作？若是这个原因，我可以坐到沙发上去。

我依旧笑着说，这是其中的一个原因，但不是最主要的原因。我要说的是——沙发也不可以坐。不但你不能坐，我也不能坐。

这一回，他陷入真正的困惑之中。他喃喃地说，这也不让坐，那也不让坐，咱们坐在哪里呢？

是啊。这间房屋里，除了老板椅和沙发，再没有可坐的地方了。除非把窗台上的花盆倒扣过来。

我说，很抱歉，这不是你的过错。我作为治疗师，应该早到这间房子来，做点准备。现在，由我来操办吧。

我把老总留在房间，找到楼下的服务人员，对他们说，我需要两把普通的木椅子。

他们很愿意配合我，但是为难地说，我们这里给客人预备的都是沙发软椅，只有工作人员自己用的才是旧木椅。

我看看他身后油漆剥落的椅子说，是这种吗？

他们说，是。

我说，这就很适用。先帮我找两把这种椅子，搬到那间房子。然后，还要麻烦你们，把那间房子里的老板台和老板椅搬出去。

工作人员很快按照我的要求行动起来。在大家出出进进忙碌的过程中，老总一直双手交叉抱在胸前。我明白这一体态语言的含义是——"我弄不懂您的意思。我不喜欢这样折腾。有这个必要吗？"

我暂不理他。待一切收拾妥当，我伸手邀请他说，您请坐吧。

现在，屋内只有两张木椅，呈四十五度角摆放着，简洁而单纯。

我坐在哪里？他挑战似的询问。

哪张椅子都可以。因为，这两张椅子是一模一样的。我回答。

他坐下，我也坐下。

当心理咨询过程结束的时候，他脸上浮现出了微笑。他说，谢谢您。我感觉比以前多了一点力量。

我说，好啊。祝贺你。力量也似泉水，会慢慢积聚起来，直至成为永不干涸的深潭。

分手的时候，他说，如果不是你们的职业秘密的话，我想知道您为什么让我从老板椅上站起来？难道那两张普通的木椅子，有什么特殊的魔力吗？

我说，这不是职业秘密，当然可以奉告。如果我估计得不错的话，在你的办公室里，一定有类似的老板椅。一坐在上面，你就进入了习惯的角色之中。我坐在沙发上，在视线上比你矮。我想，通常到你的办公室请示的下级或是商议事情的其他人员，也是坐在这个位置的。这种习惯性的坐姿，是一个模式，也透露着你是主人的强烈信息。心理咨询师和来访者的关系，不同于你以前所享有的任何关系。我们不是上下级，也不是买卖和利害的伙伴，甚至不是朋友，朋友是一个鱼龙混杂的体系。我们之间所建立的相互平等的关系，是崭新而真诚的，它本身就具有强大的疗效。我会为你所有的谈话严守秘密，上不告父母，下不告妻儿。当然，对于一位女咨询师来说，就是不告夫儿了，这是一个专业咨询师最基本的职业道德。其中的每一个细节都要服从这一大局。

他点点头，表示相信我的承诺。若有所思片刻后他又说，沙发也是很平等的啊！一般高，不偏不向嘛！我曾提议我们都坐沙发，可您拒绝了。沙发要比椅子舒服得多。说实话，我很多年没有坐过这般粗糙的木椅了。说完，他捶了捶腰背。

我说，你说得很对。沙发的确太舒服了，而我们不能在太舒服的环境下谈话，那样无法维持我们神经系统的警醒和思维的深度。沙发更适宜养神，从思考的角度说，木椅比沙发更有力度。

他再次点点头，说，这的确是一个新的领域，连规矩也很特别。当我下次再进入心理咨询室的时候，就会比较有经验了。

我说，下星期，我们再见。

海明威的最后一分钱

　　基纬斯特是美国本土最南端的一个小岛。东西长约 5.5 公里，南北宽约 2.5 公里，像一只胖而舒适的卧蚕，睡在蔚蓝的海中。战争年代，由于基纬斯特独特的地理位置，这里是兵家必争之地。

　　我选择到基纬斯特一游，不是因为战争。或者说，也是因为战争——一位擅长描写战争的伟大作家曾在这里生活过，他就是欧内斯特·海明威。

　　半个多世纪以前，名声初起的海明威，厌倦了大城市的繁华生活，想换换口味。小说家约翰·帕索斯向他推荐了佛罗里达州的小岛基纬斯特。这个岛，距离美国大陆比距离古巴还要远。地处墨西哥湾和大西洋交汇的水域，岛上长满了红树林、棕榈、胡椒、椰子、蕃石榴……天空飞翔着蓝色和白色的海鸟，云彩堆积着，巍峨得好像奇异的山峦。海水由于深邃和清澈，变得近乎紫色，赤红色的水母遨游着，和天边的霞光呼应，构成了诡谲的光柱。岛上居住着西班牙和古巴的渔民，是早年捕鲸人的后代，民风纯朴。海明威欣喜若狂地说："这是我到过的地方中最好的一个。我一点也不留恋大城市的生活。纽约的作家，那都是装在一个瓶子里面的蚯蚓，挤在一起，从彼此的接触中汲取知识和营养，我想躲开他们。"

　　这基纬斯特岛的确非常美丽，让人沉醉而迷惑。但我想不通，在如此妖媚的阳光下，海明威哪里来的心境，描写流血的战争？我有个

274

不登大雅之堂的心得，总觉得作品是某种地理时空的产物，就像野菊花是旷野和秋天的合谋。可能为了迅速纠正我的谬误，夜里，就让我见识到了一场加勒比海骇人的风暴。暴烈的阴云和能够置人于死地的狂雨，让我明白了，这里的天空和海洋，可以比拟任何战争与和平。

海明威在这个小岛上，写下了《永别了，武器》《午后之死》《胜利者无所获》《非洲青山》《有的和没有的》《第五纵队》《西班牙的土地》以及《丧钟为谁而鸣》的一部分……这些小说，凿成一级级花岗石阶梯，送海明威到达了不朽的山巅。

海明威来到基纬斯特定居以后，先是住在西蒙通街，后来搬到了怀特理德街 907 号，现在对游人开放的就是 907 号故居。它坐落在一条短短的安静的小街上，回想半个多世纪以前，这里一定更为清冷。高大的庭院，一栋白色的两层楼房。绿得不可思议的树和曲折的小径。走进故居，首先接触到的是无数只猫以豹子般勇猛的身姿，在你脚下乱箭般窜动。这可能是世界上最无人管教的家猫了。还有一些猫不成体统地睡在小径的中央，袒胸露乳放荡不羁。刚开始我几乎以为它们是死猫，它们委实睡得太沉醉了。别看这些猫其貌不扬（以我有限的知识，觉得它们是一些平凡的猫，绝无名贵之种），但它们的血统直接来自海明威当年豢养过的猫，个个是正牌后裔。它们气定神闲为所欲为，赋予海明威故居以勃勃生机。它们是大智若愚的，对所有的访客不屑一顾，心知肚明自己的祖上，才是这厢真正的主人。

我在海明威的故居内轻轻地呼吸。

这套房子是海明威的第二任妻子波琳的叔父于 1931 年送给波琳的礼物，海明威在这里生活了 8 年。原先是座西班牙风格的古典建筑，年久失修，门槛腐朽，墙皮脱落，房顶和窗户也有很多破损。海明威着手组织工匠把房子从里到外来了个大改造。这不是项小工程，尤其是设计方案，有很多是海明威自己完成的。

现在看起来，这是一套舒适而井然有序的房子。我原来以为海明威的写作间是阔大的，按照房屋的规模与格局，他完全有能力为自己做这样的安排。室内的陈设，估计很可能是凌乱的。但是，不。我错了。工作间异常整洁，面积也不算很大。铺着黄色的木质地板，齐胸高的白色书架靠在墙边，古典的西班牙式的圆形写字台摆在地中央，阳光充足得让人想打喷嚏。在介绍海明威的书籍里，写着海明威习惯站着写作，他常常把打字机放在书架的最上一层。但在海明威的故居中，我看到的打字机还是规规矩矩地放在写字台上。

海明威还有一个我觉得女性化的小习惯，就是爱收藏小动物的玩具。比如铁乌龟，背后插着钥匙的玩具熊，小猴子和长颈鹿造型的小工艺品……我在一些名人故居看到的经常是名贵的收藏品，显示着主人的身份。但是，海明威不是这样的，他让人看到的是一个大作家的率性和真实。

让我特别留下印象的——是海明威孩子的卧室，地砖的颜色如同韭黄般鲜嫩。解说员告知，这间房屋的设计，是海明威亲自完成的。铺地的材料，是海明威专门从法国定购来的。

我偷偷笑笑。平心而论，和整套住宅华贵精致的风格相比，海明威为自己的孩子所设计的卧室，谈不上出色。不敬地说，甚至有支离破碎的堆砌之感。但我想，他一定是倾注了极大的爱心，单是把那些颜色暖亮得如同咸鸭蛋黄的瓷砖，颠沛流离地运到这个小岛上来，就让人的心情从感动演化成嫉妒。不是嫉妒海明威的富有，而是嫉妒那孩子所得到的眷爱。

海明威的庭院里，有一座露天游泳池。出门就是天然浴场的岛屿，从咸水的怀抱里掬出一座淡水游泳池，即使在今天，也是奢侈。更不消说，海明威是在半个世纪以前，一举完成此项工程。那时，这颗淡绿色的葡萄，是整座岛上的唯一。

在更衣室和游泳池之间的水泥地上，有一块灰暗的玻璃，落满了尘土。解说员将浮尘拭去，让游客看到一分硬币镶嵌在水泥中央。由于年代的久远，币面显出苍老的棕绿。这就是那著名的一分钱了。在观光手册上写着："海明威曾用了两万美金修建这座全岛唯一的淡水游泳池。他说过，要用尽最后一分钱来建造。他做到了，于是在完工的时候，他就把自己的最后一分钱，镶嵌在了水泥地上。"

浪漫而奢华的故事。海明威一掷千金为博红颜一笑，有点帅哥的味道。我却多少有些不明白。既然是求奢华享受，就不要这样捉襟见肘。就算捉襟见肘，也不要公告天下。就算要公告天下，也要做得好看一些。这枚锈绿的硬币，歪斜着，尴尬着，好像一张肿了的苦脸。

我把自己的想法对解说员谈了。那是一个被热带阳光晒出一身麦黄肤色的青年。他说，自己祖居基纬斯特，对海明威很了解。

那一分钱的真相是这样的。他陷入了沉思。

海明威的妻子波琳执意要建造岛上第一座淡水游泳池。在她，这不但是一种享受，更是一种地位和财富的象征。海明威出于爱，答应了这个请求。家中当时并非富有，两万美金不是一个小数目，海明威抖空了钱袋的缝隙。施工很混乱，预算一再突破。有一程，几乎要半途而废。海明威殚精竭虑，把最后一分钱都榨了出来，才艰难地完成了这座划时代的游泳池。为了表达这份艰窘和来之不易，海明威把一枚硬币，镶嵌在这里。

海水拍打着珊瑚礁。往事已经湮灭在不息的浪花之中。我不知道在众多的海明威传记当中，还有没有更权威更确切的说法，关于这一分钱，关于这个来之不易的游泳池。

从故居走出，我们在海明威生前最爱去的那家酒吧，点了一种海明威最爱喝的酒。慢慢呷着。我想，我愿意相信解说员的解释。因为他那麦黄色的皮肤，是一个强有力的注脚。从依然明亮的瓷砖到早已暗淡的游泳池，我在那座葱绿的院子里，除了记住了海明威旷世的才华，还感受着他的率真和独特的个性。

轻裘缓带

有一阵，我对各式各样能让自己放松的法子颇感兴趣。看了不少的书，听了若干的讲座，甚至还向别人传授过放松的技巧，以应对诸如考试时的大脑蓦然空白，马上就要上场讲演却遗忘了最重要的名称等等窘迫的危机。应用的结果是有微效，但无显效。一种治标的法子，利用身体和心理相辅相成的原理，以规定性的动作让肌肉松弛，期待着达到心境松弛的目的。想法是不错，只是难以百发百中。心理这个东西并不傻，它完全明了你的意图，是一个火眼金睛的上级指挥官。当你还没有开始动作的时候，它就前瞻到了。为什么你的心理会紧张到失措？必有迫它进入这种状态的强大潜在驱力，不针对这个驱力做釜底抽薪的功夫，只是一呼一吸地忙碌着你的肚皮，结果是扬汤止沸，可收一时之功效，却无根除之法力。

要把内心的紧张源探查清楚，那是一个大工程，也许需要专业人士的帮助。有一个针对身心紧张的小法子，就是着装上的轻裘缓带。服装是最贴近我们身体的小环境，如果它宽松舒缓轻柔随意，有助于安抚神经，酿造安然淡定的状态。轻裘缓带——你试着看看这几个字，是不是盯着盯着就有一种略带飘然的松弛感？

现代的服装太让人感觉紧张了。西服简直就是"笔挺"的同义词，如果你穿西服而又不够笔挺的话，意味着不是老土就是落魄。套装也是如此，最适宜的角度是穿着高跟鞋，略向前倾地谦恭地站着，面露职业的微笑。如果是匆匆长路或是伏案苦作，这衣服一定会让你落下膝颈酸痛的暗疾。至于各式各样的行业制服，按照标准一丝不苟地穿戴起来，更是如盔甲一般沉重了。

看看自然界的生物多么悠哉：懒散的熊猫和逍遥的金丝猴，滑翔的鹰和遨游的虾，它们都是恬然而自在的。唯有松弛才可达久远，唯有松弛才能更深地开放潜能。即使是凶猛的虎和狮，当它们不捕食的时候，也是安详和优雅的。

弱小的动物通常是忙碌的，比如蚂蚁，比如蜜蜂，比如老鼠和兔子……但它们绝不会钻进有形有款的外套，别住自己的手脚，那样它们干起活来一定多了汗水（蚂蚁和蜜蜂出汗吗？一笑），逃跑起来一定少了胜算。越是辛劳，肢体越要随心所欲地动作，才会有更高的把握和更快的节奏。

如今，袒胸露臂的衣服多了，单从妨碍动作的角度，它对机体是一种解放。但它和轻裘缓带还是有所差异，被暴露的肌肤有可能在他人的注目下紧张，因为暴露的目的常常就是为了得到瞩目和好评。所以，覆盖得很少并不一定就是轻松，也许潜藏的期许更让人不安。所有对外在评价的留意，都是紧张轴心的发源地。

轻裘缓带的衣服是越来越少了。纵使有，也被纳入了"休闲"和"家居"的范畴，似乎是不登大雅之堂的。其实，工作中为何不能轻裘缓带？要知道，轻裘缓带这个词最早出现在《晋书·羊祜传》中，描绘的是将士在军营中的衣着。"祜在军，常轻裘缓带，身不被甲。"既然在森严的兵营中都可轻裘缓带，被紧张折磨的现代人，为什么不可徐缓一把呢？

如果你已经修炼到宠辱不惊，那么，穿什么都不重要，它都不会让你紧张。只是对于我这等道行不够之人，穿得宽松些，本身就是对紧张的挑战了。

旅游预习

　　旅游常常被复习。比如眉飞色舞地向亲朋好友讲述风光，比如把自己所摄的摇摇晃晃的看着都头晕的 DV 向人演示，比如家里贮藏着数以公斤计的照片，比如忙不迭地指着电视屏幕一闪即逝的某处胜景，说：我去过去过……

　　但是，旅游需不需要预习呢？要到一个地方去，是否事先多了解一些当地的风俗风光，向已经去过的先驱者打探有关的注意事项？简言之——旅游做不做预习？

　　大概分两派。一派是主张多看看有关的材料，这样心中有数，到了目的地，可以有的放矢，让有限的时间发挥最大的效益，自己的举手投足，甚至每一眼瞟去的地方，都物有所值，把浪费的系数减少到最小，分分秒秒颗粒归仓。

　　还有一派比较随心所欲。不做功课，贸然出动。赶上什么算什么，风吹雨打都是缘分。碰上什么吃什么，风餐露宿全为乐趣。闲云野鹤自由自在，流浪漂泊，到什么山上唱什么歌……只有大框架，没有细安排。

　　我内心渴望旅行中有很多奇怪的事情发生，不喜欢一切都在计划的桎梏中亦步亦趋。同时又害怕意外频发命运多舛。这就立场游移界限不清，时而循规蹈矩按图索骥，时而又摩拳擦掌尝试探险，于是成了面目可憎的骑墙派。

具体到细节中，也是这般举棋不定。到某地出游之前，看不看别人的游记和有关的介绍呢？如果不看，瞎子摸象地出发了，回来才发现有一些美景失之交臂。比如到西伯利亚的贝加尔湖，看到当地很多售卖海豹海狗的小模型，模样煞是可爱。心中喜欢，却想这也不是当地的特产，不过是因为靠近北冰洋（贝加尔湖只有一条出湖的河流，叫作安加拉河，流入北冰洋），仗着地理优势，把那里的特产顺手牵羊了。看透了这些海物的真实来历，狠下心来，坚决不买。回家后查了资料才知道，这些动物正是贝加尔湖的一大特色，或者说是一大蹊跷。它们是生活在贝加尔湖中的淡水海狗海豹，天下绝无仅有的景致。甚至有传说揣测，在永冻土层之下，贝加尔湖和北冰洋孔道相连。淡水的海狗和海豹是史前时期，经由地下从北极游过来的。

　　失之交臂，郁闷啊郁闷！看，这都是不预习的坏处。

　　也有反面的例子。上个世纪80年代，我到西北。当地朋友说，明天去看阳关。就是那个"西出阳关无故人"的阳关吗？我说。

　　难道还有第二个阳关吗？朋友翻着眼白问，很吃惊的样子。

　　当然没有第二个阳关了。只要会背十首唐诗，你就会对阳关情有所钟耿耿于怀。那时资讯不发达，没有互联网也没有电视，所有关于阳关的印象都来自唐朝。我说，阳关好看吗？接待同志说，说不得啊说不得。我说为什么？当地人答，说了就没啥了。本来以为问问能明白，不想下场是更糊涂了。第二天，驱车80公里到了阳关。在我看到阳关的那一瞬间，就明白了阳关是不可说的。站在阳关前，目光凄迷。那道景致的全名叫作"阳关遁去"。昔日的喝酒的离别的繁华的歌舞升平灯红酒绿的阳关，已经在莽莽黄沙下长眠。细密的沙被漠风运起，如同夏雨前的蚁群掠过脚踝，留下酥麻的热感和浅浅的痛。云天浩淼大漠苍苍，你看到的只是荒丘和沙海，还有呼啸的长风和走动的烟霞。

　　幸好，我在这之前不知道阳关的任何现代版消息，才有了那劈头盖脸的愕然和惊骇，才有了那挥之不去的愁索与眷恋。假如被人提前告知了阳关的隐没，以我这样一个怕苦怕累之徒，是否还会跋涉百里去探看身无长物一贫如洗的阳关？

　　很多风光都在记忆中淡去，唯有什么都没有看见的阳关，却以无尽的遗憾和萧飒在情窦中永生。这也许就是不可言说的万千惆怅吧？

从此，我固执地记取了这个经验，对那些充满了想象的地方，有意地不去查找资料。就让它们在想象中浮沉，享有海阔天空的余量。倘若有什么人好心好意地要告知我，我会迫不及待地捂他的嘴，像一个不想直接听到足球比赛结果的球迷。请让我自己去看吧，知道得愈少愈好。

那天晚上，比尔请客。

比尔是外交部的官员，负责接待安排我们在纽约的活动。比尔衣着朴素，脸上永远是温和厚道的笑容。当我们从纽约火车站出来的时候，看到的就是这种笑容。他帮我们推着沉重的行囊，在人群中穿行。当他护送我们到哈林区的贫民学校访问的时候，脸上也是这样的笑容。当我要离开纽约，担心一大堆资料无法带走的时候，又是比尔温暖的笑容帮我解决了难题，他答应为我将资料海运回中国。我要给比尔运费，比尔显出很不好意思的神情。我给了他二十美元之后，他说什么也不肯再要了。

比尔请我们在一间中餐馆用饭。比尔说这是纽约最好的中餐馆之一。

我对让一个出访在外的游客，请他吃故国饭食这事，一直持不同意见。比如一个日本人到中国访问，才从东京飞出来两个小时，到北京落地之后，被人请到一家日本料理，吃一顿风味走了样的日本饭，他的感觉必不会太好。同理，我在国外出访，最怕的就是吃那种改良后的中餐。无论色香味都发生了变异，还不如吃根本就与我们不是同宗同族的西餐，因为有了准备，舌头和肚肠的宽容度反倒大些。中餐就吓人了，上来一个鱼香肉丝，当你做好了将尝到熟悉的川味的准备时，一个冷不防，居然袭来奶油的甜香，所受的惊吓足以让你怀疑自己的神经。

比尔在中餐桌上是有发言权的，因为比尔的妻子是一位香港女性。这的确是我在美国吃的最好的中餐之一。席间，聊到一个有趣的话题：人是否需要预先知道今生的苦难？

同桌的一位朋友说，他认为如果有可能，他愿意预知一生的苦难。理由是，凡事预则立，不预则废。知道了，有什么坏处呢？没有。并不会因为你的预知，就让你的灾难变得更多或者减少，那么，你多知道一点，就对自己的人生多了一分把握，该是好事。

闷头吃饭的比尔，突然大叫了一声：NO！

这是我唯一的一次，在比尔的脸上看到的不是笑容，而是愤怒和凄楚。

当然，比尔的愤怒不是针对那位朋友，比尔放下了筷子，对我们说。

很多年前，我和我的妻子，在香港抽签请人算命。那人是一个和尚，他看了我妻子的签说，你会早死。看了我的签说，你会老死。

你们知道早死和老死的区别吗？自从听了那和尚的话，我的妻子就对我说，比尔，我会比你先死。因为我是早早死去，而你是老死，你要活很大的年纪。我说，你不要相信这话，那个人是胡说。我会和你白头偕老，如果有个人一定要先死去，那就是我，因为你比我年轻。但是前不久，我的妻子生了喉癌。那是因为她年幼的时候，家中很穷困，没有菜，就吃咸鱼。咸鱼很小，有很多刺，鱼刺刺伤了她的喉咙，久而久之，就生成了癌症。妻子走了，留下我，等着我的"老死"。

比尔说得非常伤感。朋友们缄默了许久，寄托对比尔妻子的深切悼念。我听出了比尔话后面的话。很多年来，关于"早死"和"老死"的谶语，就盘旋在他们的头顶。他们本能地畏惧这朵乌云，乌云尖利的牙齿，咬破了他们最快乐的时光，每当幸福莅临的时刻，惴惴不安也如约袭来。因为他们太珍惜幸福，就越发迅疾地想到了那不祥的预言。如果他们不知道那命运的安排，如果当年没有那老和尚的多此一举，比尔和他妻子的美好时光，也许会更纯粹更光明。

我不知道我想的是否符合实际，我也不敢向比尔求证。

我把此事写到这里，是想再次问自己也问他人。我们是否需要预知今生的苦难？

　　大多数人是取席间的那位朋友的观点，还是像比尔一样说 NO？

　　我站在比尔一边。不单是从技术层面上讲，我们无法预知今生的苦难，我们也无法预知今生的幸福，就是有人愿意告诉我，把我一生的苦难，用了不同的簿子，将它们分门别类地列出，苦难用黑墨水，幸福用红墨水，一一书写量化。或者是轻声细语地娓娓道来，苦难用叹息，幸福用轻轻的笑声。想来我也会在这种簿子面前闭上眼睛，在这种命运告诫面前，堵起自己的耳朵。生命是我自己的东西，甚至可以说是我仅有的东西，我不希望别人来说三道四。我注重的是过程，在这个过程中，我感到自己的价值。我们可以预知的只是自己应对苦难和幸福的态度，此时此地，这是我们能掌握的唯一，知道了又怎样？不知道又怎样？生命正是因为种种的不知道和种种的可能性，才变得绚烂多姿和魅力无穷。你依然要生活下去，依然要向前走。变化是无法预料的，世界充满了不可琢磨的可能。能够把握的只是我们自己。

　　那一天比尔离去的时候，带走我沉甸甸的资料。比尔一手拎着资料，一手提着他不离身的书包。他的书包在纽约的大街上显得奇特而突兀。那是一个简单的布包，上面用汉字写着：天府茗茶。

　　在纽约看到比尔的所有时刻，他都拎着这个布包，突然想问问比尔，这是否是他妻子很喜欢的一件东西？

仅次于人的动物

仅次于人聪明的动物，是狼。北方的狼。南方的狼什么样，我不知道。不知道的事咱不瞎说，我只知道北方的狼。

一位老猎人，在大兴安岭蜂蜜般黏稠的篝火旁，对我说。猎人是个渐趋消亡的职业，他不再打猎，成了护林员。

我说，不对。是大猩猩。大猩猩有表情，会使用简单的工具，甚至能在互联网上用特殊的词汇与人交谈。我没见过大猩猩，也不知道互联网是什么东西。我只见过狼。沙漠和森林交界地方的狼，最聪明。那是我年轻的时候啦……老猎人舒展胸膛，好像恢复了当年的神勇。

狼带着小狼过河，怎么办呢？要是只有一只小狼，它会把它叼在嘴里。若有好几只，它不放心一只只带过去，怕它在河里游的时候，留在岸边的子女会出什么事。于是狼就咬死一只动物，把那动物的胃吹足了气，再用牙齿牢牢紧住蒂处，让它胀鼓鼓的好似一只皮筏。它把所有的小狼背负在身上，借着那救生圈的浮力，全家过河。

有一次，我追捕一只带着两只小崽的母狼。它跑得不快，因为小狼脚力不健。我和狼的距离渐渐缩短，狼妈妈转头向一座巨大的沙丘爬去。我很吃惊。通常狼在危急时，会在草木茂盛处兜圈子，借复杂地形，伺机脱逃。如果爬向沙坡，狼虽然爬得快，好像比人占便宜，但人一旦爬上坡顶，就一览无余，狼就再也跑不了了。这是一只奇怪的狼，也许它昏了头。我这样想着，一步一滑爬上了高高的沙丘。果然看得很清楚，狼在飞快逃向远方。我下坡去追，突然发现小狼不见了。当时顾不得多想，拼命追下去。那是我生平见过的跑得最快的一匹狼，不知它从哪来那么大的力气，像贴着地皮的一支黑箭。追到太阳下山，才将它击毙，累得我几乎吐了血。

我把狼皮剥下来，挑在枪尖往回走。一边走一边想，真是一只不可思议的狼，它为什么如此犯忌呢？那两只小狼到哪里去了呢？已经快走回家了，我决定再回到那个沙丘看看。快半夜才到，天气冷极了，惨白的月光下，沙丘好似一座银子筑成的坟，毫无动静。我想真是多此一举，那不过是一只傻狼罢了。正打算走，突然看到一个隐蔽的凹陷处，像白色的烛火一样，悠悠地升起两道青烟。

我跑过去，看到一大堆干骆驼粪，白气正从其中冒出来。我轻轻扒开，看到白天失了踪的两只小狼，正在温暖的驼粪下均匀地喘着气，做着离开妈妈后的第一个好梦。地上有狼尾巴轻轻扫过的痕迹，活儿干得很巧妙，在白天居然瞒过了我这个老猎人的眼光。

那只母狼，为了保护它的幼崽，先是用爬坡延迟了我的速度，赢得了掩藏儿女的时间。又从容地用自己的尾巴抹平痕迹，并用全力向相反的方向奔跑，以一死换回孩子的生。

熟睡的狼崽鼻子喷出的热气，在夜空中凝成弯曲的白线，渐渐升高……

狼多么聪明！人把狼训练得蠢起来，就变成了狗。单个的狗绝对打不过单个的狼，这就是我想告诉你的。老猎人望着篝火的灰烬说。

后来，我果然在资料上看到，狗的脑容量小于狼。通过训练，让某一动物变蠢，以供人役使，真是一大发明啊。

重剑无锋

有一天，接到一封信，看了之后，觉得很有意思。对于这样的信，常常不知道该怎样回，拖着，就更不知道如何回了。这封信，因为有很严格的时间界限，害得我马上就提笔回复。写完之后，很是踌躇，不知道面对这份信任，自己是否说得妥当？录在这里，期待着听到不同意见。

毕老师：您好！

请教您一个问题，我希望您的答案能够与众不同。不要那么俗套，让我忍，我已经忍无可忍了。也不要说些个大而无当的话，那不能解决我的具体问题。现在的局面是，我马上就要采取行动了，计划就定在下个星期一刚上班的时候。对了，说了这么半天，您还不清楚我的问题是什么，让我细细道来。我的主管是一个没多少能力的人，可他很虚伪，特别会来事儿，上上下下都被他哄骗了，只有我看得出他的野心。我的计划是公开揭露他一下。先把一杯残茶泼到地上，吸引了整个办公室的注意力，然后开始慷慨激昂地一吐为快？您觉得我的计划可行吗？还有什么补充的意见？

杜力

288

杜力：你好！

看了你的信，第一个感觉是碰到了一位现代侠客。侠客的显著特色之一就是"路见不平拔刀相助"。看来你的上司主管并没有针锋相对地虐待过你，你说他特别会来事儿，想必他也能看出你不是一个等闲人物，对你也会安抚有加的。你的正义感和洞察力都令人钦佩，你想揭露他，是为了让大家彻底地认识这个人，而不是出于一己的私怨。我对于你要在写字楼里揭竿而起的勇气表示钦佩。

只是在具体的行动方针上，我有几点建议。首先人是理性的动物，你要采取这样一个举动，目的到底是什么呢？是为了公司的发展，还是为了社会风气的整肃？是为了匡扶正义还是为了一出心中的恶气？也许你还有很多的出发点，这就只有你自己最清楚了。我有一个小小的推论——你不会是为了表示"众人皆醉我独醒"的超群智慧吧？

在人的众多欲望中，追求卓越是根本的出发点之一。这本无可厚非，但有的时候，我们会在它的指引下，采取鲁莽和过激的行动。所以，当你有时被非常强烈的冲动驱使着想做一件事的时候，不妨喝上一杯冰镇的冷水（其功效和用冷水浇头的力量差不多，只是在写字楼里，喝冰水是可以接受的，但用冷水浇头，落汤鸡似的出现在办公桌前，就有点不伦不类了），然后安静地想一想，追问一下自己的目标究竟是什么？只有目标搞清楚了，你才会找出最相宜的处理方法啊。比如你是不忍心看到主管的行为给公司的根本利益带来损失，你可以直接和更高一级的领导对话，坦诚地谈出自己的看法，当然你要言之有据，不可只是感情用事把主管的人品贬斥一番就万事大吉了。还要动之以情，晓之以理，因为按照常理，公司的高层比你要更加关心公司的发展和前景，理由很简单，他们的薪水比你高，和公司的利益更加息息相关。

再有一点就是你要把自己的底线搞清楚。你的选择是会带来后果的，你现在有选择的自由，但你也要做好准备为自己的选择付出相应的代价。你说大家都被你的主管蒙骗住了，这样在某种程度上，你还是比较孤立的，算得上是一个独行侠。如果你的行为得不到大多数人的理解，你又和主管的关系搞得很僵，从上到下的舆论可能就会一边倒，不是接受你，而更多的是主管在得分了。那样的话，很可能你就要面临被炒鱿鱼的后果，对这样的结局，你可有足够的心理准备？如果你打算破釜沉舟在此一搏，当然可以披荆斩棘，昂首向前，如果你还没有做好最坏的准备，就要考虑得更缜密、周全一些。

对于你把残茶泼在地上，然后慷慨激昂地一吐为快的方案，我基本上可以同意后半部分（如果你已忍无可忍的话），而对前半部分的摔杯持斟酌态度。我不知道你们的办公室地面是花岗岩还是木地板，但不管是何种材料，泼上带有枯枝败叶的褐色汁水，都是一番污浊景象。一不留神，可能还会摔个大马趴。义无反顾时不一定要把水泼到地上，当然我明白这是你在做一个宣言，表示自己覆水难收的决心，但真正的勇敢其实不在声音的大小和举动的决绝，而更在于坚守原则的执着。

还有一种可能的办法，我有点吃不准说出来你会不会骂我，既然你如此相信我，我也就开诚布公了。那就是其实你也可以和主管做一个交流。反正你已经做好了破釜沉舟的准备，为什么不可以和这个肇事的源头来个当面锣、对面鼓地敲打一番呢？有的时候，最危险的地方往往也是最安全的。你说主管讨好任何人，表面上看起来群众基础很牢固，其实内心很可能是自卑而且虚弱的，只有虚弱的人，才特别热衷于讨好他人。面对一个虚弱而八面玲珑的人，最好的策略是开诚布公和勇敢。你可以把自己的要求和希望说清楚，看看他是不是会有所转变，最起码也要让他知道，你已洞若观火，请他洁身自好，保持限度。我不敢打包票说一定会有效果，但你若有兴趣，不妨历练一下。比起残茶泼地，这种处理方法可能对你的考验和挑战更大一些，结局也可能更出人意料。古代有句话，叫作"重剑无锋"，侠客，你可愿一试？

毕淑敏

×年×月×日